HEYNE <

Das Buch

Im 14. Jahrhundert Neuer Galaktischer Zeitrechnung (dem 49. Jahrhundert alter Zeitrechnung) ist die Erde das Zentrum eines galaktischen Sternenreichs, der Liga Freier Terraner. Einige tausend, von Menschen besiedelte Planeten gehören zu dieser Liga, und als Terranischer Resident ist Perry Rhodan der wichtigste Repräsentant der Menschheit.
Eine mysteriöse Macht lockt Perry Rhodan in die benachbarte Galaxis Andromeda. Der Terraner muss erkennen, dass die so genannten KASTUN-Schlachtschiffe alle bewohnten Planeten der Sterneninsel bedrohen, und als sich eine Temporale Barriere um Andromeda schließt, sind er und die Crew des Spürkreuzers JOURNEE in der Nachbargalaxis auf sich allein gestellt. Nachdem sie sich mit den Maahks verbündet haben, versuchen Perry Rhodan und seine Begleiter nun ein Hilfsmittel gegen die Invasoren zu finden. Gleichzeitig wächst die Bedrohung, werden die letzten freien Streitkräfte Andromedas immer stärker im Sektor Jessytop zusammengedrängt. In dieser Situation erhalten die Verbündeten eine unerhoffte Hilfe – vom Planeten der Sternenhorcher …

Der Autor

Der 1962 in Berlin-Kreuzberg geborene Frank Böhmert erzählte schon als Kind gerne unheimliche und fantastische Geschichten. Seit den frühen 80er Jahren schreibt und veröffentlicht er Kurzgeschichten und Gedichte in allen literarischen Genres. In den letzten Jahren machte er sich als Übersetzer anspruchsvoller Romane, Kinderbücher und Krimis einen Namen. Das vorliegende Buch ist sein erster Beitrag zum PERRY RHODAN-Kosmos.

Der Umschlagillustrator

Oliver Scholl, 1964 in Stuttgart geboren, entwarf bereits als Jugendlicher Risszeichnungen für die PERRY RHODAN-Serie. Inzwischen arbeitet er als Production Designer in Hollywood und war unter anderem für *Independence Day* und *Godzilla* verantwortlich.

Perry Rhodan
ANDROMEDA

FRANK BÖHMERT

Die Sternenhorcher

Roman

PERRY RHODAN
ANDROMEDA
BAND 4

Originalausgabe

WILHELM HEYNE VERLAG
MÜNCHEN

HEYNE ALLGEMEINE REIHE
Band 01/19004

Das Umschlagbild ist von Oliver Scholl
Die Karten auf Seite 6 zeichnete Torsten Renz

Umwelthinweis:
Dieses Buch wurde auf chlor- und
säurefreiem Papier gedruckt.

Redaktion: Klaus N. Frick/Sascha Mamczak

www.heyne.de
Printed in Germany 2002
Umschlaggestaltung: Nele Schütz Design, München
Technische Betreuung: M. Spinola
Satz: Schaber Satz- und Datentechnik, Wels
Druck und Bindung: Ebner & Spiegel, Ulm

ISBN 3-453-86508-1

»Die Freude ist der Anfang der Freiheit.«

\- Charandidisches Sprichwort

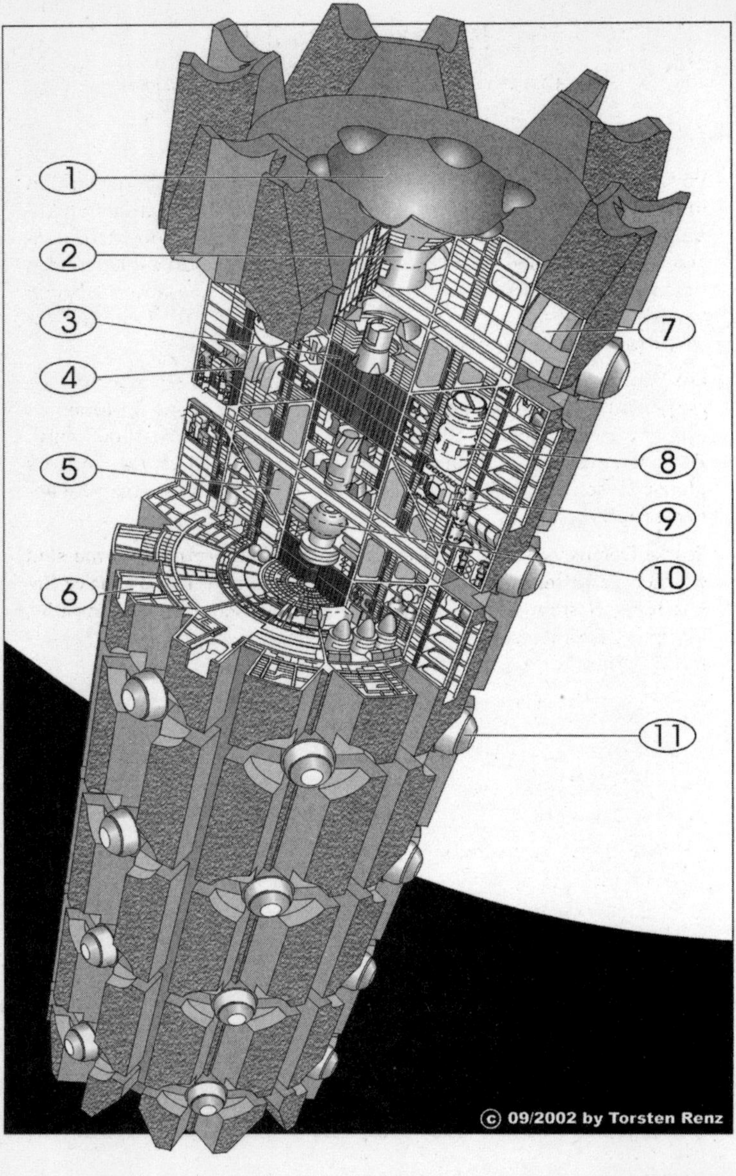
1
2
3
4
5
6
7
8
9
10
11
© 09/2002 by Torsten Renz

Karvata 42

Maahksches Superschlachtschiff der Z-Klasse

Vor kurzer Zeit haben die Maahks eine völlig neue Schiffskonzeption in Betrieb gestellt. Der eindruckvollste Typ ist die Generation von Superschlachtschiffen der Z-Klasse. Die zweieinhalbtausend Meter langen und fünfhundert Meter durchmessenden Giganten zählen zu den mächtigsten Schiffen der Maahk-Flotte. Ihre Segmentbauweise bringt bei Bau und Wartung Flexibilität. Im Notfall ist eine Trennung zur Rettung unbeschädigter Bereiche möglich.

Die Schiffe wurden mit starken gravopuls-ähnlichen Feldtriebwerken ausgestattet. Diese, untergebracht in jeweils sechs Doppelpylonen an Bug und Heck, erlauben Spitzenbeschleunigungen bis zu 1000 km/s^2. Zwischen den Pylonen wurde der Abstrahlpol des Metagrav-Antriebs platziert, der einen Überlichtfaktor von rund fünfundsiebzig Millionen erlaubt.

Starke Defensivsysteme sichern das Schiff; die Paratronschirme sind vierfach gestaffelt, die HÜ-Schutzschirme dreifach. Die offensive Bewaffnung besteht überwiegend aus Kombigeschützen für Impuls-, Thermo-, Desintegrator- und Paralyseeinsatz neben stark verbesserten Gegenpol- und Konverterkanonen.

Die reguläre Besatzungsstärke liegt bei dreitausend Maahks.

Beschreibung:

1. Projektorfeld des Metagrav-Triebwerks
2. Metagrav-Triebwerk (Überlichtfaktor bis 75 Millionen)
3. Unterkünfte
4. Lebenserhaltungssysteme
5. Energiespeicher (Gravitraf)
6. Beiboothangar mit Werftbereich
7. Gravopuls-Triebwerk
8. Nugas-Schwarzschild-/Fusions-Notkraftwerke
9. Paratron-Schutzschirmgenerator
10. Hypertrop-Zapfer
11. Kombigeschütze

Kapitel 1

19. März

Im grünen Dämmerlicht spielten einige Kinder. Sie liefen den nahe gelegenen Hohlweg entlang, und wenn sie sprachen, dann sehr lautstark, denn die Welt war voller Freunde.

Martan Yaige war gerade auf dem Weg zu seinem Vater, als er ihre Stimmen hörte. Er zog die hölzerne Sammeltrommel, die er an einem Riemen um die Schulter trug, vor den Bauch und zwängte sich vorsichtig ins Unterholz, tastete mit den großen, wolligen Füßen nach den tückischen Wurzeln der Würmlinge und schob mit den breiten Händen ihre Zweige aus dem Weg. Nach dem Übersteigen einer halb im Boden versunkenen Leit-Planke und eines guten Dutzends tief liegender, verschlungener Äste war er auf dem Hohlweg der Kinder angelangt, zusammen mit einem daumenlangen Käfer.

Er pflückte das lilafarbene Kerbtier, das ihm ins Fell zu krabbeln versuchte, von seinem Arm. Es ruderte mit den sechs schwarzen Beinen; die spiralförmigen Fühler drehten sich und tasteten in der Luft herum.

»Du bist eine Schönheit, keine Frage«, sagte Martan und horchte in sich hinein. »Aber du nagst mir zu viele Löcher in meinen Vater.«

Er warf den Käfer zum Blätterdach hinauf. Das Tier klappte die Deckflügel auf und entfaltete die Hinterflügel. Es sackte noch einmal kurz durch und verschwand dann im satten Grün; ein schwirrender, brummender Taumelwicht.

Die Kinder waren schon ein Stück weiter vorn und jetzt leiser. Sie waren zu viert und hatten, wie es aussah, einen Flecken Kitzelmoos umstellt. Das Pflanzenwesen bewegte sich vorsichtig, als sie näher traten.

Dass Martan hinter ihnen aufgetaucht war, bekamen die Kinder nicht mit. Sie waren völlig mit dem Kitzelmoos beschäftigt, einer harmlosen Pflanze, deren Lebensweise sie aber leicht zur Plage von Kindern werden ließ, vor allem von kleineren. Wie nur wenige andere Pflanzenarten auch hatte das Kitzelmoos es irgendwann im Lauf seiner Existenz aufgegeben, an einem festen Standort zu leben. Es suchte sich Licht, Wärme und Feuchtigkeit, wo immer es sie fand.

Das sah tagsüber zwar lustig aus, konnte nachts ein Kind aber ziemlich plagen, wenn es noch in die Windel machte und lieber bei brennender Lampe schlief. Auch des Kitzelmooses wegen wohnten Kinder gern in Pfahlbauten.

Das eine Mädchen trug ein rotes, schmuddeliges Kleid. Ihm wuchs noch Babyflaum auf den Wangen und Ohren, aber immerhin ging es schon barfuss. Es zückte seinen Stock.

»Wollen wir es … verkloppen?«, fragte es. Es hieß Laila Dama, wurde aber wegen seiner selbstgefährdenden Neigung, jede Alltagsverrichtung in ein Abenteuer zu verwandeln, von allen nur Beule genannt.

Laila Dama war die Tochter von Martan und seiner Genossin Lily Yo. Sie war gerade drei geworden und trieb sich seitdem nur noch in der Gegend herum.

Martan schmunzelte. Sie sei groß, hatte sie ihnen erklärt. Und zum Beweis erst einmal ein paar Nächte sonst wo verbracht.

»Verkloppen? Wozu?«, fragte ein vielleicht doppelt so alter Junge, ein dürrer Bursche mit langen, schwarzen Haaren. Bis auf den Gürtel mit dem Kindermesser war er nackt. »Es tut doch keinem was.«

»Wir könnten es … tot machen«, sagte Beule und rieb mit dem Stockende ihre blonden Haarstoppeln.

»Ein olles Kitzelmoos?«, sagte der dürre Junge. »Das kann man ja nicht mal aufessen.«

»He, ja!«, sagte das zweite Mädchen, Beules Spielgenossin Tamara Yadana. »Verstehst du denn nicht? Es *tot* machen!«

Martan schob die Trommel wieder auf den Rücken und versteckte sich hinter einem quer auf den Hohlweg gefallenen Baum, eine Kalmurinde, deren gefiederte Blätter als Badaufguss Muskelkater und schmerzhafte Zerrungen linderten. Sie hatte schon vor etlichen Jahren neu ausgeschlagen.

Hinter dieses dichte, grelle Grün kauerte Martan sich nun, denn der Stamm allein hätte seine große, massige Gestalt kaum verborgen, von seinem orangefarbenen Hemd ganz zu schweigen.

Die beiden Mädchen standen da und stießen das Kitzelmoos mit den Stöcken an, wenn es auf seine pflanzenhaft langsame Weise zu fliehen versuchte. Der dürre Junge hielt die Arme vor der Brust verschränkt. Der zweite Junge, der weichlicher und etwas jünger aussah und rotes, gelocktes Fell hatte, das auf den Schulterblättern in Blond überging, schaute zwischen den Mädchen und dem dürren Jungen hin und her. Dann zückte er ebenfalls seinen Stock.

»Tot machen«, sagte er leise. Seine Augen glänzten. »Mausetot machen.«

Martan wäre am liebsten aufgestanden.

»Seid ihr bescheuert?« Der dürre Junge schüttelte mit einer Kopfbewegung die schwarzen Haare hinter die bräunlichen Schultern zurück. »So was machen wir nicht.«

»Ach ja?« Beule bleckte die Zähne. »Tu, was du willst.«

»Genau. Und darum geh ich jetzt.« Der Dürre machte ein paar Schritte in Martans Richtung und drehte sich dann noch einmal zu Beule um. »Sei, was du bist«, rezitierte er, dann ging er weiter. »Bescheuert nämlich!«

Der dürre Junge zuckte nur leicht zusammen, als er Martan hinter dem umgefallenen Baum kauern sah. Der Erwachsene hielt kurz eine Hand vor die Augen, und der Junge ging grinsend an ihm vorbei, ohne ihn zu verraten.

»Feigling! Feigling«, hörte Martan die drei Kinder rufen. »Taube Nuss!« Dann hob er den Kopf wieder und beobachtete, wie sie das Kitzelmoos tot schlugen.

Er griff nicht ein, und er wendete auch nicht den Blick ab. Er nahm alles in sich auf.

Dieses Mädchen dort, dieses wütende Wesen mit den rollenden Augen und dem gesträubten Nackenfell, das keuchend und schreiend und schwitzend auf ein Pflanzenwesen eindrosch, und zwar dermaßen heftig, dass zerquetschte

Stückchen in alle Richtungen stoben und der Stock vor grünem Saft glänzte … dieses Mädchen war seine Tochter.

Seine liebe, geliebte Tochter.

Ihn zog es schmerzhaft in den Händen, so gern hätte er sie dort weg geholt.

Aber sie hatte noch viel zu lernen.

Und er auch.

Martan Yaige fehlte sein Vater noch immer, obwohl der nun schon seit über siebzig Jahren verholzte. Darum besuchte Martan ihn, so oft er konnte.

Sein Vater hatte sich einen Yimpik-Hain als letzten Ruhesitz ausgesucht. Zu den Zeiten der Altvorderen musste dieser Hain ein so genannter Park gewesen sein, gelegen an der Sonnenseite eines Hangs, der wahrscheinlich mit mehrstöckigen Häusern bestanden gewesen war. Die Gebäude mussten hässlich gewesen sein, denn sie waren zurückgebaut worden, und niemand hatte neue Behausungen zwischen ihnen errichtet. Die Leute hatten sich einfach nur an Baumaterialien herausgeholt, was sie gebrauchen konnten.

Vielleicht lag es auch allgemein an schlechten Schwingungen der Gegend; jedenfalls war von der einstigen Bebauung nicht viel übrig. Hier ein bröseliger Mauerrest, dort ein Areal, das von gewaltigen Dornenhecken überwuchert war, die auf eine dauerversiegelte Bodenoberfläche schließen ließen.

Martan betrat die hügelab gelegene Lichtung, die in seinen Kindheitstagen dicht mit einer Thirdkolonie bewachsen gewesen war. Inzwischen war dieses viel gerühmte, ebenso sanftmütige wie wehrhafte Kraut, das der Gartenstadt Third wie auch dem ganzen Planeten Thirdal seinen Namen gegeben hatte, wieder auf dem Rückzug begriffen. Es kuschelte sich nur noch in die Umarmung der halbschattigen unteren Yimpik-Äste.

Und in die von Martans Vater.

Der saß unmittelbar am unteren Rand der Lichtung, und als Erstes kamen über den hohen Gräsern und Blumen seine Kopfruten zum Vorschein.

Martan schnitt sie alle vier, fünf Jahre, immer dann, wenn die stärksten Äste ungefähr dreimal so lang waren wie er selbst. Das erledigte er zumeist während der kühlen, nieseligen Winterwochen, bevor die pelzigen Blüten austrieben. Der letzte Schnitt war erst gut ein Jahr her, und so winkte ihm Vaters schon recht knubbeliger Kopf nur mit den dünnsten Ruten, dem zartesten Grün.

Martan stieg die Wiese hinab und wedelte sich den Weg durch etliche Milchschwärmerwolken, damit ihm nicht eines der winzigen, weißlichen Fluginsekten in den Augen hängen blieb.

Und dann saß er vor ihm, sein Vater, die blicklosen Augen auf die Thirdkolonie gerichtet, die zwischen seinen ausladenden Armen gedieh. Er hatte die Hände damals beim Grünwerden nicht, wie so viele Charandiden, in Meditationshaltung auf den Schenkeln abgelegt, sondern in einer Willkommensgeste zur Seite ausgestreckt. Natürlich hatte er diese Position nicht die zwei Tage lang halten können, die das Grünwerden in der Regel dauerte. Die Arme waren allmählich hinunter gesunken. Aber die Hände hatten nie Wurzeln geschlagen. Der Baum, der er geworden war, hatte seine Zweig-Hände im Lauf der Jahre immer weiter den Erdboden entlanggeschoben, die Arm-Äste immer weiter gereckt und gebogen, sodass sie nun einen Halbkreis bildeten, in dem bequem fünf, sechs Leute hätten sitzen können.

Aber sein Vater liebte den Third, und der Third liebte ihn, und so nahm etwaiger Besuch besser außerhalb der Arme Platz. Der Third hatte seinen Beinamen »Flammkraut« nicht aus den Tagen der Revolution, denn die war eine sanfte gewesen; er trug diesen Namen, weil die Haut in Flammen zu stehen schien, sobald sie mit den feinen Haaren des Third in Berührung kam, und weil besonders empfindliche Naturen davon Quaddeln bekamen, die nicht nur wie Brandblasen aussahen, sondern sich auch so anfühlten.

»He, Vater«, sagte Martan und blieb vor dem Flammkrauthorst stehen.

Mein geliebter missratener Sohn, antwortete sein Ziehvater in seinem Kopf. *He! Wie geht's!*

»Ich hab dir etwas mitgebracht.« Martan zog die Trommel vor den Bauch und öffnete sie. Erst zögernd, dann immer schneller stiegen zarte, weißgelbe Blüten aus dem Sammelbehälter auf. Sie schwärmten über den Krausköpfen, wie die Thirdpflanzen wegen ihrer gekräuselten grauen Blütenfäden auch genannt wurden, und badeten im sanften, goldenen Nachmittagslicht.

Schwirrwinden, sagte Vater. *Ein Schwarm Schwirrwinden!*

Vater war blind, wie jeder Verholzte. Aber wie jeder Verholzte konnte Vater das, was eine damals noch muntere Dichterin einmal als »das Leichte, das schwer zu machen ist: Wahr-Nehmen!« beschrieben hatte. Was die Fühler für das Feinstoffliche anging, konnte kein Munterer mit einem Verholzten mithalten, und wenn er sich die Haupthaare noch so lang wachsen ließ oder die Thirdwurzel kaute, bis er zu schielen anfing.

Die beiden Männer warteten still ab. Martan wagte kaum zu atmen. Schließlich schwirrte ein Großteil der hellen Blüten davon und verschwand zwischen den fächerförmig angeordneten Stämmen der Yimpikbäume, während eine Hand voll unschlüssig über dem Flammkraut zu schweben schien.

Ja, kommt, Kinder, sagte Vater, als einige Blüten sich tatsächlich auf ihn zu bewegten. *Ihr fehlt mir noch zu meinem Glück.*

Die Blüten ließen sich auf seinen verholzten Rippenbögen nieder. Sie schlugen noch ein paarmal mit den Blättern und krochen dann langsam zu den Stellen, an denen sie in den nächsten Tagen Wurzeln schlagen würden.

He, Sohn. Was für ein schönes Mitbringsel. Dann werde ich in ein paar Wochen ein wildes, grünes Windenhemd tragen! Komm her. Wie geht es dir?

»Ganz gut.« Martan ging den gebogenen Arm-Ast entlang zu seinem Ziehvater, beugte sich über dessen Schulter und drückte kurz die Stirn an dessen borkige Stirn und die Nase an dessen borkige Nase.

Ganz kurz nur machte er Angu mit ihm, denn sofort stiegen unschöne Gefühle in ihm auf. Hilflosigkeit. Beunruhigung. Schmerz.

»Ich hab …«, setzte er an, dann begann er noch einmal von vorn. »Ich hätte vorhin beinahe geherrscht.«

Er holte tief Luft, roch die faserige, feuchte Würze, die von den väterlichen Wurzeln aufstieg. »Aber dann hab ich's mir verkniffen und mich raus gehalten, und auf einmal war der Schwarm Schwirrwinden da. Also muss ich es wohl richtig gemacht haben. Aber irgendwie …«

Von dem Alten kam eine Woge freundlicher Belustigung zu ihm hinüber. *Beule?*

Martan seufzte. »Beule.«

Auf einmal hörte er ein Summen hinter sich, ein Brummen. Er zog den Kopf ein, und etwas Violettes taumelte an ihm vorbei, direkt an seinem bepelzten Ohr, und ließ sich auf der Wange seines Vaters nieder.

He-ho, machte der Alte.

»Ich fass es nicht«, sagte Martan.

Der violette Käfer hing seinem Ziehvater an der Wange und drehte die Fühlerspiralen hin und her. Ein durchscheinender Zipfel Hinterflügel lugte noch aus dem Deckpaar hervor.

»Der wollte vorhin unbedingt mitkommen«, sagte Martan. »Aber ich hab ihn wieder weggeschickt. Weil er ja doch nur alles kaputtmacht.«

Tja, und da ist er wieder. Was für ein reicher Tag, Martan. Ein Tag des Einklangs. Dein Tag des Einklangs.

»Aber er wird Löcher in dich fressen!«

Ja und, Martan? Er wird nur das zerstören, was schon nicht mehr leben will. Dafür ist er da. Er ist das astrale Feuer, das wegbrennt, was nicht mehr genügend ätherische Bildekräfte hat. Kranke Blätter, faulende Stängel, sterbendes Holz. Und meinen Schoß brauch ich schon lange nicht mehr. Was meinst du, was in dem schon alles wühlt. Und neuem Leben ein Beet bereitet.

Als hätte der Käfer ihn gehört, wanderte er den dicken, knotigen Hals hinunter und dann das flache Brustbein entlang, mitten über das harte, fast schwarze, wie poliert aussehende Sonnengeflecht, den runden, runzeligen Bauch und das Moos unter dem Nabel, das einmal Vaters Bauchfell gewesen war.

Martan sah weg.

Was für ein schöner Tag, sagte Vater. *Lass ihn uns genießen, hm?*

Also saßen sie da, Rücken an Rücken, und genossen ihn, den schönen Tag. Sie sprachen nicht viel. Einmal fragte Vater ihn nach seiner Musik, und Martan erzählte ihm von den zwei neuen Stücken, für die sein bester Freund Shevek eigens eine größere Übersetzung an das Klangrad gebaut hatte, damit es sich schneller spielen ließ.

Das wird eure Nachbarn aber gefreut haben, sagte Vater.

»Und wie.« Martan grinste. »Sie sind gleich rüber gekommen.«

Das war aber nur eine Geschichte. Das Klangrad stand bei Shevek, und der hatte keine Nachbarn. Aber hätte er welche gehabt, wären sie auf jeden Fall gekommen, um sich wieder einmal darüber auszulassen, wie kalt seine Musik klang und dass sie aus viel zu vielen Tönen bestand, die das Herz nicht erfreuten, sondern nur verwirrten – und was der Meckereien mehr waren. Die Zeiten, in denen Martan mit den Leuten über seine Musik diskutiert hatte, waren längst vorbei. Sie verstanden sie einfach nicht.

Sein Vater verstand sie auch nicht. Er hatte Martan lieb und wollte wissen, was los war und was Martan über seine Musik dachte, aber die Musik an sich, die verstand er nicht. Martan hätte das Klangrad bis hierher auf die Lichtung geschleppt, wenn der Alte sie einmal hätte hören wollen. Aber davon sprach sein Vater nie.

Sein Vater konnte sich, wie jeder Charandide, nur Mühe geben, das zu sein, was er war. Und je länger Martan dort schweigend saß und in das Fächerdickicht der Yimpiks schaute, durch das die Echos von Vogelschreien klirrten, je länger er sich mit seinem nicht einmal hundert Jahre jungen Rücken an den knorrigen Rücken seines Vaters lehnte, desto mehr spürte Martan wieder, dass alles richtig war, sich fügte, gut ineinander griff, und desto mehr war Martan wieder bereit, seinen Vater und diesen Käfer, seine Nachbarn und ihre Ohren, seine Tochter und ihre Bande so sein zu lassen, wie sie waren.

Und erst dann konnte Martan wahrnehmen, dass sein Vater nicht ganz da war.

»Was ist los?«, fragte er.

Es gibt Krieg, sagte Vater.

»Krieg«, sagte Martan. »Du meinst, irgendwo draußen in der Galaxis, ja?« Er richtete sich auf, ergriff einen heruntergefallenen Zweig und fetzte die lose Rinde ab. »Herrje, ihr mit eurem Sternenhorchen. Sollen die doch machen, da draußen. Irgendwo da draußen ist doch immer Krieg.«

Aber diesmal ist nicht irgendwo Krieg, sagte Vater. *Diesmal droht er der ganzen Galaxis.*

Kapitel 2

»Ich fasse es nicht«, sagte Martan und sprang auf. »Raumschiffe, die brennen! Die offene Mäuler haben! In denen Feuer lodern!«

Er drehte sich zu seinem Vater herum, starrte ihm auf den Nacken. »Das klingt wie die finsteren Märchen, die wir uns als Kinder erzählt haben, wenn keine Erwachsenen zuhören konnten!«

Ist aber die Wirklichkeit, Martan. Sie sind in der ganzen Galaxis aufgetaucht, über allen möglichen Welten.

»Seit wann interessiert ihr Alten euch denn für Raumschiffe? Ich denke, ihr kümmert euch um Erdstrahlen und so!«

Hörst du bitte auf, hier so herumzupoltern? Du zertrampelst sonst noch das Schratzengelege.

Martan blieb mit einem Ruck stehen und sah nach unten. Tatsächlich, gleich neben seinem linken Fuß war unter einem Büschel Baumtropfen ein kleines Nest mit Eiern versteckt. Die Schratzen hockten zwei Yimpiks weiter im Geäst und beschimpften ihn.

Er starrte seinem Vater auf den rutensprießenden Hinterkopf, dann machte er ein paar vorsichtige Schritte bis zu dessen linken Ellbogen. Er sah ihm in die verholzten, blinden Augen.

»Ich«, sagte er und bemühte sich um einen leiseren Ton dabei, »hab damals Mordsärger gekriegt wegen des Raumschiffs.«

Das ist über achtzig Jahre her, Sohn. Und ihr habt damals nicht nach einem gelauscht, ihr habt eins geflogen. Und damit beinah vierzehn Leute umgebracht.

Daran ließ Martan sich nicht gern erinnern. Es war das

Schlimmste gewesen, was er in seinem Leben je angestellt hatte. »Ich denke, ihr Alten kümmert euch um Erdstrahlen und so«, sagte er. »Um Erdstrahlen und Wasseradern und Ätherströme und planetarische Rhythmen und kosmische Einflüsse und darum, dass ...«

Brennende Raumschiffe, die über deinem Planeten auftauchen und deine Stadt in Schutt und Asche legen, sind *ein kosmischer Einfluss, Martan.*

»Und darum, ob die astralen und die ätherischen Kräfte im Gleichgewicht sind«, schob Martan hinterher. Dann ließ er die Stirn auf Vaters Arm sinken, drückte sie richtig gegen die Rinde. Und fühlte sich umarmt.

Auf einmal hatte er das Bild vor Augen, wie sie beide damals auf dieser Lichtung gesessen hatten. Damals, als er ein Junge und Vater noch munter gewesen war. Damals hatte Vater ihn noch richtig umarmen können.

»Holterdipolter!«, sagte er. »Tut mir Leid! Ich weiß auch nicht, warum ich mich dermaßen aufrege. Vielleicht wegen Beule vorhin.«

Martan, hier geht's nicht um Beule und einen Flecken Kitzelmoos.

Martan ruckte hoch. Hatte er Vater schon davon erzählt? Hatte er nicht, oder?

Hier geht's darum, dass in unserer Galaxis seit Wochen diese brennenden Schiffe auftauchen. Dass es Kriegsschiffe sind. Dass sie die Hauptstadt eines Planeten namens Rakusa angegriffen haben. Eine schrecklich barbarische Welt, den Schwingungen nach zu urteilen, aber die Wesen dort ...

»Was horcht ihr dann nach ihr, wenn sie so schrecklich ist?«

Aber die Wesen, die dort ermordet worden sind, haben auch nur versucht, glücklich zu sein.

Durch die Thirdkolonie ging ein Wogen, von einem Windstoß vielleicht.

Martan, ich will mich nicht mit dir streiten.

»Dann lass es.«

Du hast mich gefragt, was los ist. Ich habe es dir gesagt. Ich muss nicht mit dir darüber sprechen. Ich kann in den Wald der Ahnen gehen. Da gibt es genug Leute, die wissen und auch wissen wollen, was dort draußen im Kosmos los ist.

»Vater.«

Ich will mich nicht mit dir streiten, Martan. Die Stimme in seinem Kopf wurde leiser, dünner. *Ich hab dich lieb …*

»Vater!«

… auch wenn du ein ganz schön ignoranter Klotzkopf bist. In der lebendigen Natur geschieht nichts, das nicht in einer Verbindung mit dem Ganzen steht, sagen die Ahnen. Wäre schön …

»Vater!«

… wenn du das mal langsam begreifst. Danke für die Schwirrwinden. Und für den Käfer. Du kannst ja nachkommen, wenn du willst. Die Krausköpfe auf meiner Herzseite haben Wurzeln gekriegt, die sind so fett, das glaubst du gar nicht.

»Neu …«

Martan brach ab. Sein Vater war weg. Und während Martan noch dort stand und überlegte, ob er wirklich wieder einmal die Thirdwurzel kauen und ihm folgen sollte, war die Luft auf einmal aufgeladen wie vor einem Gewitter. Martan sah hoch. Nur dünne Wolkenschleier zogen über den rosa Abendhimmel. Aber die Thirdkolonie sah aus wie nach einem schweren Sturm. Das eben noch so kräftige Grün war ganz matt geworden. Auch Vaters Blätter sahen fahl und staubig aus.

Die Haare auf Martans Unterarmen stellten sich auf. Ihm fing das Fell unterm Hemd zu jucken an. Was war hier los?

Dann hörte er neben sich Holz ächzen. Hörte ein schreckliches Knacken. Ein Krachen.

»Vater!«

Dem alten Baumkerl war der Unterkiefer gebrochen. Es sah aus, als schreie er. Als sei er mitten in einem stummen Schrei erstarrt.

Die Schwirrwinden waren hochgeschreckt. Sie flatterten oben in den Yimpiks, weißliche Flecken in den Schatten. Die Schratzen waren still, sie hatten sich irgendwo versteckt. Hoffentlich kehrten sie später wieder zu ihrem Nest zurück.

Martan fasste den Kiefer an, um zu schauen, ob er ihn wieder notdürftig befestigen konnte. Ehe er sich versah, machte er Angu mit seinem Vater. Kaum berührten ihre Nasen, ihre Stirnen sich, stürzte alles auf ihn ein.

Da waren Raumschiffe. Raumschiffe, die brannten, genau wie Vater gesagt hatte. Wie ein Schwarm Raubfische sahen sie aus, nur dass in ihren aufgerissenen Mäulern keine Zähne prangten, sondern diese Feuer brannten. Und sie ließen keinen halb zerfressenen Kadaver treibend im Meer zurück, sondern eine zerstörte Welt tot im All. Ihre Maschinen sangen ein Lied von Kraft und Herrlichkeit.

Da waren Echsen. Echsen in schweren Kleidern, mit denen sie fliegen konnten. *Kastuns,* wusste Martan plötzlich, so hießen die Raumschiffe. *Schädlinge.* Und die Echsen? *Gorr… Gorrthasi?* Sie hatten Hörner auf der Stirn und der Nase. Vier Arme wuchsen ihnen aus dem Leib, mit vier Händen, die Waffen hielten. Schwere, machtvolle Waffen, aus denen Feuer schoss, und nicht in einem Bogen, sondern in einer weiten, unnatürlich geraden Linie. Schwächliche Wesen zuckten und schrieen unter dem Feuer, das sie von ihrer sinnlosen kleinen Existenz befreite. *Abschaum!,* dachte Martan voller grimmiger Gorrthasi-Freude. *Würmer! Taugen ja kaum als Zielscheiben!*

Da war ein Geschöpf, ein schreckliches Mischding aus Lebewesen und Maschine, dessen Gesicht wie mittendurch geschnitten schien – hier Fleisch, uraltes Fleisch, dort Kunststoffe, Metalle. *Der Bestimmer,* wusste Martan. *Der Bestimmer T'kehgat.* Ihn zu spüren, hielt Martan nicht aus. Er floh.

Da waren Flammen und fliehende Menschen. Seltsam unbehaarte, schmale, samtbraune Menschen, die allesamt, Männer wie Frauen, ein kleines Licht im Kopf sitzen hatten. *Tefroder,* wusste Martan plötzlich. Eben hatten sie noch geliebt, gearbeitet, gelacht, gestritten, hatten sich überlegt, was sie anziehen, was sie essen, was sie sagen sollten, voller Groll, Vorfreude, Langeweile, Mühsal, Genuss.

Da waren Leichen. Viele Leichen, deren kleine Kopflichter

flackernd erloschen. *Dieses Licht, das heißt Sagh,* wusste Martan.

Da waren Blut und Schreie und entsetzliche Angst.

Angst, die Martan spürte. Am eigenen Leib, wie eben schon die Gefühle der Gorrthasi. Er wusste, dass er im Schatten seines Vaters lag, auf die Seite gefallen, am Rand einer süß duftenden Wiese, am Rand der Thirdkolonie, mitten zwischen Vogelgezwitscher, gefiederten Yimpik-Fächern und tanzenden Milchschwärmern. Aber er verspürte Todesangst.

Und er sah eine Stadt am Meer, eine Stadt wie aus den Geschichten der Alten, eine Stadt, die alles Leben, alles Gedeihen verhöhnte mit ihren gewaltigen geschwungenen Flächen und Kanten, mit den offenen Wunden ihrer so genannten Park-Anlagen, ihrer Grün-Flächen, mit der feisten Obszönität ihrer Türme und Hochhäuser und … *Minarette,* wusste Martan plötzlich. Die es verhöhnte mit diesen Bauwerken, die in den Himmel drängten wie Geiltriebe, wie die schmerzenden Steifen von Charandiden, die an Geilfieber litten, weil Liebeskorn in den Brotteig geraten war.

Martan wusste, dass es sich um Athreel handelte, die Schwimmende Stadt, den Stolz von Cyrdan. Und dass dieses Athreel als eine der schönsten Städte der Galaxis galt. Aber Martan war auch diese Stadt, war die geballte Angst ihrer sterbenden Einwohner mit den Sagh-Lichtern im Kopf, war zugleich die geballte Zerstörungswut der Gorrthasi-Echsenwesen in ihren brennenden Raumschiffen, die die Stadt in Schutt und Asche legten, das Meer mit gewaltigen Feuerlanzen zum Kochen brachten, die ganze Welt Cyrdan versengten, bis sie wie ein totes Samenkorn im Weltall hing, leblos, taub, steril.

Und der Bestimmer T'kehgat grinste dazu und wackelte mit den Zähnen.

Dann war es endlich vorbei.

Martan stand auf. Er rieb den schmerzenden, verschwitzten Nacken und funkelte seinen Vater an.

Er riss ihm den abgebrochenen Unterkiefer ganz ab, spitzte die Enden mit dem Messer an und pfropfte den Kiefer in die hellen Bruchstellen. Er war nicht sonderlich behutsam dabei. Dann öffnete er die Trommel, die bei dem Sturz eingedrückt worden war, zog einen Tiegel Heilschlamm hervor und schmierte die Pfropfstellen damit ein.

»Sternenhorchen – was für ein morbider Dreck!«, sagte er und stopfte den Tiegel in die Trommel zurück. »Ich weiß nicht, was schlimmer ist! Zu so einem Volk von Besitzlern und Kriegstreibern und Technokraten zu gehören – oder als angeblich friedliebendes Wesen gemütlich in der Natur zu sitzen und sich reinzuziehen, wie anderswo Leute abgeschlachtet werden!«

Er wartete nicht ab, was sein Vater antworten würde. Er machte einfach nur, dass er nach Hause kam.

Kapitel 3

11. April

»Raye … Elfenmädchen … Aufstehzeit.« Es war Zim, der da flüsterte.

Sie lag im Bett, halb auf dem Bauch, halb auf der Seite. In seinem Bett lag sie, in seiner Kabine auf der JOURNEE, mitten in seinem herrlichen Geruch. Sie tastete hinter sich. Falten, Lakengewirr. *Schon kalt. Schade.*

Sie war schon ein paarmal wieder weggedämmert, oder?

»Fünf Minuten noch, ja? Ich steh gleich auf.«

»Das hast du vor fünf Minuten auch gesagt«, erwiderte Zim leise. »Und vor zehn.« Auf einmal packte er ihren linken Fuß und biss in die Zehen.

»*Aiikh!*« Sie fuhr hoch, versuchte sich wegzudrehen, aber er hielt sie eisern fest und biss sie noch einmal. Dann erst gab er sie frei.

Sie ließ sich auf den Rücken fallen und machte die Augen wieder zu. »Gemeiner Kerl«, sagte sie und strich mit den Fingern über ihre Brüste. An einer Stelle war die Haut ganz riffelig vom Kopfkissen.

Die Matratze verschob sich leicht, dann küsste Zim sie auf den Bauch, knapp über den Schamhaaren. »Mein Pfirsichweib«, sagte er. Seine Haare kitzelten sie feucht.

Einen Moment lang dachte sie daran, wie sie sich gestern Nacht gegenseitig gewaschen hatten. Eine solch unschuldige Freude am Dasein hatte sie zuletzt als kleines Kind verspürt. Wasser, Schaum, Spritzen, Ringen, Zunge in den Duschstrahl halten. Unschuldig war auch die Lust gewesen, die sie auf ihn und seinen schönen Körper verspürt hatte. Unschuldig war auch gewesen, was sie miteinander gemacht hatten. Noch nie hatte sich Sex so richtig angefühlt.

»Du hast schon geduscht?«, fragte sie mit Bedauern.

Wieder das leichte Schieben der Matratze. »Ich muss gleich los«, sagte er. »Lagebesprechung. Du sollst auch kommen.«

Raye öffnete die Augen. Zim kniete am Fußende des Bettes und zog gerade den Reißverschluss eines hellbraunen Hemdes zu.

Sie ging auf die Ellbogen. »Ich soll mit zur Lagebesprechung? In die Zentrale?«

Er fuhr durch sein dunkelbraunes, halb langes Haar. Seine grünen Augen glitzerten. »Doch nicht in die Zentrale. Das ist die große Lagebesprechung, mit allen drei Schichten.« Er stutzte. »Mit beiden Schichten, meine ich. Sie findet im Konferenzraum statt, gegenüber von der Cafeteria. Aber du sollst erst später dazustoßen, wenn wir die ganzen internen Sachen schon besprochen haben. Um halb elf. Also: Innenring rechts, dritter Gang, gegenüber von der Cafeteria, halb elf. Bist du schon wach genug, um dir das merken zu können?«

Sie warf ein Kissen nach ihm.

Er fing es auf und ließ es aufs Bett fallen. »Ich hab eigentlich Extra-Freistunden«, sagte er. »Zum Synchronisieren an die Bordzeit. Muss erst ab Mitternacht wieder ran.«

»Und ich muss ins Spital«, sagte sie und zählte als kleine Rache für seine Unverschämtheiten lautlos bis zehn. »Aber vielleicht kann ich ja ein bisschen später hingehen.«

Sein Strahlen war nicht zu fassen. Sie bekam sofort wieder dieses Schmelzen im Bauch. Und musste auf einmal daran denken, was er ihr in der Nacht erzählt hatte.

Von dem Feindflug nach Lertix und weiter nach Taupan, der Bastion des Gelben Meisters, hatte er erzählt. Von ShouKis Opfertod. Der Gestaltwandler hatte sich als Perry Rhodan von Takegath und seinen Kopfjägern ergreifen lassen, um den anderen Gelegenheit zur Flucht zu geben. Die Kopfjäger hatten ihrem Namen alle Ehre gemacht. Zum Glück hatte Zim sich das als Pilot der Space Jet nicht mit eigenen Augen ansehen müssen.

Sie setzte sich auf. »He, wie geht's dir heute?«

Sofort war das Strahlen verschwunden. »Geht so.«

»Er war so ein lieber Kerl.«

»Hm«, machte Zim.

»Und mutig«, sagte sie. »Allein das mit dem Bein für Mimo. *Ich* hab danach ja schon drei Doppelte gebraucht.«

Zim sah zu Boden. »Muss ein komisches Gefühl sein. Ich möchte jetzt nicht in Mimos Haut stecken.«

Pünktlich um halb elf klopfte sie, frisch zurecht gemacht und ein kleines Obstfrühstück im Magen, an die Tür zum Konferenzraum.

Ein Terraner machte auf und blieb in der Türöffnung stehen. Er war ein Stück kleiner als sie und hatte eine Glatze. »Raye Corona?«

Sie nickte. Ihn hatte sie nach der Notlandung der JOURNEE auf Cyrdan wohl nicht behandelt. Als es Cyrdan noch gegeben hatte.

»Bi Natham Sariocc. Es dauert leider noch. Wenn du vielleicht in der Cafeteria warten könntest?«

Sie nickte.

Die Tür ging wieder zu.

Als sie zwanzig Minuten später noch immer fußwippend in der Cafeteria saß und überlegte, ob sie den Syntron zu einem dritten Kaffee auf Kosten des Hauses überreden sollte, ging hinter den Palmen und der großen Glaswand die Tür zum Konferenzraum auf, und alle möglichen Besatzungsmitglieder strömten heraus. Sie verschwanden links und rechts im Gang.

Das gab es doch nicht!

Diese dunkle Epsalerin namens Vorua, die so breit wie hoch war, stampfte an der Glaswand vorbei und scherzte dabei mit einem dürren Riesen herum, einem Terraner vielleicht. Und dort kam Perry Rhodan persönlich. Er sah sie hier sitzen und nickte ihr im Vorbeigehen knapp durch die Scheibe zu.

Sie hatten ihre Lagebesprechung beendet!

Ohne sie.

Die ersten Besatzungsmitglieder betraten den weitläufigen Raum. Sie gaben sich betont munter. Hinter ihnen kam auch Zim. Er ging langsam. Er lächelte verlegen.

»Sorry, Raye«, sagte er und gab ihr einen Kuss. »Das ist dumm gelaufen. Ich soll dich ausdrücklich von Perry grüßen.«

»Was gibt es denn für schreckliche Neuigkeiten?«

»Gar keine. Aber es sieht nicht gut aus.« Er machte diese terranische Geste mit den Schultern. »Wann hat es das schon, seit diese Kastuns aufgetaucht sind? Jedenfalls«, sagte er zerknirscht, »wird aus unserer kleinen Pause wohl nichts mehr werden.«

»Sag bloß, dir sind die Extra-Freistunden gestrichen worden?«

»Das nicht. Aber Perry will, dass du ihn und Grek nach Hohakindetimbo begleitest. In zehn Minuten.«

Als Raye unten auf Deck 1 aus dem Antigravschacht trat, war Perry Rhodan schon da. Der legendäre Terraner stand vorn in der breiten Hangaröffnung, die Hände hinter dem Rücken verschränkt, und schaute hinaus.

Draußen war es zu Rayes Verwirrung Nacht. Hier Bordzeit, im Spital lokale Planetenzeit, das brachte sie allmählich völlig aus dem Ruder. Die Sterne vermittelten Raye den Eindruck, dass die JOURNEE still stand. Aber dann zischten Wolkenfetzen vorbei, in denen sich schiffseigene Lichter spiegelten.

Neben Rhodan fuhrwerkte ein Serviceroboter mit gleitenden Bewegungen an einer Schwebeplattform herum. Von dem frischen Lackgeruch einmal abgesehen, roch es nach öligen Metallen und hochenergetischer Ladung. Irgendetwas knisterte.

Raye zupfte den Kragen ihrer hellen Hemdbluse zurecht, fuhr durch ihr fingerkurzes Haar und stiefelte dann durch den Kleinhangar. Ihr war ein wenig kalt. Sie hatte sich noch rasch für draußen etwas Dünneres angezogen. Jetzt wäre sie gern wieder in Zims grellgrünen Pullover geschlüpft, wie gestern bei ihrem kleinen nächtlichen Imbiss.

»Resident.«

Rhodan sah sie an. »Es tut mir Leid, dass ich dich vorhin umsonst habe warten lassen.« Dann schaute er wieder hinaus. Nach unten.

»Äh, ja.« Sie schaute ebenfalls hinunter. Die JOURNEE flog gerade hoch über das nächtliche Hohakindetimbo hinweg. Weiter vorn waren schon die Flutlichter des Raumhafens zu sehen.

»Resident«, sagte Raye. »Ich weiß es wirklich zu schätzen, dass ich hier auf der JOURNEE Unterkunft gefunden habe ...«

Schon dehnte sich vor ihnen ein Durcheinander von Raumyachten, Linienschiffen und Frachtern aus, zwischen denen winzige Fahrzeuge und noch winzigere Lebewesen herumwimmelten.

»... und ich will auch nicht undankbar erscheinen ...«

Dann waren sie über dem Raumhafen. Das gleißende Flutlicht hob den sanften Schwung seiner Außenlinie hervor.

»Aber?«, fragte Rhodan.

Raye musste auf einmal an den ebenso sanft geschwungenen Gezeitenwall von Athreel denken, an die Schwimmende Stadt und das Binnenmeer. Ihr fiel wieder ein, wie gern sie auf dem Wall gestanden und sich in den Grün- und Blau- und Grautönen unter den glitzernden Wellen verloren hatte.

Sie holte tief Luft. »Aber ich weiß wirklich nicht, was ich auf diesem Kondolenzbesuch verloren habe!«

Sie sah Rhodan an.

Der Unsterbliche schaute immer noch auf den Raumhafen hinab. Die JOURNEE sank inzwischen. »Du würdest jetzt lieber deinen Arbeitspflichten nachkommen, schätze ich.«

»Ja!«, fuhr sie auf. Was sollte das denn sein, eine Anspielung? Sie dämpfte ihre Stimme. »Da draußen sind Schwerstverletzte, die versorgt werden müssen. Jeden Tag kommen mehr hinzu. Und wir haben, wie ich bei der Besprechung eben gern berichtet hätte, inzwischen einen Anstieg von unspezifizierten fieberhaften Infekten zu verzeichnen. Das könnte die erste Seuche sein.«

»Ich weiß«, sagte Rhodan. »Doktor Serleach hat darüber Bericht erstattet. Er macht seinen Job jetzt wieder einigermaßen ordentlich, dank deiner Risikobereitschaft.«

»Das freut mich zu hören. Es hat auch keinerlei Abstoßungsreaktionen gegeben. Aber ich verstehe nicht, warum *er* dich dann nicht begleitet.«

Hinter ihr schepperte etwas.

»Immerhin hat er das Bein ShouKi zu verdanken!«, fügte sie hinzu. »Ohne den Atto ...«

Wieder das Scheppern. Sie drehte sich um. Es kam aus dem Antigravschacht.

»Ich respektiere deine professionelle Sorge und dein Verantwortungsgefühl und werde dich so bald wie möglich beim Spital absetzen«, sagte Rhodan. Er ging nicht mal auf ihr Argument ein!

Das Scheppern wurde lauter.

»Aber bis dahin hätte ich dich als Implantat-Chirurgin gern in meiner Nähe«, fügte der Terraner hinzu, als Grek-665 ½ aus dem Schacht trat.

Der mit einem so genannten Lemur-Emotionssimulator, kurz LemSim, ausgestattete Wasserstoffatmer trug wie immer sein albernes, grellblaues Baty-Hemd über dem Raumanzug. Gefühle mochte ihm sein Implantat vermittelt haben, Geschmack sicher nicht. Er hielt ein Bündel Blechdosen, die an Schnüre geknüpft waren, in der behandschuhten Tentakelhand und schüttelte sie.

»Ich habe noch flugs etwas zum Hint-an-Binden besorgt«, sagte er in seinem unbeholfenen Interkosmo.

Raye sah zu Rhodan. Auch er machte die seltsame Geste mit den Schultern. »Ist nur so ein Gefühl«, sagte er leise. Dann hob er die Stimme. »Grek-665 ½. Ich wusste gar nicht, dass die maahksche Kultur Trauerrituale kennt.«

Ein Brummen drang aus den Helmlautsprechern des grauen Riesen. »Ist eine attorische Beileidsbekundung.« Er kniete neben der Steuerung der Antigravplattform nieder und befestigte die Schnüre mit den schlangengleichen Fingern an der Lenksäule.

»Bist du dir sicher?« Rhodan zeigte auf die Blechdosen. An seinem Arm war eine schwarze Binde befestigt. »In meiner Jugend auf Terra haben wir so etwas an die hinteren Stoßstangen von … ähm … bodengebundenen Transportmitteln geknüpft, wenn jemand geheiratet hat.«

Wieder dieses Brummen. War es ein verächtliches Schnauben? Raye sah dem Maahk auf den breiten Hinterkopf, aber seine rückwärtigen Augen wichen ihrem Blick aus.

»Wie geht es deiner Brust, Grek? Alles gut verheilt?«

»Ja, ja«, sagte der Maahk, der bei dem Einsatz auf Taupan verletzt worden war. »Danke der Nachfrage.« Er rasselte noch einmal mit den Blechdosen, dann stand er auf und drehte sich um. »Hat ja nur Fleisch getroffen. Das heilt wieder.«

»Ich würde es mir trotzdem gern einmal ansehen.« Raye starrte auf die Hand voll Löcher in dem blauen Fanhemd. Darunter lugte die narbige Deckschicht des Raumanzugs hervor. »Ich hab gehört, dass dich Knochensplitter von einem Nicht-Wasserstoffatmer getroffen haben. Wenn man sie nicht entfernt und die Wunden säubert, könnte es böse Infektionen geben.«

»Hab ich schon gesäubert, danke. Und Desinfizieren kann mein Anzug. Jetzt muss nur noch zusammen wachsen, was zusammen gehört. Das wird nicht lange dauern.« Er trat die Dosen von der Plattform hinunter und starrte auf sie beide hinab. »Können wir?«

Das Prallfeld öffnete sich, und die Antigravplattform schoss vor. Auf dem Landefeld unterhalb der JOURNEE standen schon Massen von Flüchtlingen bereit. Ungefähr 18 000 wurden pro Flug in die weniger überfüllten Regionen des Planeten gebracht, eine kaum fassbare Zahl.

Trotz der nächtlichen Stunde schlug ihnen feuchte Hitze entgegen. Sie legte sich wie ein Film auf Rayes Haut und wurde vom Fahrtwind kaum weggeweht. Oder war das schon ihr Schweiß?

Raye öffnete den obersten und den untersten Knopf ihrer flatternden Bluse. Rhodan würde ihr schon nichts weggucken. Er stand vorn in seinem blauen Galornenanzug. High-Tech pur. Ihm machte die Hitze bestimmt nichts aus. Dem Maahk in seinem Raumanzug unter dem eng anliegenden Fanhemd, das sämtliche Wülste und Nähte nachzeichnete, bestimmt auch nicht.

Wie warm war es überhaupt auf Maahk-Welten? Hundert Grad? Sie wusste es nicht genau. Aber das war auch schnurzpiepegal. Maahks mussten auf Menschenwelten Raumanzüge tragen, Menschen auf Maahkwelten. So war das nun mal.

Unter der schwarz geriffelten Plattform drang das gedämpfte Scheppern der Blechdosen hervor.

Raye stand als einzige breitbeinig da. Sie konnte sich einfach nicht an das gepolte Schwerefeld gewöhnen, das einen auf diesen Dingern hielt, selbst, wenn sie in noch so gewagte Kurven gingen.

Und Rhodan hatte ein Herz für gewagte Kurven! Er nahm jede, die ihm winkte. Hier schoss er um die riesige, aufgerissene, hell erleuchtete Flanke eines Frachters, der ihnen seinen Brandgeruch entgegenhauchte und aussah wie ein gigantisches, auf den Grund gesunkenes Meeresungeheuer; dort flog er im Zickzackkurs zwischen altertümlichen Kränen und Containergebirgen hindurch, in deren schroffen Schlagschatten es nach Staub und Rost und Garküche und Fäkalien roch.

Raye betrachtete die vorbeirasenden Containerstapel. Hatten sich hier etwa Flüchtlinge eingenistet?

Um den Raumhafen so funktionsfähig wie möglich zu halten, wurden die ankommenden Vertriebenen rasch auf das Umland verteilt. Aber die meisten wollten nirgendwo mehr hin. Sie hatten auf einen sicheren Planeten fliehen wollen, und dort waren sie nun. Wozu noch laufen? Wozu sich noch sagen lassen, wohin man gehen sollte? Es reichte doch, endlich wieder festen Boden unter den Füßen und einen Himmel über dem Kopf zu haben.

Solche Leute blendeten einfach aus, dass auch anderswo

die Kampfboote der Kastuns aus dem Himmel fielen. Und auch anderswo der Erdboden nur so lange fest war, bis die Strahlen der brennenden Schiffe für Erdbeben und Vulkanausbrüche sorgten.

Raye musste an den Untergang von Rakusa denken, von Cyrdan. Sie hatte beide überlebt. *Die Frau, die sie nicht tot kriegten.* Guter Titel für ihre Memoiren. Falls sie noch dazu kam, sie zu schreiben.

Dann lag der Raumhafen hinter ihnen. »Wohin fliegen wir eigentlich?«, rief sie.

»Zum Gerichtshof, in dem Richterin Halnay und ihre Leute auf uns warten«, antwortete Perry Rhodan. »Von dort geht es dann zu Fuß zu ShouKis Witwe weiter.«

»Wit*wen*«, sagte Grek. »ShouKi hat derer drei hinterlassen.«

»ShouKi hatte drei Frauen?«, fragte Raye. »Und keine Kinder?«

»Er hatte immer viel zu tun«, sagte Grek.

»Und warum hatte er dann drei Frauen?«

»Ja, nun, weil er eben immer viel zu tun hatte.«

Raye beließ es dabei.

Rhodan lenkte die Plattform über ein Wäldchen riesengroßer Bäume hinweg. »Wir kommen«, sagte er halblaut zu irgendjemandem. »Ja. Alles klar.«

Die Bäume unter ihnen hatten rote, leicht gewundene Stämme, und in ihre Wipfel waren Häuser gebaut. Überall leuchteten Lampions. Auf einem Balkon räkelte sich ein Atto in der mit einem großen, schwarz-weißen Karomuster variierten Standardgestalt und winkte ihnen zu. Seine beiden Schneidezähne glitzerten ebenso golden im Scheinwerferlicht der Plattform wie die viel zu große Schlafanzughose.

Hinter dem Wäldchen erstreckten sich schon die äußeren Stadtviertel. Zwischen Unmengen von Zelten und Unterständen aller Art und Qualität ragten hier und dort größere, feste Häuser hervor. Die Straßen waren eng, winkelig und überfüllt. Eine einheitliche Beleuchtung war nicht auszumachen; die Bewohner mancher Viertel bevorzugten sogar Fackeln. Zwischen den unzähligen Fußgängern zuckelten Karren, Kutschen, Rikschas und auch ein paar Kraftfahrzeuge. Es war ein Farbgewirr, ein lärmendes Chaos, ein Durcheinander von Wohlgerüchen und Gestank.

Rhodan hielt auf eine Ansammlung Hochhäuser zu, die einzigen, die horizontweit zu sehen waren. Tefrostadt. Auf einem der Wolkenkratzer stand der *Gerechte*, ein überlebensgroßer, bis auf ein Lendentuch nackter tefrodischer Jüngling aus Stein. Er war von unten beleuchtet, was seine überirdische, mythische Ausstrahlung noch erhöhte. Er hatte eine fast ebenso gute Figur wie Zim. Seine Augen waren verbunden, und er hielt eine Lanze und eine Wasserwaage in den Händen.

Rhodan senkte die Plattform auf den weit auskragenden Balkon unmittelbar unter der Statue. Vor dem Aufsetzen schob er eine Stiefelspitze unter die Schnüre, die Grek an der Lenksäule angebracht hatte. Er hob den Fuß, wickelte sie sich mit einer Drehbewegung einmal um den Spann und zog das Bein kurz an. *Zack …* die Blechdosen flogen rasselnd auf die Plattform. Eine weitere Drehbewegung, und sein Fuß war wieder frei.

Süß, dachte Raye. *Auch einem Unsterblichen macht es noch Spaß, lässige Gesten zu bringen.*

Eine ebenso gut aussehende wie füllige Frau trat aus den Schatten. Richterin Halnay. Sie trug einen eleganten Hosenanzug, anscheinend aus einem Naturstoff.

»Resident«, sagte sie und gab Rhodan die Hand. Dann sah sie den Maahk an. »Grek.«

»Es tut mir Leid!«, dröhnte Grek-665½ und schlug sich gegen die Brust. »Mein Herz zerreißt, wenn du mir diese Anmerkung gestattest!«

»Ja, mein Junge. Meins auch.« Sie tätschelte ihm die Tentakelhand. »Wie ich sehe, habt ihr Dosen mitgebracht. Binde sie doch mal los.«

Grek stand da und starrte sie an. Dann beugte er kurz den Oberkörper vor und stapfte zur Schwebeplattform zurück.

Die Richterin musterte Raye von oben bis unten. »Wir kennen uns noch nicht, glaube nicht.«

»Raye Corona«, sagte Perry Rhodan. »Ein Gast auf der JOURNEE.«

»Mein Beileid«, sagte Raye. »Wie ich höre, habt ihr einander sehr nah gestanden ...«

»Die Ärztin?«, unterbrach Richterin Halnay sie und gab ihr die Hand. »Ich habe viel von dir gehört, Kindchen. Besonders von deiner neuen Transplantationsmethode. Und von deinem ...« – sie schnalzte mit der Zunge – »... beherzten Eintreten für die Völkerverständigung. Apropos ... du hast eine hübsche Bluse an, Kind. Aber so geht das nicht. Den Bauchnabel musst du einpacken. Zumal, wenn er noch Knutschflecken zeigt.«

Raye knöpfte rasch die beiden unteren Knöpfe der Bluse zu.

»Kein Grund, gleich nach Karamell zu riechen, Kind«, sagte Richterin Halnay. »Aber etwas Pietät muss sein.« Sie sah auf die Uhr. »Wo bleibt er denn?«

»Dein Mann?«, fragte Rhodan. »Der übrigens kein Tefroder ist«, fügte er zu Raye gewandt hinzu.

»He, ich bin nicht im Dienst«, sagte Renis Halnay. »Da darf ich so ungerecht sein wie alle anderen auch. Aber ich meinte den Planetar-Anwalt. Wir hatten uns hier verabredet. Egal, holen wir ihn eben ab.«

Sie folgten der Richterin durch die offen stehenden Flügel der Balkontür in einen Wartesaal, in den nur das Scheinwerferlicht von draußen fiel. Es roch hier muffig, nach Schweiß und Rauchwaren und Imbiss-Soßen.

»Du schon wieder!«, zeterte es plötzlich in den Schatten. Raye zuckte zusammen. Ein kleines, echsenartiges Wesen in einer Art Stützkorsett schoss an ihr vorbei und lief neben Rhodan her, leuchtete ihn mit einer winzigen Taschenlampe an. »Brauchst wohl nie eine Nummer zu ziehen, was? Hast ja beste Beziehungen, Bruder, muss ich schon – *ugh!*«

Renis Halnay war kurz stehen geblieben und hatte das Wesen mit dem Fuß erwischt.

»Wirst du wohl die Würde des Gerichts achten, du verkommenes Subjekt!«, rief sie im Weitergehen. »Du hast Hausverbot. Und geschlossen ist auch. Raus hier!«

»Nein, Richterin!«, sagte das Wesen hinter ihnen. »Ja, Richterin! Bin schon weg!«

»Ja, ja«, brummte Renis Halnay und bog in einen unbeleuchteten Gang ab. »Was für'n Typ. Prozess-süchtig. Zeigt sich ständig selbst an. Aber wenn du ihm eine langst, geht's auch mal ohne.« Sie lachte auf. »Sollte ich glatt als Rationalisierungsvorschlag nach oben weitergeben!«

»Ich weiß ja nicht, wie es deinen Vorgesetzten geht, Richterin«, sagte Perry Rhodan. »Aber Vorschläge dieser Art bekomme ich ständig.«

Raye war froh, dass es dunkel im Gang war. So sah wenigstens niemand ihr angewidertes Gesicht.

»Können wir bitte von etwas anderem reden«, dröhnte der Maahk hinter ihr. »Das macht mich ganz fertig.« Er rasselte mit den Dosen. »Oder einfach mal schweigen?«

Raye hätte ihn umarmen können.

Im nächsten Gang war Licht. Richterin Halnay hielt auf eine Tür zu, auf der in Metallbuchstaben

PLANETAR-ANWALTSCHAFT ATTORUA
(ATTORI-2)

geschrieben stand. Sie blieb stehen und wartete, bis alle zu ihr aufgeschlossen hatten. Sie wollte gerade zur Klinke greifen, als der Griff hinunterklappte und die Tür aufgezogen wurde.

»Planetar-Anwalt«, sagte Renis Halnay zu dem Tefroder, der vor ihnen stand. »Fängst du jetzt auch schon an wie mein Mann?«

Der Planetar-Anwalt strich mit beiden Händen über sein schütteres Haupthaar und breitete dann entschuldigend die Arme aus. Gleichzeitig trat er einen Schritt zurück und zur Seite.

Vor seinem breiten, mit Akten und kleinen Plastikfiguren übersäten Schreibtisch saßen drei weibliche, weiß bepelzte

Atto in der Standardgestalt. Sie waren nackt bis auf breite Gürtel, die züchtig die Bauchnabel verhüllten und hinten mit Schnüren verziert waren, an denen blanke Blechdosen hingen. Ihre großen Kulleraugen schauten sehr ernst und entschlossen.

»Die Witwen des Verteidigers«, sagte der Planetar-Anwalt mit brüchiger Stimme. »Ein Präzedenzfall, ehrenwerte Richterin. Sie wollen ShouKis Bein.«

Kapitel 4

19. März

Bevor Martan zu Hause war, fing es zu regnen an. Er hörte es draußen rauschen. Er hatte eigentlich unter freiem Himmel zurückwandern wollen, aber nun blieb er lieber auf den ältesten Hohlwegen. Die hielten eine ganze Weile dicht.

Die Luft roch satt und würzig und war schwer zu atmen. Kleine Insekten flohen hierher ins Trockene und schwärmten umher, bis sie das richtige Blatt gefunden hatten und sich daran hängten. An den finstersten Stellen drängten sich Pilze mit knubbeligen, bleichen Hüten.

Ab und zu kam Martan an riesigen Verholzten vorbei, zumeist an Kreuzungen. Sie waren dort im Dunkel ganz grau geworden. Oft fehlten ihnen schon große Stücke Rinde, waren die Äste nur noch tote, spitze Stummel. Es waren meist Baumweiber, wie er an den verästelten Brüsten leicht erkannte, und sie starrten fast immer einen Hohlweg entlang.

Als kleiner Junge hatte Martan seinen ganzen Mut zusammennehmen müssen, um sich allein an ihnen vorbei zu trauen. Wenn er sich näherte, hatten sie ihn mit ihren blinden Augen grimmig und ernst angesehen, als würden sie aufpassen, dass er auch ja nichts anstellte.

Eines Tages hatte ihm seine Mutter erzählt, dass es sich dabei um die Frauen handelte, die diese Wandelgänge einst angelegt und gehegt hatten.

»Aber Ani, warum hocken sie da im Dunkeln?«, hatte Martan gefragt. »Sie hätten sich doch auch draußen hinsetzen können, wo die Sonne scheint und sie sehen können, wie ihr Gang wächst. Das wäre doch viel schöner gewesen.«

»Frag sie doch mal«, hatte seine Mutter gesagt.

Martan hatte es nie getan.

Eine Zeit lang drang kaum ein Tropfen durch das dichte Blätterdach. Dann fing es richtig zu schütten an. Martan zog Hemd und Hose aus, stopfte sie in seine Trommel, die einigermaßen wasserdicht war, und ging nackt weiter. Bei der nächsten Lücke verließ er den Hohlweg.

Draußen war es noch um einiges heller, trotz der tiefen Wolken. Er war im Nu tropfnass, und ihm war kalt, aber er genoss es, so sauber gewaschen zu werden. Runter mit dem ganzen galaktischen Dreck, den sein Vater über ihn gekübelt hatte! Diese Echsenwesen zu spüren, diese Gorrthasi – es war dermaßen ekelhaft gewesen!

Martan lief los. Er trat mit den nackten Füßen mitten in die dicksten Pfützen, dass es nur so spritzte. Aber er passte auf, dass er keine Schnecken dabei zertrat.

Vor ihm stob ein Rudel Rotschwänze davon. »Ha!«, rief er. »Haha!« Er fühlte sich so gereinigt, so gut, so lebendig, dass er ihre Sprünge nachahmte und die Trampelpfade entlang tanzte. Mitten durch brusthohe Wiesen, deren Gräser und Kräuter nass nach ihm griffen, dann an einer überwucherten Mauer und am Ufer eines Kanals vorbei.

Das schwarze Wasser schäumte vom Regen. Schließlich kam Martan an der Rückseite des Gartens an, in dem er wohnte.

Es war der schönste Garten, in dem er je gelebt hatte. Er maß vielleicht zweihundert Schritt in der Länge und siebzig in der Breite und wurde nur an wenigen Stellen von einer bunt angemalten Palisade begrenzt, die vor allem als Windschutz diente. Ein gutes Dutzend kleiner Hütten waren kreuz und quer in dem üppigen Grün errichtet, das sich unter der Regenlast beugte. Abgesehen davon, dass sie auf Pfählen standen, waren sie alle unterschiedlich gebaut, gestrichen und geschmückt. Aber heute konnte Martan sie kaum ausmachen, so dicht fiel der Regen.

Martan ging schnaufend das Ufer entlang bis zu der gelb-orangenen Hütte, die er mit Lily Yo bewohnte. Er bog um die überwucherten Filtriertonnen, die schon fast überliefen, und trat unter das kleine Vordach. Er nahm die Trommel ab und legte sie auf das verwitterte Regalbrett an der Wand neben der Tür.

Holterdipolter, tropfte er was zusammen!

»Ah!«, grollte er und schüttelte sich. Das Wasser flog in alle Richtungen.

»He, Martan!« Sie stand oben in der Tür ihres Wagens, ein großes Tuch um den Leib geschlungen, und trocknete mit einem kleineren die kurzen Lockenhaare ab.

»Busch. Wie geht's?«

Ihre Augen und Zähne blitzten. »Haben wir mal wieder dieselbe Idee gehabt, was? Hier, fang!«

Er fing das kleine Handtuch auf und trocknete damit sein Gesicht. Der Stoff roch nach Buschs Kopfhaaren. Sie rieb nach dem Waschen immer irgendeinen Kräutersud hinein, aber so weit war sie heute noch nicht gekommen. Darum roch er einfach nur ihre herbe Süße.

»Danke.« Er warf das Tuch zurück, und als die kleine Frau es an einen Haken unter dem Vordach hängte und dabei auf Zehenspitzen das große Tuch vor der Brust zusammenhielt, kam er sich auf einmal zu nackt vor. »Ich seh mal zu, dass ich in was Trockenes komme.« Er hielt die Beine unter die Traufe, damit die Erdspritzer abgespült wurden, zog die Tür zur Seite, sprang die drei Stufen hinauf ins Dunkel und zog sie wieder bis auf einen Spalt zu. Daneben hingen an der Wand immer ein paar Handtücher bereit.

Während er sich abfrottierte, rief Busch von drüben: »Auch einen Gebrannten?«

»Ja, gern. Ich komme sofort.«

Eine Viertelstunde später saß er bei Busch am Tisch. Es duftete nach frisch gerösteten und vermahlenen Körnern und Nüssen und Holzfeuer. Auf dem Herd köchelte der Gebrannte vor sich hin. Die Herdklappe stand offen. Glut glomm darin, unter einer Schicht Asche, sodass sie kaum Licht gab. Busch hatte den breiten Fensterladen nach oben geklappt.

Inzwischen war es völlig dunkel draußen. Regen prasselte.

Zwischen den schwarzen Bäumen war das hellere Wasser des Kanals zu erahnen. Es war warm hier, und Martan schwitzte, obwohl er nur eine kurze Hose und eine leichte Weste übergezogen hatte.

Busch stellte zwei Töpfe auf den Tisch. Dann ging sie vor dem Herd in die Hocke und zündete erst einen Span und damit eine kurze Kerze an. Schatten sprangen, und Martan musste die Augen zusammenkneifen. Sie stellte die Kerze auf den Tisch und setzte sich Martan gegenüber. Sie trug ein kurzes Kleid, ein weißes, ärmelloses Fähnchen. Typisch Busch. Sie zeigte gern ihre Muskeln und zog nach getaner Arbeit noch lieber etwas an, auf dem garantiert jeder Fleck zu sehen war: Seht her, Drecksarbeit zu Ende! Jetzt wird gefeiert!

Martan schlürfte von dem Gebrannten. Er bekam etwas Satz in den Mund und zerkaute ihn. Lecker! Sie hatte sogar vermalzene Körner hineingegeben. »Wo sind denn alle hin?«

»Keine Ahnung. Nach vorn wahrscheinlich. Wir haben mal wieder am Kühlkeller rumgebaut, als es zu schütten anfing. Bis wir die Planen drüber hatten, war das Ding halb voll gelaufen.« Sie grinste und fuhr durch ihr strubbeliges Haar. »Die anderen sind alle im Wald. Die sind inzwischen bestimmt auch halb voll. Kompost-Piet hat ein paar Krug Krausbier springen lassen. Bei dem Gichtwetter unbedingt vorbeugen, hat er gemeint. Aber bei so einem Regen besauf ich mich doch nicht – den lass ich lieber an mir runterlaufen!«

»Oh, ja«, sagte er und lachte. »Lily Yo auch vorn?«

»Klar«, sagte sie. »Da gab's einen Haufen Arbeit, und jetzt gibt's was zu feiern. Wie könnte dein Prachtweib nicht dabei sein?«

Martan trank den Gebrannten aus und war bei den letzten Schlucken besonders vorsichtig.

»Honig?«, fragte Busch.

»Gern, Nachbarin.« Er beobachtete, wie sie das Glas vom Vorratsregal fischte. In den Locken auf ihren Oberschenkeln schimmerten goldene Reflexe vom Kerzenlicht. Sie stellte ihm das Glas hin und gab ihm einen Löffel. Er rührte Honig in den Körnersatz, schaufelte die süße Masse in den Mund. »Hmm! Kommst du auch noch mit rüber?«

»Mit zu dir? Klar«, sagte Busch und strahlte ihn an. »Aber wir können auch hier vögeln.«

Martan verharrte beim nächsten Löffel abrupt. »Bu-husch.«

Sie brach in perlendes Lachen aus. »He, klar! Ich weiß schon, dass ihr beiden alten Leutchen lieber *Liebe macht*, und das auch nur miteinander. Aber du gefällst mir halt.«

Martan löffelte weiter. »Du gefällst mir auch, Busch.«

»Aber das reicht nicht, stimmt's?«

Er nickte.

»Weil ich zu jung bin?«

Das war nicht die ganze Wahrheit, aber er nickte. Es würde ihn innerlich von Lily Yo entfernen, wenn er mit jemand anders schlief. Das wollte er nicht, und das hatte er Busch auch längst gesagt.

»Jeden Tag«, seufzte sie und ging zur Spüle, an der ein poliertes Tablett hing. Es war zu dunkel, um darin etwas sehen zu können, aber sie machte ein Schauspiel daraus. »Jeden Tag schaue ich in den Spiegel und hoffe, dass ich endlich mal eine Falte gekriegt habe. Aber vergebens.«

»Das ist es eben mit euch Jungchen«, sagte Martan. »Immerzu schaut ihr in den Spiegel ...«

Busch beugte sich über den Tisch, und sie machten Angu miteinander. Sie legte ihm dabei eine kleine, heiße, kräftige Hand in den Nacken. Ihre Augen schimmerten dunkel.

Dann richtete sie sich auf und boxte ihn gegen die Schulter. »Sehen wir lieber zu, dass wir in den Wald kommen, du Halunke – bevor du mich noch rumkriegst.«

Der Wald war der Versammlungsort ihres Gartens und hieß eigentlich »Wald der Ahnungslosen«. Der Name spielte auf den Wald der Ahnen an, jene pflanzlich-geistige Sphäre, in der die Verholzten miteinander verbunden waren und die so etwas wie das lebendige Urgedächtnis der charandidischen Kultur darstellte.

Im Wald der Ahnen begegneten die Alten, die Verholzten,

den Pflanzengeistern, die einst vielleicht auch Verholzte gewesen waren, nur dass sie längst so sehr mit der sie umgebenden Pflanzenwelt verbunden und verwachsen waren, dass niemand sie mehr als charandidisch erkannte. Im Wald der Ahnen erfuhren Mütter die Namen ihrer Kinder, fanden Heilkundige das rechte Kraut, lauschten Wurzelkauerinnen den ältesten Geschichten.

Im Wald der Ahnungslosen dagegen begegneten die Jungen, die Munteren, den Geistern von Bier und Wein und fetten Suppen. Es handelte sich um einen kuppelförmigen Weidenbau, der vielleicht fünfzehn Schritt durchmaß. Manche sagten, damals, vor zehn Jahren, beim Anpflanzen, hätte er wie eine geduckte Spinne ausgesehen. Nein, sagten andere, wie eine auf den Boden heruntergebogene Blüte.

Martan hatte damals noch nicht hier gewohnt, und heute war davon nichts mehr zu erkennen. Überall ragten nachgewachsene Weidenruten steil nach oben, zur Mitte hin immer höher, sodass das Ganze aussah wie eine gigantische struppige Mütze aus Gras oder die zerstrubbelte Haarpracht eines Riesen. An den höchsten Ruten waren Wunschwimpel und Fahnen angebracht, vom Wind zerschlissene, ausgeblichene Stoffstreifen.

Trat man durch einen der gewachsenen Bögen des Außenringes ein, ließ sich die Konstruktion noch erahnen. Ungefähr in der Mitte waren aber Dutzende von dicken Ruten zu einem »Stamm« zusammengebunden, der sich ein gutes Stück über Kopfhöhe in ebenfalls zusammengebundene »Äste« teilte, die sich in gleichmäßigen Abständen nach außen hin wegzubiegen schienen. Sie verschwanden hinter milchigen Planen, die als Wetterschutz in diese Trägerkonstruktion eingespannt waren, und kamen beim Außenring wieder hervor, um sich dort mit dessen Bögen zu verbinden und in der Erde zu verschwinden. Oder vielmehr, um dort hervorzuwachsen. Der Weidenbau bestand ganz aus Halbbögen. Er war ein Wunderbaum mit einem Dutzend Stämmen.

Martan und Busch teilten sie sich ein Stück Wachstuch, als sie über die glitschigen Gartenwege darauf zuliefen, denn es schüttete noch immer. Ihre Ellbogen und Schultern stießen immer wieder aneinander, und es war warm unter dem Stoff. Einmal rempelten sie so sehr mit den Hüften gegeneinander, dass sie fast hingefallen wären. Martan legte ihr einen Arm um die Taille. So kamen sie zwar nass bis zu den Knien, aber heil an.

Martan fühlte sich so lebendig durch den Regen und Buschs prächtige Nähe, dass er voller Vorfreude war. Er wollte trinken! Er wollte tanzen! Vielleicht sogar selbst mal wieder ein paar Lieder spielen! Er wollte Lily Yo im Kreis herumwirbeln, bis sie schrie! Wollte sie sich über die Schultern werfen und mit ihr hinaus in den Regen laufen, sodass sie kreischte und ihm mit den Fäusten den Rücken bearbeitete!

Aber als Busch und er unter dem erstbesten Bogen durchhuschten und sich aufrichteten und in das Licht der Kerzen und Öllampen blinzelten, schlug ihnen kein Lärm, keine Musik, kein Gelächter entgegen.

Niemand tanzte. Niemand stand an dem Tresen, den sie letzten Sommer um den Mittelstamm gezimmert hatten. Die Leute saßen im Schutz einiger heruntergelassener Windbrecher hinten im Kreis. Sie sahen zu ihm und Busch hinüber.

»Was ist denn hier los?«, sagte Martan und warf das Wachstuch über einen Stuhl, über dem schon ein paar nasse Ponchos hingen.

Die Leute saßen da und starrten ihn an. Alle waren da. Ani Gompa. Kompost-Piet und seine beiden Genossen. Tamara Yadana mit ihrer Mutter. Alle anderen. Manche rauchten, sogar eine Frau, die sonst nie rauchte. Manche hielten Bierkrüge. Neben Kompost-Piet stand ein Bottich mit seiner Anti-Gicht-Lauge. Aber niemand trank.

Sogar Beule war da. Sie saß bei Lily Yo auf dem Schoß und weinte leise vor sich hin. Auch Lily Yos glatt rasierte Wangen waren tränenüberströmt. Sie sah Martan an. Er ging langsam auf sie zu.

»Ist jemandem was passiert?«, fragte Busch hinter ihm.

Kompost-Piet wischte sich mit einer fleischigen Hand über das Gesicht und den brustlangen Bart. »Sagt bloß, ihr habt noch nichts davon gehört?«

»Nein, verdammt«, sagte Martan. Er ging in die Hocke, legte einen Arm um Lily Yo, die ihn gleichfalls umarmte, und einen um Beule. Beule fiel ihm entgegen und barg ihren heißen Kopf an seiner Schulter, rieb ihm ihren Schnodder in die Weste. »Ich komme gerade von meinem Vater.«

Kompost-Piet ächzte. »Dann müsstest du's ja wissen!«

Martan richtete sich auf. Beule klammerte sich an ihn, Lily Yos Arm fiel von ihm ab. »Ihr macht so ein Gesicht wegen … diesem Cyrdan?« Er stand auf, Beule vor dem Bauch. Er legte beide Hände unter ihren kleinen Po. »Ich fasse es nicht.«

»Die sind alle tot, Mann«, sagte Piets Genosse. Seine Wangen über dem eher fusseligen Bart glänzten rot, die Augen wirkten glasig. Er hatte eindeutig etwas gegen seine Gicht getan. »Der ganze Planet. Ein ganzer Planet einfach so weggepustet, pfffft.«

Beule fing lauter zu schluchzen an. Martan spürte die Wut in ihm prickeln. »Und da habt ihr nichts Besseres zu tun, als hier rumzuhocken und den Kindern richtig Angst einzujagen, oder was?«

»Martan«, sagte Lily Yo.

Er sah sie an. Ihre Augen waren matt. Er schob den Arm weiter unter Beules Po und hielt Lily Yo die andere Hand hin. Sie ergriff sie. »Bis gestern«, sagte er, »haben wir nicht einmal gewusst, dass es diese Welt überhaupt gibt.«

Busch ging an ihm vorbei. Sie hatte einen Krug genommen und tauchte ihn in Piets Bottich. »Du auch einen, Martan?«

»Nein, danke«, sagte er. »Mir ist der Durst vergangen. Ich bring lieber mal die Kinder ins Bett. Willst du ins Bett, Laila Dama?«

Beule nickte an seinem Hals.

»Willst du mitkommen, Tamara Yadana? Willst du heute mit Beule bei uns schlafen?«

Sie sah auf, blieb aber auf dem Schoß ihrer Mutter sitzen, einer blassen, schmalen Frau mit einem ungeheuren Berg hochgesteckter Kopfhaare.

»Ihr müsst euch das nicht anhören, Kinder«, sagte er. »Ihr könnt auch schlafen gehen.«

»Martan«, sagte Lily Yo.

»Hm, was meint ihr?«, sagte er. »Wir spielen noch was, und ich erzähl euch noch eine Geschichte, und dann pennt ihr einfach gemütlich zusammen ein.«

Tamara Yadana nickte. Ihre Mutter sah ins Leere.

»Martan«, sagte Lily Yo. »Die Kinder sind ganz fertig. Das wissen wir. Wir alle sind ganz fertig. Darum wollten wir gerade zusammen meditieren. Um uns gegenseitig zu stützen. Und gute Energien ins All zu schicken.« Sie drückte seine Hand. »Mach doch mit.«

Er hörte, wie Busch mit einem von Piets Genossen zu flüstern anfing, was denn passiert sei. So war es wahrscheinlich den ganzen Abend lang gelaufen. Immer wieder war jemand reingekommen, immer wieder waren die gleichen Gruselgeschichten erzählt worden. Er konnte es sich lebhaft vorstellen.

»Ich bring lieber die Kinder ins Bett.«

»Das kannst du doch danach noch tun. Hm? Wir meditieren alle zusammen, und dann bringst du die Kinder ins Bett. Bringen wir zwei sie ins Bett. Hm? Sie haben geweint, weil sie die ganzen schrecklichen Sachen mitgekriegt haben. Sollen sie doch jetzt auch noch die schönen mitkriegen.«

»Das wissen wir gar nicht. Wir wissen gar nicht, warum sie geweint haben.« Martan holte tief Luft. »Aber da ist was dran«, sagte er.

Also half er mit, die Bierkrüge und den Bottich wegzuräumen. Sie zündeten Räucherstäbchen an, rückten die Stühle zu einem Kreis um einen Tisch herum, stellten Kerzen und Öllampen auf den Tisch und entzündeten sie. Sie setzten sich und meditierten.

Aber während Martan mitsummte und mitsang und die anderen ihre guten Energien ins All schickten, saß er bloß da, sah sich die Reflektionen der Lampen auf dem lachenbedeckten Boden an und lauschte dem lauten Getröpfel und leisen Geprassel des Regens.

Kapitel 5

11. April

»Na komm, Mimo. Das schaffst du«, sagte Bi Natham Sariocc.

»Da rauf? Nie.« Der Bordarzt der JOURNEE schüttelte den Kopf. Auf seiner weit nach hinten ausladenden Stirnglatze standen Schweißperlen.

Die beiden Terraner hatten Freischicht. Sie befanden sich fast genau im Zentrum von Hohakindetimbo, am Fuß eines sanft geschwungenen Weges, der einen Hang hinaufführte. Die Hügelspitze schien eine Art Aura zu haben, eine Krone aus zarter Helligkeit. Überall in dem dunklen Park waren Lichter zu sehen: Kerzen, Fackeln, Grills.

»Komm«, sagte Bi Natham. »Einen Schritt nach dem anderen. So werden Berge bezwungen.«

Hinter ihnen fuhr der silberglänzende Bus mit den dicken roten Ballonrädern ab, der sie hierher gebracht hatte. Seine Scheinwerfer strichen über eine Reihe Garküchen am Straßenrand hinweg.

Bei der Notlandung auf Cyrdan vor knapp vier Wochen war ihnen praktisch die Hälfte der Kleinfahrzeuge zu Schrott zermalmt worden; da stand für Freizeitfahrten kaum eins zur Verfügung.

Ein paar Atto waren mit ihnen ausgestiegen und bewegten sich schon den Weg hinauf. Sie trugen sehr überladen wirkende Uniformstücke mit zahlreichen Troddeln und Knöpfen und Zierleisten, vorzugsweise in metallicglänzenden Farbtönen. Sie hatten brennende Fackeln dabei – und Körbe, die schwer nach Picknick aussahen.

»Der nächste Bus kommt erst in einer Stunde«, sagte

Bi Natham. »Da kannst du ebenso gut dein Bein trainieren.«

Mimo Serleach ächzte, dann zuckelte er los.

»Geht doch sehr gut dafür, dass es erst fünf Tage her ist«, sagte Bi Natham.

»Fühlt sich aber komisch an.« Mimo starrte auf sein linkes Bein hinab. Dann sah er den Hang hinauf und bleckte die Zähne, sodass kurz die breite Lücke zwischen den unteren Schneidezähnen sichtbar wurde. Und watschelte weiter.

»So ist's richtig«, sagte Bi Natham.

Als sie ungefähr die Hälfte geschafft hatten, schauten sie sich um. Fast schwarze Bäume waren zu sehen, dazwischen lichterübersäte dunkelgraue Wiesen. Dahinter verschachtelte Häuser. Und noch weiter hinten eine Kuppel aus Licht. Dort lag der Raumflughafen. Die JOURNEE war nicht zu sehen. Sie war wohl schon wieder zu den Lagern an den Südküsten von Tyrmalarq oder Sinolirrel unterwegs.

»Sieht nicht gut aus, hm?«, sagte Mimo Serleach und arbeitete sich schnaufend hügelauf. Er hatte ein wenig zugelegt, dank der hervorragenden attorischen Küche.

»Nein, ganz und gar nicht«, sagte Bi Natham.

Die große Lagebesprechung war ernüchternd gewesen. Strategisch gesehen befand sich Andromeda in der Hand der Kastun-Schlachtschiffe. Allein die Maahks setzten ihnen noch etwas entgegen. Sie streiften mit Guerillaverbänden von zehn bis hundert Raumschiffen durch die Galaxis und griffen die Kastuns an, wo immer die brennenden Schiffe eine Schwäche zeigten. Unter den Flüchtlingen gingen sogar unbestätigte Gerüchte um, dass Grek-0, der oberste Kriegsherr der Maahks, mehrmals mit seinem gezackten Flaggschiff aufgetaucht war und einigen Konvois zur Flucht verholfen hatte.

Aber von den Maahks einmal abgesehen, verkrochen sich alle Völker auf ihren Planeten oder versuchten sich mit allem, was halbwegs weltraumtauglich war, hier im Sektor Jessytop in Sicherheit zu bringen. Wodurch die Flüchtlingslager auf Attori-2 aus allen Nähten platzten.

Und Rhodans Feindflug nach Lertix hatte nichts weiter gebracht. Sie wussten nun lediglich, wie ihre Feinde hießen: Gorthazi. Und dass sie dem Befehl eines Gelben Meisters unterstanden, der auf einer Welt namens Taupan hauste.

Nicht viel Ausbeute für eine Expedition, von der drei Wesen nicht zurückgekehrt waren. Weil sie sich, was noch schlimmer war, für das Überleben der anderen geopfert hatten.

»Geht's?«, fragte Bi Natham.

»Muss ja«, antwortete Mimo. »Wieder abnehmen lassen kann ich mir das Ding ja immer noch, wenn es nicht spurt.«

Sie waren nicht miteinander befreundet. Bi Natham hätte nicht einmal sagen können, dass er den Bordarzt mochte. Sie waren einfach nur im selben Alter, um die Sechzig, und beide eher zurückhaltende Naturen.

Seit Mimos erzwungener Selbstverstümmelung fühlte Bi Natham sich mit ihm verbunden. Und wollte etwas für ihn tun. Zum Beispiel, ihn hier herauf schleifen, damit er auf andere Gedanken kam.

Zweiunddreißig Jahre lang hatte der arme Kerl schon im Dienst der LFT-Flotte gestanden, ohne je an einem Risikoeinsatz teilzunehmen. Und dann war er auf einmal, klack, an einen Dienstort unter Perry Rhodan versetzt worden, und klack, hatte bei seinem zweiten Einsatz mit Rhodan eine Falle der Kastuns zugeschnappt, und klack, hatte er nichts anderes tun können, als sich das linke Bein abzutrennen. Er hatte es im Wrack der TALLEYRAND zurücklassen müssen.

Klack, klack, klack. Umfallende Dominosteine.

Bi Natham kannte diese Dominosteine gut. Er sah sie oft in der Meditation vor sich.

Schließlich hatten sie es geschafft und standen auf dem obersten Rang eines großen, strahlend hell erleuchteten Amphitheaters. Die halbkreisförmige Spielfläche unten war von dunkelgrünen Absperrgittern umgeben, an denen zwei tefrodische Soldaten eher lässig Wache hielten, die Strahlergewehre über die Schultern gehängt. Exakt im geometrischen Mittelpunkt der Spielfläche schwebte eine gleißend helle, vielleicht einen Meter durchmessende Kugel aus reiner Energie. Sie sprühte Funken, sengte aber den Bühnenprospekt hinter ihr augenscheinlich nicht an. Er zeigte einen leicht vergilbten Purpurton. Insekten und große Nachtfalter tanzten wie außer Kontrolle geratene Satelliten um die Miniatursonne. Vor dem Absperrgitter waren Blumenberge aufgetürmt.

»Der Nukleus«, sagte Bi Natham.

Mimo legte den Kopf schief. Er rieb sich den schon wieder beachtlichen Bartschatten. »Irgendwie habe ich ihn mir größer vorgestellt«, sagte er.

Bi Natham seufzte. »Du kannst ja näher rangehen.«

»Da runter?«, sagte der Bordarzt der JOURNEE. »Nie.«

Sein Interkom schlug an. »Ja?« Während er dem Gefiepe lauschte, sah er Bi Natham an. »Aha. Na gut. Sicher.« Er sah wieder in das Amphitheater hinunter. »Aber ich weiß nicht, wie schnell ich hier weg komme. – In Hohakindetimbo, beim Nukleus, und der Bus geht nur jede Stunde. Wenn überhaupt, bei den Atto weiß man ja nie. – Nein, Freizeitkleidung. – Ja. – Ja, gut. Bis gleich.«

Das Gespräch war zu Ende. Mimo Serleach starrte ins Leere. »Das war Cita. Ich soll so rasch wie möglich zurück auf die JOURNEE.«

»Warum?«

»Hat sie nicht gesagt. Ist aber 'ne direkte Anweisung von Rhodan.« Er schüttelte den Kopf.

Sein Interkom schlug erneut an. Mimo wandte sich ab. »Ja? – Ja, Cita. – Und er hat noch immer nichts weiter gesagt? – Hm. Tschüs.«

Mimo starrte Bi Natham an. »Das wird immer besser. Rhodan ist persönlich hierher unterwegs und nimmt mich dann mit. Ich soll das Amphitheater auf keinen Fall verlassen. Und dann wollte sie noch wissen, ob ich eine Bordkombination trage. Und ist heilfroh gewesen, als ich verneint habe.«

Als die schwarze Schwebeplattform mit den gelben Positionslichtern um den abgerundeten Rand über das Amphitheater hinwegflog, saß Bi Natham unten in der ersten Reihe und machte gerade die Phönix-Asana, um die Verspannung zwischen den Schulterblättern loszuwerden, die er nach dem befremdenden Anruf aus der Zentrale bekommen hatte.

Er schob die Hände noch ein wenig höher und nach vorn, ging dann langsam aus der Yoga-Übung und löste die verschlungenen Arme, wackelte mit den Schultern. Ah, schon besser.

Rhodan landete die Plattform hinter dem obersten Rang und kam eine der geländerlosen Steintreppen hinunter, gefolgt von einem riesengroßen Rhodan-Schatten. Einen Moment lang starrte er den Nukleus an. Sein Gesicht sah dabei aus wie versteinert. Dann winkte er Bi Natham zu.

Bi Natham stand auf und ging zum Fuß der Treppe. Er warf einen Blick zu Mimo Serleach hinüber, der ein paar Ränge weiter oben lag und döste. Zwei kleine, aufrecht gehende Hasenkinder – nur ohne die langen Ohren – schlichen um Mimo herum und hielten sich die kichernden Münder mit den Händen zu. Es waren natürlich Attokinder. Das eine hatte blaue Beine und einen gelben Oberkörper, das andere gelbe Beine und einen blauen Oberkörper. Beide waren mit Gewändern herausgeputzt, die wie schwarze Ballettröckchen aussahen.

»Das Gehen strengt ihn immer noch sehr an«, sagte Bi Natham und gab Rhodan die Hand.

Rhodan nickte nur knapp, dann sah er wieder zum Nukleus.

»Er ist schwächer geworden, nicht?«, fragte Bi Natham.

Rhodan holte tief Luft. »Wesentlich schwächer. Als ich das erste Mal hierher gekommen bin, hat mich seine Präsenz fast in die Knie gezwungen, so intensiv war sie. Und jetzt« – er zeigte in die Zuschauerränge – »kommen die Leute zum Sightseeing her und bringen sogar ihre Picknickkörbe mit.«

Es war ein wenig übertrieben, aber tatsächlich saßen alle paar Ränge ein paar Leute und schauten in den Nukleus, als wäre die geballte Energie der 34000 darin aufgegangenen

Monochrom-Mutanten ein besonders schönes Kamin- oder Lagerfeuer. Außer etlichen, zumeist mit Essen beschäftigten Atto saßen dort tefrodische Jugendliche und ließen irgendwelche Rauchwaren kreisen. Sie waren erstaunlich ruhig. Der eine Rang wurde komplett von einer Forril-Sippe in Beschlag genommen, deren Patriarch, ein Ganzvater mit dem charakteristisch gelben Fell, vor seinen rotpelzigen Frauen herumstolzierte und die violetten Halbväter herunterputzte, die einen mitgebrachten Grill in Gang zu setzen versuchten und kaum mehr als eine große Qualmwolke produzierten. Die sechsgliedrigen Forril, die für Bi Natham aussahen wie eine krude Mischung aus Walrössern und Zentauren, sprachen Kraahmak, aber er war sich sicher, ziemlich genau zu wissen, was der Ganzvater da predigte. Irgendetwas davon, dass sie zwei linke Hände hatten und sogar zum Feuermachen zu blöd waren.

»Vielleicht hat es etwas mit diesem erstarkenden Gelben Meister zu tun.« Bi Natham sah Rhodan wieder an. »Vielleicht zehrt es die Kräfte des Nukleus immer mehr auf, die Existenz des Sektors Jessytop aus dieser Schattenspiegel-Matrix auszublenden.«

Rhodan nickte. »Wir müssen leider davon ausgehen.«

Bi Natham wollte den Expeditionsleiter der JOURNEE zum Bühnenrand begleiten, doch Rhodan blieb stehen. »Ich würde gern kurz allein mit dem Nukleus sprechen, wenn du nichts dagegen hast.«

»Oh. Ja. Entschuldige.« Bi Natham ging zu dem dösenden Mimo Serleach hinauf. Er lächelte die beiden Attokinder an, die eine Bank weiter oben standen und Mimos Schnarchtöne nachahmten, und setzte sich.

Rhodan ging zu der Absperrung. Einer der Soldaten kam auf ihn zu. Rhodan nickte, und der Soldat salutierte: »Resident.« Er schob das Absperrgitter auf, ließ Rhodan durch und zog es wieder zu.

Rhodan stellte sich vor die weiß glühende, knisternde Energiekugel. Seine Lippen blieben geschlossen. Er schien sich auf mentale Weise mit dem Nukleus zu unterhalten.

Nur einmal entschlüpfte etwas seinen Lippen. Die ausgezeichnete Akustik des Amphitheaters machte es bis in die Ränge hörbar. »Aber Kiriaade?«, fragte Rhodan. Dann hatte er sich wieder in der Gewalt.

Aber Kiriaade? Existiert sie noch irgendwo bei euch dort drinnen?, ergänzte Bi Natham in Gedanken. *Oder ist sie für immer erloschen?*

Die gesamte Besatzung wusste von der Beziehung des terranischen Residenten zu der überirdischen Schönheit, die eine Manifestation oder körperliche Projektion des Nukleus darstellte. Rhodan hatte Kiriaade mehrfach durch das Schiff geführt. Er hatte mit ihr in der Messe gegessen, in der Cafeteria geplaudert; er war mit ihr auf dem Ring spazieren gegangen – ihr Arm in den seinen eingehängt, hatte der wandelnde News-Service Bruno Thomkin eine ungenannte Augenzeugin zitiert. Und Kiriaade sollte mehrfach in Rhodans Kabine gewesen sein. Bordverpfleger Jeremiah Hutkin hatte die beiden angeblich mehrmals mit »kleinen Mitternachtsmahlen« versorgt.

Ein wie ein etwas vernarbter Enddreißiger aussehender, jedoch fast dreitausend Jahre alter ehemaliger Risikopilot und eine Hohepriesterin, bildhübsch im wahrsten Sinne des Wortes, die im Grunde nur so etwas wie der ausgefahrene Pseudopode eines jungen Kollektivwesen-Protoplasmas war.

Sie erinnerten ihn an ein ebenso außergewöhnliches Paar aus einer alten buddhistischen Legende. Der erfahrene Padmasambhava, ein tantrischer Yogi, der mit seinem grimmigen Blick die Dämonen bannen konnte, hatte sich einst eine wilde Dakini zur Gefährtin genommen; wobei das Wort Gefährtin hier durchaus auch einen sexuellen Beiklang hatte. Die Dakini waren die Himmelstänzerinnen, sehr sinnliche, schöne, rot beleibte Wesen, die Blut aus Schädelschalen tranken, freie Geister, die so furchtlos waren, dass sie die leeren Himmel nicht flohen, sondern in ihnen tanzten.

Bi Natham runzelte die Stirn. Rhodan als Padmasambhava, das passte. Aber Kiriaade? Sie entsprach doch wohl eher der grünen Tara, die das tätige Mitgefühl symbolisierte. Einst hatte Avalokiteshvara geweint, weil alle Wesen so litten, und aus diesen Tränen des Mitgefühls war die grüne Tara entsprungen. Ja, das passte. Avalokiteshvara mit den tausend Armen: der Nukleus der Monochrom-Mutanten. Und hatte Kiriaade bei ihrem zweiten Besuch nicht wiederum Tränenflüssigkeit in Rhodans Kabine hinterlassen, obwohl sie zu diesem Zeitpunkt noch aus reiner Energie bestanden hatte?

Kiriaade war, nunmehr aus Fleisch und Blut, mit auf Taupan gewesen. Und sie war, wie ShouKi und dieses arme Schwein Lui Dallapozza, auch auf Taupan geblieben.

»Hey, ihr verflixten Gören!«, schimpfte Mimo plötzlich neben ihm los und richtete sich ächzend auf. Die beiden Hasenkinder liefen weg. Weiter oben rief ein Hasenmann – links gelb, rechts blau, angetan mit einer Art Weste und knielangen Pumphosen aus hellgrünem Stoff – die Kinder.

»Was ist denn los?«, fragte Bi Natham.

»Die haben dauernd an mir rumgeknautscht«, sagte Mimo. »Wir sind hier doch nicht im Streichelzoo!«

Bi Natham lachte auf. Der Hasenmann rief etwas, das sich nach einer Entschuldigung anhörte. Mimo winkte ab. Dann sah er nach unten. »He, ich hab ja schon wieder geschlafen. Perry ist ja schon da. Hat er was gesagt?«

Bi Natham schüttelte den Kopf. »Nichts, was dich betrifft.«

»Hm.«

Unten ließ Rhodan die Absperrung öffnen. »Resident«, sagte der Soldat halblaut. »Wir haben gerade eine Anweisung bezüglich eines deiner Besatzungsmitglieder erhalten …«

Den Rest konnte Bi Natham nicht verstehen; einer der beiden Männer musste ein Akustikfeld zugeschaltet haben.

Rhodan kam die Treppe herauf. Er ging langsam, aber seine Gesichtszüge waren angespannt. Er lächelte ein Lächeln, das nicht bis zu seinen Augen drang.

Auf einmal spürte Bi Natham wieder diese böse Verspannung zwischen den Schulterblättern.

»Dann wollen wir mal«, sagte Rhodan betont munter und

sah Mimo an. »Falls dich jemand fragt«, fügte er leise hinzu, »dein Name lautet Bruno Thomkin, und das hier ist dein erster Landurlaub. Und pass mir bloß auf, dass du nicht hinkst.«

»Was ist denn los, Herrgott noch mal?«, flüsterte Mimo und stand auf.

Sie gingen zur Treppe.

Sie hatten kaum die ersten Stufen nach oben genommen, als bei der Hasenfamilie das Gezeter anfing.

»Ja, schämt ihr euch nicht!«, übersetzte Rhodans Translator. »Vor allen Leuten!«

Die drei Männer sahen sich um.

Der Hasenvater saß auf einmal zwischen zwei Mimo Serleachs, die bis auf ein viel zu kleines, viel zu enges schwarzes Ballettröckchen nackt waren. Sie waren sehr behaart, und sie fingen bitterlich zu weinen an.

»Au! Aua!«, übersetzte Rhodans Translator. »Blödes Bein!«

Rhodan sah nach unten. Bi Natham tat es ihm nach.

Die beiden Soldaten standen beisammen und starrten herauf.

»Keine Panik!«, flüsterte Rhodan. »Einfach weitergehen!«

»Panik?«, sagte Mimo. »Wieso Panik? Herrgott, Perry!«

Die beiden Serleach-Kinder sprangen auf und hielten sich jeweils das linke Bein. Um den Oberschenkel herum waren auf etwa einer Handbreite die schwarzen Haare abrasiert. In der Mitte dieses Streifens war rundherum rot-weißliches, noch nicht abgeschliffenes Narbengewebe zu sehen.

Bi Natham zog es sofort in den Kniekehlen. Er wandte den Blick ab. Nach außen hin blieb er ruhig, aber der Anblick eines verletzten Körpers machte ihm wie immer zu schaffen. Zwangsläufig fiel ihm wieder ein, was er als Kind einen Mann in den Nachrichten hatte sagen hören: Dieser Krieg habe ihn leider gelehrt, dass der Mensch nichts weiter sei als ein Hautsack mit Fleischklumpen darin.

»Hallo?«, rief einer der Soldaten unten. »Doktor Mimo Serleach? Wir haben Anweisung, dich sofort zur Planetar-Anwaltschaft zu bringen!«

»Jetzt lauft, verdammt noch mal!«, fauchte Rhodan.

Bi Natham bekam einen Rempler in die Rippen ab, dann war der Resident an ihm vorbei und sprang, immer drei Stufen auf einmal nehmend, zur Schwebeplattform hinauf.

»Was hab ich denn getan?«, rief Mimo. »Perry!«

Bi Natham packte ihn beim Arm und zerrte ihn mit sich.

Hinter und unter sich hörte er die Stiefel der Soldaten auf die Steine knallen.

Kapitel 6

20. März

Martans erstes Tageserwachen kam, als es dämmerte. Jemand klopfte an die Wand ihrer Hütte, direkt neben seinem Kopf. Er lag auf der Seite, an Lily Yos Po gekuschelt.

»Martan! Lily Yo!«, flüsterte Busch draußen.

Er drehte sich auf den Rücken und sah zu dem angeklappten Fensterschlitz unter der Decke hoch. Überall um ihn herum schimmerten geölte Holzbretter. »Was denn?«

»Wir wollen eine Morgenmeditation machen, mit Sternenhorchen«, sagte Busch leise. »Im Wald. Wenn ihr mitmachen wollt, bringt was zum Frühstück mit.«

»Alles klar«, flüsterte Martan. Dann kuschelte er sich wieder an Lily Yo.

»Hm?« Sie drehte sich halb um, und er gab ihr einen Kuss. Ihre Zunge schmeckte süß und nach Schlaf.

Er drückte sich mit dem Ellbogen hoch und sah zu den Kindern in der anderen Hälfte des Bettes hinüber. Die beiden Mädchen lagen quer übereinander in einem Haufen Kissen und zerknüllter Laken. Sie schliefen.

»Willst *du* mitmachen?«, fragte er leise.

»Bloß nicht.«

Er ließ sich wieder fallen, schloss die Augen, nahm eine ihrer wolligen kleinen Brüste in die Hand, drückte sein Glied gegen ihren Po und biss sie in den Nacken.

»Hmm. Schön«, sagte sie schläfrig.

Martans zweites Tageserwachen kam wenig später. Nun schien die Sonne schon unter die Decke der Hütte. Er lag noch immer an Lily Yos Rücken.

»Au ja!«, flüsterte Tamara Yadana gerade.

Die beiden Mädchen kicherten. Es klang, als wären sie vorn beim Herd.

Martan spähte über Lily Yos Hüfte hinweg.

Die Mädchen hatten noch die Schlafhemden an. Beule hielt ein großes Sieb in der Hand. Wahrscheinlich war er von dem Klappern aufgewacht, mit dem sie es aus dem Regal gefischt hatte.

Er tat schnell wieder so, als schliefe er.

Er hörte, wie die Mädchen die Tür aufzogen.

»Das wird vielleicht eine Überraschung!«, sagte Beule etwas zu laut. Die beiden Mädchen kletterten hinaus, schoben die Tür wieder zu. Rumms.

Na, mit dem Überraschen klappte es ja noch nicht so gut. Er brummte und kuschelte sich enger an Lily Yos morgenheißen Leib.

»Sie wollen Frühstück für uns vier machen«, sagte sie plötzlich. »Ein Beerenfrühstück.«

»He, du bist ja wach!«

»Und wie!«, sagte sie und drehte sich unter der Decke zu ihm um. Ihre hell getupften Augen funkelten. Ihre langen, offenen Haare waren zerstrubbelt. »Was meinst du, wie lange sie zur Beerenlese brauchen?«

»Weiß nicht. Bei dem Wetter fällt ihnen unterwegs wahrscheinlich was Besseres ein.«

»Gut«, sagte sie und leckte ihm über die Nase.

»He«, sagte Martan und zog sie sanft am Kinnbart. »Hallo und guten Morgen.«

»Guten Morgen, Liebster.« Sie ließ sie sich zurück auf den Rücken fallen und schlug dabei die Decke weg.

»He-ho«, sagte Martan. »Na, Schöne.«

Dann sagte er eine ganze Weile gar nichts mehr.

Sein drittes Tageserwachen kam, als die ersten Sonnenstrahlen das Bücherregal oben streiften. Die Mädchen plapperten draußen. Sie kamen gerade zurück.

Martan tastete nach hinten, fand ein Laken, warf es über sich und Lily Yo. Zwischen ihren beiden Bauchfellen war es noch warm und feucht.

Die beiden Mädchen stürzten herein, immer noch in Überraschungslaune. Sie hatte tatsächlich das ganze Sieb mit Beeren gefüllt. Rasch machte Martan die Augen zu.

Diesmal ließen die Mädchen die große Schiebetür offen. Sie klapperten mit Geschirr herum, trugen es nach draußen zu dem großen Gartentisch, den sie sich mit Busch teilten.

Irgendwann gähnten Martan und Lily Yo übertrieben und rieben sich die Augen.

»He, ihr seid ja schon auf«, sagte Lily Yo und streckte sich, dass ihre Brüste zur Decke schauten und ihr Bäuchlein kurz verschwand. »Was macht ihr denn da?«

»Frühstück!«, rief Beule. »Aber ihr schlaft noch, ja? Wir wollen nämlich auch die heißen Sachen machen.«

»Hui!«, sagte Lily Yo. »Dann brennt ja die ganze Bude ab! Kommt, ich helf euch.«

Sie strich Martan über den dampfigen Innenschenkel, stand auf und schnappte sich ein Handtuch.

»Wir können das allein!« Beule machte schon die Herdklappe auf.

»Dann schau ich nur kurz zu, ja?« Lily Yo ging hinter ihrer Tochter in die Hocke, das Handtuch zwischen den Beinen.

Und tatsächlich, die beiden Kinder – das eine drei, das andere dreieinhalb Jahre alt – schafften es schon sehr gut, das Feuer wieder in Gang zu bekommen. Es flog ein bisschen mehr Asche als sonst auf den Fußboden, aber das war es auch schon.

»Toll!«, sagte Lily Yo. »Jetzt machst du die Klappe so weit zu, dass du gerade noch reinsehen kannst, und dann lasst ihr das Feuer erst mal in Ruhe, ja? Martan und ich wollen noch kurz baden. Schön in Ruhe lassen, bis wir wieder da sind. Schafft ihr das?«

Tamara Yadana und Beule nickten feierlich.

Lily Yo nickte ebenso feierlich – abgemacht! Dann blinzelte sie Martan zu, und zack, weg war sie!

»He!«, rief er und rollte sich aus dem Bett.

Bis er ein trockenes Handtuch gefunden und den Wagen und den Garten hinter sich gebracht hatte, stand Lily Yo schon auf der Ufermauer. Sie warf das Handtuch auf die vom

Alter geschwärzten Steinplatten und breitete die Arme aus. Die Sonne meißelte ihren Leib hervor, ihre fast unbehaarten Pobacken, ließ Martan ihre Kraft sehen, ihre reife Weichheit. Dann war Lily Yo mit einem Kopfsprung im Kanal verschwunden. In der Luft glitzerten kurz Wasserspritzer auf.

Martan warf das Handtuch über eine Hecke, lief balancierend durch die schlammigen Pfützen des gestrigen Regens und warf sich in eine Flugrolle, die ihn knapp über Lily Yo hinwegführte, die unten im schwarzen Wasser gerade wieder auftauchte.

Die Kälte peitschte ihm den Leib, und als er die Augen öffnete, sah er verschwommene grüne Flocken treiben und wirbeln. Prustend kam er wieder hoch, ganz dicht vor Lily Yo. Sie lachte ihn an und spuckte Wasser.

Eine Zeit lang umspielten sie einander halb tauchend, halb schwimmend. Dann traten sie auf der Stelle und rieben sich ab. Martan sah zum Ufer zurück. Weiter links, dort, wo die struppigen, wimpelgeschmückten Ruten ihres Versammlungsortes in der Morgenbrise wippten, saßen zwei Männer in der Sonne und rauchten und sahen zu einer kurzhaarigen Frau in einem knallroten Kleid hoch, die hinter ihnen stand und heftig gestikulierte.

Die Frau war Busch.

Die beiden Männer standen auf.

»Was braut sich da zusammen?«, sagte Martan.

Die beiden Männer verschwanden in Richtung Wald der Ahnungslosen. Busch hatte sich schon halb abgewandt, als sie auf einmal zu Martan und Lily Yo herüber sah und winkte.

Sie rief irgendetwas. Dann drehte sie sich weg, krümmte sich.

»Die kotzt ja!«, sagte Lily Yo.

Sie schwammen zu ihr.

Als sie sie erreicht hatten und zu ihr hochsahen, stand Busch wieder aufrecht. Nun hatte sie Falten. Ihr Gesicht war völlig verzerrt.

»Diese Kastuns«, keuchte sie. »Sie haben ... schon wieder ... Milliarden Tote! Kompost-Piet ... und Ani Gompa ... weggetreten ... Schaum vor dem Mund ... schnell!«

Kapitel 7

»Martan«, sagte Shevek und sah von der Werkbank hoch. Er hatte eine Lupe vor ein Auge geklemmt. »Komm rein, Mann. Wie geht's?«

»Frag mich nicht«, sagte Martan. Er duckte sich unter dem Baumelzeug durch, betrat die dunkle Werkstatt und ließ sich in einen schäbigen Stuhl mit Armlehnen fallen. »Lass mich einfach erst mal ankommen, ja?«

Shevek wandte sich ab und schraubte weiter. Der Pferdeschwanz schimmerte grau auf seinem schwarzen Plastikkittel. Im Laufe der Jahre und Jahrzehnte war sein Rücken ganz schön krumm geworden.

Die Wände waren mit schwarzer Folie behängt. Nur ein einziges Fenster war frei geblieben, das über der Werkbank.

Die Decke bestand aus einer uralten, verzogenen Gitterkonstruktion, die wohl einmal weiß lackiert gewesen war. Überall baumelten Seile, Schnüre, Kabel und Ketten. Daran hingen – prima griffbereit, aber dadurch leider in Nasenbrechhöhe – alte Maschinenteile: riesige Zahnräder und Federn und S-Haken voller Treibriemen und Fahrradrahmen und Plastikverkleidungen. Auf Holzbalken oder dicken Ästen, an die Kleinteile gehängt waren, lagen Werkzeuge.

Hinter Martans Klangrad lehnte Sheveks zweitgrößter Schatz an der Wand, sorgfältig durch Tücher getrennt und mit einer Plane abgedeckt: vier große Platten Solarzellen, vielleicht die einzigen funktionsfähigen auf ganz Thirdal. Martan hatte sie damals von Attorua mitgebracht.

Shevek stellte solargetriebene Spielzeuge her. *Seine Maschinchen,* so nannte er sie.

Martans ältester Freund war ein Eigenbrötler, der gern in seiner eigenen Welt lebte. Darum hatte er sich diese riesige

Halle mit dem durchsichtigen Dach zum Wohnen ausgesucht. Sie war oval, vierstöckig, mit lauter kleinen Einbuchtungen auf den Wandelgängen. In den Zeiten der Altvorderen waren hier lauter kleine Werkstätten angesiedelt gewesen, und noch früher sollte es sich, so stand es jedenfalls auf der verwitterten Holztafel, die ein Freies Komitee für Alltagsgeschichte angebracht hatte, um einen Konsum-Tempel gehandelt haben, ein so genanntes Einkaufs-Zentrum. Hell, offen, mit Springbrunnen und einem künstlich angelegten Bach im Erdgeschoss, der natürlich längst ausgetrocknet war.

Früher, in vorrevolutionären Zeiten, mochten die Leute so etwas schön gefunden haben. Später, in nachrevolutionären Zeiten, mochten die Leute hier gewohnt und gearbeitet haben. Aber die charandidische Bauweise hatte sich weiter verändert; sie war, wie auch die charandidische Kultur, wilder geworden.

Die Leute hockten nicht mehr gern so eng aufeinander, und übereinander schon gar nicht. Die Leute schätzten Lichtungen, offene Räume, durch die Wind und Sonne fahren konnten, wie sie wollten. Die Leute schätzten große Gärten und kleine Häuser, die sie sich mit den Hausameisen teilten und mit allem, was sonst noch für gute Schwingungen sorgte.

So hatte dieses Einkaufs-Zentrum, dieser Horst von Werkstätten, lange leer gestanden. Bis eines Tages, kurz nach seinem achten Geburtstag, Shevek eingezogen war. Shevek war glücklich hier. Hier konnten seine Spielzeuge herumkrabbeln, ohne dass sie jemand als hässlich oder obszön verschrie. Manchmal kamen ein paar Kinder her und sahen sich um. Aber meistens hatte Shevek hier seine Ruhe. Er hatte sogar einige spinnenartige Putzteufelchen konstruiert, die oben auf dem Glasdach ihre Bahnen zogen und die Scheiben putzten. So sauber, behauptete er, sei das Dach nicht einmal zu vorrevolutionären Zeiten gewesen.

»Hast du was zu beißen da?«, fragte Martan. »Mann, ich hab noch nicht mal gefrühstückt!«

»Ich kann uns gleich was machen«, sagte Shevek. »Moment.«

Und tatsächlich, nur einen Moment später verschwand er in der Küche, in der sein größter Schatz stand, unter alten, schmutzigen Grombirsäcken verborgen: sein fahrradgetriebener Computer. Zehn Minuten lang Treten für eine halbe Stunde Computerei. Eine halbe Stunde lang Treten für zehn Minuten Zugang zum galaktischen Netzwerk. Als Jungen hatten sie sehr kräftige Waden bekommen.

Martan schloss die Augen. Nebenan klapperte Shevek herum. Öl fing in einer Pfanne an zu brutzeln.

Martan war noch immer völlig fertig. Geisterhaft sah er die Szene im Wald der Ahnungslosen vor sich. Kompost-Piets blasses, schweißnasses Gesicht, die Augen halb geöffnet und verdreht. Das Erbrochene in Ani Gompas kurzem Vollbart, die schon wieder bei Bewusstsein war und sich verstört umschaute, gegen einen umgefallenen Stuhl gelehnt.

Ani Gompa war die älteste, weiseste Muntere, die bei ihnen im Garten lebte. Tatsächlich hatte sie diesen Garten überhaupt erst entdeckt. Bei einem seiner Besuche hatte Martan dann Lily Yo kennen und lieben gelernt. Und war schließlich hierher gezogen, als seine Genossin sich entschlossen hatte, ihre Tochter auszutragen. So war er Laila Damas Vater geworden.

Ani Gompa, das bräunliche Hutzelweib mit den dicken weißen Haaren, das ihn geboren hatte, kannte das Leben. Sie war über dreihundert Jahre alt. Sie konnte nichts mehr erschüttern.

Hatte er jedenfalls gedacht.

Dieser Geruch von Erbrochenem, der unter der Kuppel gehangen hatte. Dieser Geruch von Angst. Vermischt mit dem schweren Duft der Räucherstäbchen, dem frischen, süßen Duft des Frühstücks.

Milliarden Tote, hatten sie gesagt. Milliardenfaches Leid. Überall in der Galaxis.

Kein Krieg zwischen befeindeten Profitlern, hatten sie gesagt. Eine Invasion!

»So«, sagte Shevek neben ihm.

Martan öffnete die Augen. Shevek stellte gerade ein großes, rundes Tablett vor ihm ab. Um einen Teller mit einem frisch gebratenen, aufgeblähten Fladenbrot waren lauter Schälchen mit eingelegten Gemüsen und verschiedenen Sorten Nussmus angerichtet. Am Rand standen zwei Becher und ein Krug mit Wasser. Über das ganze Tablett lagen essbare Blüten verstreut.

»Hm, sieht gut aus.« Martan tupfte auf das Brot. Es war knallheiß.

Shevek schenkte ihnen Wasser ein, zog einen Stuhl von der Werkbank heran und setzte sich. An seinem glatt rasierten Hals prangten rote Flecken.

»Du glaubst gar nicht, was da draußen los ist«, sagte Martan und brach das Brot. Dampf wallte auf, duftete nach Fett und frisch zerstoßenem Krimmel.

»Martan«, sagte Shevek und hob eine Hand. »Erst essen.«

»Und Laila Dama und ihre Freundin?«, fragte Shevek später. »Wie haben sie es verkraftet?«

Martan schnaufte. »Gar nicht. Abgehauen sind sie. Ich hab sie zum Glück noch gekriegt. Sie haben gestern ein Kitzelmoos tot geschlagen, kurz bevor diese Kastuns damit anfingen, eine Welt nach der anderen zu zerstören. Und da haben sie gedacht, *sie* wären Schuld daran!«

»Oh je.« Shevek schenkte Wasser nach, sortierte die leeren Gemüseschalen weg.

»Alles ist mit allem verbunden – Scheißdreck! Ich meine, stimmt ja vielleicht. Vielleicht sind es ja Milliarden solcher kleinen Untaten, die solche Phänomene wie diese Kastuns überhaupt erst Wirklichkeit werden lassen. Kann ja sein. Aber einem dreijährigen Kind lädst du damit einen verdammt großen Packen Verantwortung aufs Kreuz. Es will mal einen Käfer zertreten? Klar, kann es machen. Bloß steht dann nachher vielleicht Chemtenz in Flammen.«

»Chemtenz?«

Martan rieb über sein Gesicht. Er hatte schon wieder ganz schöne Bartstoppeln. »Eine der Welten, die sie heute ausgelöscht haben.«

Shevek nickte. Er hatte das Tablett abgeräumt und füllte eine Wasserpfeife. Es war ein schönes, mit Kettchen verziertes und mit blauem Stoff umwickeltes Stück, das ihm einmal jemand von den Gefängnisinseln mitgebracht hatte. »Wie weit liegen die denn weg, diese Welten? Chemtenz, Cyrdan, Rakusa, Herovits Welt.«

»Fängst du jetzt auch noch damit an? Wir haben uns fast den ganzen Morgen darüber den Mund fusselig geredet.«

Shevek zupfte seine Kräutermischung zurecht und nahm ein paar Strünke heraus. »Worüber?«

»Ob diese Kastuns bald auch hier auftauchen! Worüber denn sonst?«

Shevek schnupperte an dem Kräuterballen und stopfte ihn in die Pfeife. Er schmunzelte. »Und wie weit sind sie nun weg?«

»Ach, die liegen praktisch auf der anderen Seite der Galaxis. Weiter weg geht's kaum.« Martan bekam den beißenden Rauch des Kienspans in die Augen und musste sie zusammenkneifen. Er hielt den brennenden Span ein Stück weiter von sich weg und sah Shevek an. Shevek nickte und führte das Mundstück an die Lippen. Martan hielt den Span über die Kräutermischung.

Shevek rauchte an. Glut knisterte, Wasser blubberte, Rauch wallte aus seinem Mund. Er nickte und legte den Deckel auf die Pfeife, zog noch einmal und reichte den Schlauch an Martan weiter, der rasch den Kienspan auspustete.

Sie rauchten.

»Das sind alles Welten, die Raumschiffe haben«, sagte Martan irgendwann, nachdem der erste Höhepunkt vorüber war und der Rausch sich auf ein angenehmes, ruhiges Niveau gesenkt hatte. »Die über eine Kriegsmaschinerie verfügen. Die Handel treiben. Profitlerwelten, die voll eingebunden sind in übergeordnete politische Systeme. Welten, deren Daten du überall finden kannst. Deren Emissionen du ausmessen kannst.«

Er reichte den Schlauch an Shevek zurück und sog Luft ein, genoss den kalten Hauch der ätherischen Öle auf seiner Zunge. »Selbst wenn diese so genannten Invasoren nur auf pure Zerstörung aus sind, was ich nicht glaube … wie sollen sie denn dann ausgerechnet auf Thirdal stoßen? Wir haben uns isoliert. Wir sausen nicht in feisten Raumschiffen durchs All. Wir jagen keine verblödenden Trivideosendungen in alle Richtungen. Verdammt, wir haben nicht mal mehr ein Stromnetz auf diesem Planeten! Woher sollen diese Kastuns überhaupt wissen, dass Thirdal auch nur existiert?«

»Na, durch deine Musik«, sagte sein Freund und sah ihn an, die Augen grau im grauen Rauch. »Durch dich. Du schickst die Dateien doch per Funkwellen raus.«

Kapitel 8

11. April

Rhodan setzte die Schwebeplattform auf und lief sofort zum Antigravschacht weiter. Bi Natham griff Mimo beim Ellbogen. Der Bordarzt war sehr blass um die Nase. Sie folgten Rhodan, der schon in den Schacht sprang.

»Cita«, sagte Rhodan über ihnen. »Ist Benjameen da? Soll sofort in meine Kabine kommen!«

Er verschwand auf Deck 3. Der Antigrav spuckte sie aus, und sie liefen Rhodan hinterher. Von den NUG-Schwarzschildreaktoren war nicht mehr zu sehen als eine der diagonalen, breiten Röhren der Notfall-Auswurfschächte für die NUGAS-Kugeln. Ein junger Techniker sah verdutzt zu, wie sie vorbeiliefen.

»Hey, Bi Natham, was ist denn los?«, rief er. Es handelte sich um Morris Thompson, mit dem er seit Beginn der Flüchtlingstransporte öfter Dienst schob.

»Später!«, rief Bi Natham.

»Sebastian ebenfalls«, sagte Rhodan vorn. »Wird nicht lange dauern, Viertelstunde vielleicht. Und sie soll mal checken, ob wir jemanden mit einer juristischen Ausbildung an Bord haben.«

Er blieb vor dem weiter außen gelegenen Schacht stehen, der bis zum Kommandodeck und noch weiter hinauf führte. »Ja, die Person will ich dann auch haben.« Er warf einen Blick auf Mimo, der sichtlich Schmerzen hatte, dann sah er Bi Natham an, nickte zum Schacht hinüber.

Sie stiegen ein, vor ihm diesmal. Stießen sich ab, schwebten aufwärts.

»Niemand?«, sagte Rhodan unter ihnen. »Na, toll. Dann

noch Bruno Thomkin, wenn ihr ihn irgendwo auftreiben könnt; ich glaube, er hat Freischicht.«

Die Decks zogen vorbei. Sechs, sieben. Impulstriebwerke, Gravitraf-Speicher.

»Irgendwelche besonderen Vorkommnisse?«, fragte Rhodan.

Acht. Hier wurde normalerweise das MERZ-Modul angekoppelt.

»Gut. Was von Grek gehört? Hm. Fragt ihr bitte mal bei dieser Ärztin im Spital nach, Raye Corona? Die Nummer müsstet ihr haben. Vielleicht ist er ja dort geblieben. Ja, möchte ich dann gleich wissen. Danke.«

Elf, zwölf. Die oberen Decks des Rollo-Haupthangars.

Mimo hätte den Abschwung fast verpasst, so durcheinander war er. Bi Natham zog ihn mit sich.

Dreizehn.

Mimo trat falsch auf. »Uh«, stöhnte er und fing sich gerade noch.

Willst du das Bein nicht einmal dieser Ärztin zeigen?, hätte Bi Natham ihn fast gefragt. Aber er verkniff es sich lieber. Einem Arzt zu sagen, dass er einen Arzt brauchte, versprach fast so viel Erfolg, wie einen Rechtsanwalt zum Anwalt zu schicken.

Rhodan schob sich an ihnen vorbei und ging voraus, langsamer nun. Sie folgten ihm den äußeren Ringgang entlang, dann eine der Speichen hinunter und den inneren Ringgang entlang an zwei Zentraleschleusen vorbei, bis sie vor seiner Kabine ankamen.

Dort stand schon Benjameen da Jacinta, der Stellvertretende Expeditionsleiter. Der vierzigjährige, sportlich gebaute Arkonide starrte sie aus roten, trüben Augen an. Die roten Augen waren typisch für einen Arkoniden. Aber trüb waren Benjameens Augen sonst nicht. Wahrscheinlich nahm ihn die Trennung von Tess Qumisha noch immer mit. Sie hatte neulich eine eigene Kabine bezogen, ohne dass jemand so recht wusste, warum. Das Ende eines angeblichen Traumpaares. Diejenigen an Bord, die die beiden kannten, konnten es noch immer nicht fassen.

»Perry«, sagte der Arkonide.

Rhodan nickte. »Ben. Wo steckt Sebastian?«

»Kommt jeden Moment«, sagte Benjameen.

Bi Natham hatte keine Ahnung, warum die terranische Schiffskommandantin, die eigentlich Coa hieß, von manchen nur mit dem Nachnamen angesprochen wurde.

Sie betraten Rhodans Kabine. Bi Natham sah sich um. So nah war er der Privatsphäre des terranischen Residenten nie gekommen. Wenn man es denn so nennen konnte. Die Kabine war etwa doppelt so groß wie seine eigene. Von Privatleben war nicht viel zu sehen. Keinerlei Erinnerungsstücke. Eine gesichtslose, saubere, aufgeräumte Kabine. Nur der Schreibtisch war von haufenweise Speicherkristallen und stapelweise handschriftlichen Notizen bedeckt.

Ein runder Tisch und ein Satz Stühle aus Formenergie falteten sich in der Mitte der Kabine auf. Sie schimmerten durchsichtig grau. Standardeinstellung.

»Alle mit Wasser einverstanden?«, fragte Perry. »Gut.« Er machte sich an der Küchenzeile zu schaffen.

Bi Natham schob Mimo einen Stuhl unter und setzte sich dann ebenfalls. Er wechselte einen Blick mit Benjameen. Der Stellvertretende Expeditionsleiter schien auch nicht mehr zu wissen. Gemeinsam sahen sie zu, wie Perry Rhodan ein Tablett mit Gläsern und einem Krug Wasser in die Mitte des Tisches stellte, dazu eine Kunststoffdose mit Keksen.

Mimo starrte auf den transparenten Tisch und nickte vor sich hin. Seine Augen waren glasig.

»Willst du uns nicht endlich sagen, was los ist, Perry?«, fragte Bi Natham. »Um gesundheitliche Schäden zu vermeiden?«

»Wenn alle da sind«, sagte Rhodan. »Aber wie ich schon gesagt habe, Mimo hat gar nichts getan. Diese ganze Geschichte ist völlig absurd.« Er nickte Coa Sebastian zu, die gerade hereinkam und sich setzte. Die Kommandantin sah mit ihren schmalen Lippen und den irgendwie spitzen Gesichtszügen wie immer abgearbeitet und streng aus.

Mimo hob neben Bi Natham den Blick. »Es hat etwas mit

ShouKis Tod zu tun, nicht?«, sagte der Bordarzt mit dünner Stimme.

Rhodan nickte.

Mimo holte hörbar Luft. Nun sprach er lauter: »Es hat etwas damit zu tun, dass ihr seinen Leichnam nicht mehr bergen konntet, nicht? Dass er immer noch auf Taupan liegt. Oder wo ihn diese Gorthazi sonst hingeschafft haben.«

Rhodan nickte.

»Und jetzt …« Mimo lachte auf. Bi Natham bekam von dem Lachen eine Gänsehaut. »Jetzt wollen die Atto sich nicht damit abfinden.«

Rhodan nickte.

»Ha!« Mimo sprang auf. Er hatte hektische Flecken auf der bleichen Haut und schwankte leicht. »Und da haben sie sich gedacht, he, haben sie sich gedacht, nehmen wir doch diesen Terraner! Der trägt ja immerhin noch ShouKis Bein mit sich herum!«

»Verdammt«, sagte Bruno Thomkin, der gerade hereingekommen sein musste.

»Mimo, bitte setz dich wieder«, sagte Rhodan. »Ich bewundere deinen Scharfsinn. Aber du stehst immer noch unter starker Medikation. Du fängst dir sonst noch einen Schock ein. Das weißt du besser als ich.«

Bi Natham schloss die Augen und rieb sich die Schläfen. Wieder einmal sah er die Urnen vor sich, die schrecklichen, lächerlichen leeren Urnen. Rasch öffnete er die Augen wieder. »Perry, willst du damit sagen, sie wollen Mimo *bestatten?* Das ist … barbarisch.«

»Und? Wie hätten sie's denn gern, die Atto?«, sagte Mimo laut. Der Bordarzt stand immer noch wackelig auf den Beinen. Ihm hing ein Hemdzipfel aus der Hose. »Wollen sie mich einäschern? Oder in irgendeinem Baum lufttrocknen? Oder in einem handgeschnitzten Boot einen Wasserfall runterschicken?«

»Mimo«, sagte Rhodan. »Ich habe keine Ahnung, was ShouKis Witwen mit dem Bein anstellen wollen. Aber von dir war nicht die Rede. Dich haben sie einfach ausgeblendet, die Erbdamen. Eine besonders schräge Art von Trauerarbeit.

Was ja auch wieder passt. Die Witwen erheben Anspruch auf ShouKis Bein. Keine Ahnung, was das heißt. Aber jedenfalls lasse ich dich da draußen nicht buchstäblich ins Messer laufen. Punkt.«

Bruno Thomkin hatte sich inzwischen gesetzt. Der dürre, hoch aufgeschossene Lunageborene überragte alle: »Verdammt feines Völkchen, diese Atto. Weiche Schale, rauer Kern.« Er lachte auf. »Schade, dass sie nicht auf Witwenverbrennung stehen. Dann würde sich das Problem rasch von selbst erledigen.«

Bi Natham versuchte, sein Lachen zu unterdrücken. Aber als ausgerechnet Mimo am lautesten lachte, musste Bi ebenfalls losprusten. »Bruno!«, keuchte er.

Mimos Lachen hatte hysterisch geklungen, aber er sah jetzt ein bisschen gelöster aus. Er sank sogar wieder auf den Stuhl.

Rhodans Grinsen verschwand rasch wieder. »Die attorische Gesellschaft verfügt über keinerlei rechtsstaatliche Traditionen. So charmant und freundlich die Atto auch sind, das dort draußen ist im Grunde ein einziger großer rechtsfreier Raum. Die einzige Insel im Chaos stellt diese Außenstelle des Interplanetaren Gerichtshofs von Tefrod, sprich Richterin Renis Halnay dar, und die schlägt sich normalerweise mit irgendwelchen Touristenbagatellen herum. – Ja, Cita?« Rhodan aktivierte das Holo über dem Schreibtisch. Nun konnten alle die Cheffunkerin sehen und hören.

Die kräftig gebaute Endvierzigerin sah mit den roten Haaren, den Sommersprossen und den hellgrauen Augen aus wie eine erwachsen gewordene Rabaukin und Piratenbraut. Tatsächlich war sie jedoch von zurückhaltender, fast schon unverbindlicher Natur. Sie war, fand Bi Natham, die anziehendste Frau auf diesem Schiff. Leute mit einer gewissen Bandbreite in der Ausstrahlung waren einfach lebendiger. Manchmal kamen sie ihm vor wie ein fremdes Volk. Ein Märchenvolk.

Auch Mimo musste die Bordfunkerin anziehend finden. Jedenfalls saß er auf einmal einigermaßen gerade da.

»Perry, Moriun Knishek will dich sprechen«, sagte sie. »Er

wirkt sehr ungehalten. Ich hab ihm schon gesagt, dass du wahrscheinlich keine Zeit hast. Soll ich ihn abwimmeln?«

Rhodan sah kurz Mimo an. Seine Kiefermuskeln spannten und entspannten sich. »Nein, stell durch. Dann haben wir's hinter uns.«

»Du wolltest auch noch von Grek-665½ hören und von Raye Corona«, sagte Cita. »Da ist kein Durchkommen. Grek meldet sich nicht, und beim Spital bleibe ich immer wieder in der Warteschleife hängen. Soll ich es weiter versuchen?«

Rhodan nickte. Cita verschwand. Kaum war der tefrodische Logistik-Offizier zu sehen, bellte er auch schon los. »Resident! Einer deiner Männer hat sich der Befragung durch die Planetar-Anwaltschaft entzogen! Mit deiner Hilfe! Das stellt eine grobe Missachtung der staatlichen Organe dar! Eine nicht zu duldende Geringschätzung von Personen höherer Ehre! Ich werde – aber da ist er ja! Doktor Serleach, ich fordere dich ausdrücklich auf, dich sofort zum Gerichtshof zu begeben und der Planetar-Anwaltschaft bei ihren Ermittlungen zu helfen!«

Mimo sah Bi Natham gehetzt an. Bi Natham nickte und blinzelte ihm zu: *Immer mit der Ruhe, wird schon werden.*

»Doktor Serleach«, sagte Perry Rhodan fest, »befindet sich, wie du gerade selbst festgestellt hast, an Bord des Schiffes des Terranischen Residenten. Dieses Schiff ist mangels anderweitiger biplanetarer Vereinbarungen vorläufig als diplomatische Vertretung und damit als extraterritoriales Gebiet zu betrachten.«

Der tefrodische Logistik-Offizier starrte ihn an. Sein Hals drohte den obersten Knopf des Uniformhemdes abzusprengen.

»Des weiteren«, sagte Rhodan, »bedarf es noch einer Zuständigkeitsklärung. Nach den hier vorliegenden Informationen ist deine Abteilung durch Weisung des Virths von Tefrod Farue Markings lediglich dazu abgestellt, den Atto bei der logistischen Bewältigung der Flüchtlingskrise unterstützend beizustehen. Darüber hinaus gehende Exekutivbefugnisse müssten erst noch nachgewiesen werden.«

»Resident«, sagte der Offizier, »Planetar-Anwalt Strawl hat mir persönlich aufgetragen …«

»Wenn du dir vom Mitarbeiter einer Behörde Befehle erteilen lässt, die zu erteilen dieser nicht befugt ist, kannst du das gern tun«, fuhr Rhodan ihm schneidend dazwischen. »Doktor Mimo Serleach ist terranischer Bürger auf terranischem Hoheitsgebiet. Sollte hier ein Auslieferungsantrag eingehen, wird dieser zu gegebener Zeit geprüft werden. Ein solcher Antrag müsste jedoch nach allgemeiner Rechtsauffassung von einer *attorischen* Regierungsbehörde gestellt werden.«

Offizier Moriun Knishek öffnete den Mund. Er schien etwas sagen zu wollen, hieb dann aber auf eine Taste außerhalb des Kamerabereichs. Das Holo wurde blau.

Bruno Thomkin klatschte leise in die Hände. »Attorische Regierungsbehörde. Alle Achtung. Wenn's hoch kommt, wissen die Atto, dass eine Regierungsbehörde nichts zu essen ist.«

Rhodan grinste, dann trank er ein halbes Glas Wasser. »Puh«, sagte er. »Fusseln im Mund ist gar kein Ausdruck dafür.«

Das Bild baute sich wieder auf. Moriun Knishek sah nicht mehr ganz so nach Herzinfarkt aus. Er hatte sich den obersten Hemdknopf aufgeknöpft. »Resident«, sagte er. »Wenn wir vielleicht unter vier Augen weiterreden könnten?«

Bi Natham wollte schon aufstehen, als Rhodan sagte: »Ich wüsste nicht, warum das nötig sein sollte.«

Knishek nickte. »Flache Hierarchien. Schöne Sache, wenn man genug Zeit zu vertrödeln hat. Hab ich aber nicht. Von der Arbeit meiner Abteilung hängt das Überleben Zehntausender Flüchtlinge ab. Hunderttausender vielleicht.«

Er holte tief Luft. »Du machst dir kein Bild von den Verhältnissen, Resident. Die Nachricht von ShouKis Tod geht herum wie eine Epidemie. Er war so etwas wie ein Held. Ein umstrittener Held noch dazu. Die Atto drehen durch. Jetzt verfällt alles endgültig in Anarchie und Chaos. Überall sind Nackte unterwegs, bis oben hin voll mit Drogen. Etliche Straßen sind unpassierbar, weil die Atto buchstäblich alles haben stehen und liegen lassen, einschließlich Kleidung, wie gesagt. Eben kam ein Bericht über die Plünderung einer Dosenfabrik herein. Das Spital, in dem diese Ärztin arbeitet, die uns diesen Organspende-Kram eingebrockt hat, wird von einer aufrührerischen Meute belagert, die irgendwelche Tabubrüche wieder gutgemacht haben will. Ich *brauche* deinen Doktor Serleach, Resident. Auf offiziellem oder inoffiziellem Wege, das ist mir offen gesagt völlig egal.«

»Perry«, sagte Mimo neben Bi Natham. Bi Natham versuchte ihn zurückzuhalten, aber der Bordarzt stand auf. »Ich ... Vielleicht haben sie ja Recht, die Atto. Ich hätte nie ... Wer weiß, ob ShouKi nicht noch am Leben wäre, wenn ich nicht ...« Er fuhr über seine Stirnglatze. »Ich gehe da hin.«

»Mimo«, sagte Bi Natham. »He, Mimo.« Er fasste ihn beim Arm.

Mimo schlug seine Hand weg. »Lass mich. Ich gehe da hin.«

Der tefrodische Logistik-Offizier im Holofeld nickte Mimo zu. »Wenn du dich dann bitte bei Planetar-Anwalt Strawl melden könntest.« Er sah in die Runde. »Nichts für ungut. Meine Herren. Meine Dame. Auf Wiedersehen.« Das Holobild erlosch.

»Mimo«, sagte Bruno Thomkin. »Mach keinen Quatsch. Davon kommt ShouKi auch nicht zurück.«

»Du kannst mich mal!«, rief der Bordarzt und hinkte zur Tür.

Aber sie öffnete sich nicht vor ihm.

»Doktor Mimo Serleach, du stehst unter Arrest«, sagte Perry Rhodan. Er war aufgestanden. »Ich nehme dich in Schutzhaft. Du darfst die JOURNEE bis auf weiteres nicht verlassen. Das Ausgehverbot gilt auch für die Ladebucht.«

Coa Sebastian hüstelte. »Ein schwerer Fall von Amtsanmaßung, Expeditionsleiter. Und von Begriffsverwirrung noch dazu«, sagte die Kommandantin der JOURNEE trocken. »Aber die Anweisung gilt, Mimo. Und ich erwarte, dass du nach Ende deiner Freischicht den Dienst wieder antrittst. Oder dich krank meldest, wenn du dich dazu nicht in der Lage siehst. Haben wir uns verstanden?«

Der Bordarzt nickte. Die Tür ging auf. Er trat hindurch, und die Tür ging wieder zu.

Bi Natham wollte Rhodan fragen, ob er ihm nicht besser folgen sollte, aber der Unsterbliche saß da, den Rücken gebeugt, und rieb mit beiden Händen über sein Gesicht. »Mit was für einem Quatsch man sich herumschlagen muss!«, murmelte er. Dann legte er die Hände flach auf den Tisch, drückte den Rücken durch und sah sie alle nacheinander an.

Als Bi Natham an der Reihe war und in Rhodans stahlgraue Augen blickte, krampfte sich ihm kurz das Herz zusammen, so viel Aggressivität lag darin, so viel fast zornige Energie.

»Um es mit einem Bonmot zu sagen …« Rhodan mahlte mit den Kiefern. »Die Lage ist nicht ernst, aber hoffnungslos.«

Er machte eine Pause.

»Ich bin vorhin beim Nukleus gewesen. Seine Kräfte schwinden. Er wird die Existenz des Sektors Jessytop nicht mehr lange aus dem Schattenspiegel ausblenden können. Über kurz oder lang wird uns der Gelbe Meister wahrnehmen können. Und dann wird er auch uns seine Truppen auf den Hals schicken.«

»Und wenn wir noch einmal nach Taupan fliegen und den Gelben Meister nunmehr gezielt angreifen?«, fragte Benjameen da Jacinta heiser.

Rhodan schüttelte den Kopf. »Eine zweite Expedition nach Taupan ist nicht möglich. Jedenfalls nicht im Schutz des Nukleus. Der Kraftaufwand würde sein sofortiges Ende bedeuten.«

Klack, klack, klack, dachte Bi Natham Sariocc. Da waren sie wieder, die umfallenden Dominosteine.

Kapitel 9

21. März

Die Nacht hatte sich längst gesenkt. Die Bäume waren schwarze Wolken vor klarem Sternenhimmel. Am Rand der Lichtung tanzten fahlweiße Schwaden. Milchschwärmer. Von der Wiese waren nur die hellen Blüten gut zu sehen, graue Tupfen auf dunklerem Grau.

Schnarren, Knistern. Nachtgeräusche.

Martan saß unter dem Sternenhimmel im hohen Gras. Er hatte die Meditationshaltung eingenommen. Die Beine vor sich leicht angewinkelt, die Hände auf die Oberschenkel gelegt, die Handflächen nach oben, so saß er da. Er hatte nichts für das Sternenhorchen übrig, aber er musste selbst herausfinden, was dort draußen los war.

Über den Bäumen war Rauch zu sehen, in dem Licht waberte. Dort saßen sie bestimmt um ein Feuer herum und redeten rund. Redeten sich den Mund wund.

Martan schnaubte.

Bestimmt hockten sie in der ganzen Gartenstadt Third um irgendwelche Feuer herum und laberten. Bestimmt war er der Einzige, der heute gearbeitet hatte. Zumindest bei ihnen im Garten war er der Einzige gewesen. Zuerst hatte er wie ein Hirnverbrannter Beeren gepflückt und eingemacht, weil der Regen die meisten angeschlagen hatte. Zwischendurch war er rüber zum Wald der Ahnungslosen gegangen und hatte Gemeinschaftsholz gehackt, ebenfalls wie ein Besengter. Ihm summten immer noch die Handflächen, so glatt hatte der Axtstiel sie poliert.

Na schön. So viel zu meiner momentanen Erfahrung. Bequem sitzen tue ich auch.

Er stellte sich sich selbst vor; bildlich, als Gegenüber. Und sah einen Allerweltsburschen in einem orangefarbenen Schlabberhemd und hellen Hängehinternhosen. Ein Trottel, der sich wie eine Frau rasierte und die Haupthaare stutzte und sich so selbst zum Außenseiter machte, zum Entwurzelten. Er sah einen Typ, der verdammt gute Musik machen konnte, nur, dass sie auf dem ganzen Planeten keiner hören wollte, außer eine Hand voll weiterer Entwurzelter. Er sah einen Typen mit glänzenden, sanften Augen, die immer ein bisschen treudoof in die Welt schauten. Einen Typen, der seine Tochter liebte und ihr alle Freiheit geben wollte, die sie brauchten. Und wenn es ihm das Herz zerriss.

Ah, jetzt hatte er die Kurve gekriegt.

Er sah ein Wesen, unvollkommen, eigensinnig, voller Träume und Unzulänglichkeiten und Ideen.

Möge ich glücklich und zufrieden leben!

Martan stellte sich einen guten Freund vor, Shevek. Shevek mit seinem grauen Zopf und den schwarzen Kleidern, die er aus alten, ausgegrabenen Folien herstellte. Noch so ein Entwurzelter. Shevek, der allein leben wollte und sich absurderweise mit kleinen, selbst gebauten, blinkenden und piependen Krabbelviechern aus antiken Maschinenteilen umgab. Shevek, der die traurigsten, einsamsten Augen der Welt hatte. Shevek, der zu allen sanft war, aber niemanden an sich heran ließ.

Möge er glücklich und zufrieden leben!

Gut. Martan drückte kurz das Kreuz durch. *Jetzt die neutrale Person.*

Martan stellte sich die Frau vor, die manchmal da war, wenn er drüben am anderen Ufer Milch holen ging. Eine dicke Frau mit Löchern im Bart, die eigentlich schon ein bisschen zu fertig war, um noch munter zu sein. Sie hielt an ihrem Leben fest, obwohl sie Wasser in den Beinen hatte und kaum wieder von ihrem Stuhl hochkam, wenn sie erst einmal saß. Ihr ganzer Körper schrie nach Verwurzelung, nach Grünwerden, nach Verholzung. Sie war würdelos. Und sie war die Freundlichkeit in Person. Sie war Martan so fern wie niemand sonst in der Nachbarschaft.

Möge sie glücklich und zufrieden leben – und wenig Schmerzen leiden.

Als Nächstes kam die schwierige Person.

Merkwürdigerweise war das wieder Shevek, nur, dass dieser Shevek ein bisschen kleiner war. Dieser Shevek roch manchmal sehr streng unter seinen schwarzen Folienkleidern. Dieser Shevek hockte da im dritten Stock seiner leeren Halle, als wäre er längst verholzt. Früher einmal war Shevek der Lebendigere, der Frechere von ihnen beiden gewesen. Irgendwann hatte sich das umgedreht. Nun war Shevek derjenige, der nichts wagte, der zögerte, der vielleicht gerade noch wusste, wie – aber nicht, wozu …

Martan hätte ihn gern herausgeholt aus diesem Zustand.

Möge er zufrieden leben – und glücklich werden!

Martan blinzelte kurz, dann stellte er sich die vier Personen im Kreis um sich herum vor. Den Martan in seiner Lächerlichkeit und Größe. Den großen Shevek, der ihn und seine Musik und seine Verrücktheiten verstand. Die dicke Alte. Den kleinen Shevek, der so verharrte in seiner Lebenstrauer. Sie alle schwebten um ihn herum, und er schwebte in ihrer Mitte.

Nun versuchte er, für sie alle in gleicher Weise Freundlichkeit und Wohlwollen zu empfinden und dabei niemanden zu bevorzugen oder zu benachteiligen.

Ihm stiegen Tränen in die Augen. Er blinzelte. Er spürte die Feuchtigkeit auf seinen Wangen.

Und dann spürte er die lebendigen, liebesbedürftigen Wesen um sich herum. Die Wesen, die er sich vorstellte, und die Wesen, die hier auf der Lichtung waren. Die Milliarden von Kleinstlebewesen im Boden unter ihm. Die Myriaden von Fluglebewesen in der Luft. Die Leute am Lagerfeuer drüben, die Angst hatten und besorgt waren und sich in den Schlaf zu reden versuchten.

Immer weiter dehnte Martan seine Liebe aus, seine Empfindsamkeit, sein Gespür für andere.

Mögen alle Wesen glücklich sein!

Gut. Und jetzt …

Mögen alle Wesen singen!

Und sie sangen.

Martan spürte die Wärme von Zerfallsprozessen auf seiner durchlässigen Haut, fühlte sich griesig umfasst in seiner Einzeller-Weichheit.

Gut. Aber immer ganz unten anfangen.

Martan spürte die Kühle auf seiner Haut, die herrliche Nässe, die an seinen Schuppen in Schleim überging, spürte die Tiefe um sich herum, den dunklen Raum, in dem andere Fisch-Bewusstseine hingen wie trübe Laternen.

Gut. Und jetzt in den Boden. Oder nein, den Boden überspringen.

Martan spürte den Wind in seiner Kopf-Ähre, spürte die zähe Fedrigkeit seines Rücken-Stängels, der allmählich hintrocknete zu gelber Spröde.

So richtete Martan die Blase seiner Wahrnehmung immer weiter nach oben aus, von den Gräsern zu den Insekten zu den Vögeln, formte die Blase zu einer Röhre, einem Trichter, einem Hör-Rohr, das er allmählich zu den Sternen ausrichtete.

Aber Martan hatte zu wenig Erfahrung mit dem Sternenhorchen. Er hatte seine Sinne nicht genügend geschärft, hatte zu wenig erfahren vom Aufbau des ihn umgebenden Kosmos. Er stellte sich Raumschiffe vor, bemannte Raumschiffe, aber er spürte die Wesen an Bord nicht.

Und dann, er wusste nicht warum, musste er auf einmal an die Atto denken. An die freundlichen, durchgeknallten Knuffel, die Attorua bewohnten, den einzigen Planeten, auf dem er je gewesen war. Und an ShouKi musste er denken.

Martan riss die Augen auf, starrte in die griesige Nacht.

ShouKi war kein Profitler. Und die Atto rasten nicht in waffenstrotzenden Raumschiffen durch den Kosmos. Sie rasten überhaupt nicht durch den Kosmos. Sie waren einfach nur gute Handwerksleute und Gärtner, einfach nur Wesen, die auf wilde Witze, gutes Essen, nette Drogen und fröhlichen Sex standen. Und Gestaltwandler waren sie, das munterste Völkchen der Galaxis!

Sein Herz machte ein paar so gewaltige Schläge, dass er sie hören konnte.

Er sprang auf.

Es war stockdunkel auf Martans Seite des Kanals. Hinter den Bäumen am anderen Ufer irrlichterte in einer Parallelstraße Feuerschein über die Hauswände. Martan nahm ihn kaum wahr. Ebenso wenig, wie er die Trommeln wirklich als etwas Äußeres wahrnahm, die Gesänge. Für ihn war es das Herz in seiner Brust, das da trommelte, das Blut in seinen Adern, das da sang.

Er musste wissen, was mit den Atto, was mit ShouKi war!

Aufgewühlt streifte er durch die dunkle Wildnis. Über ihm schimmerten verschwommen die Sterne. Ihr Licht drang kaum noch durch den nächtlichen Atem der Bäume.

Er lief gerade die rostig stumpfe Metallschiene einer alten Bahnstrecke entlang, als etwas Kleines neben ihm fauchte oder zischte und ihm gegen den nackten Knöchel schlug.

»Aah!«, entfuhr es ihm.

Sein Herz krampfte sich zusammen, seine Beine machten einen gewaltigen Satz und rannten mit ihm los, dass er sie kaum wieder gebremst bekam.

Endlich blieb er keuchend stehen, die Hände auf die Knie gestützt.

Er tastete nach seinem Knöchel. Feucht! Von Blut? Aber es waren keine Wundränder zu ertasten. Das musste Speichel sein.

Mann, hatte er Glück gehabt! Er musste eine Schlange aufgeschreckt haben – eine ohne Giftzähne.

»ShouKi«, keuchte er. »Oh, Mann.«

Und dann brachen sich die Angst und die Sorge und die Aufgewühltheit eine Bahn, und Martan fing zu weinen an.

Danach ging es ihm besser.

Er schaute zu den Sternen mit ihren winzigen milchigen Höfen hinauf. Sie schienen näher zu rücken, immer näher. Wie Augen. Wie die offenen Mäuler dieser stählernen Kastun-Raubfische.

Oh, Mann. Er musste wissen, was mit ShouKi war!

Er atmete bewusst durch und ging weiter. Langsam diesmal. Es roch erdig feucht, aber auch scharf. Nach Nadelhölzern, nach ihrer zerfallenden Borke, nach den ätherischen

Ölen ihres Harzes. Er konnte die Stelle nicht sehen, erkannte sie aber am Geruch.

»Hallo?«, sagte er. »He, Zwillinge! Könnt ihr mir vielleicht sagen, was mit ShouKi ist?«

Keine Antwort.

»He, ihr Baumkerle. Ich bin's, Martan. Wisst ihr etwas von ShouKi? Oder von Attorua?«

Er schnupperte und tastete sich den Weg durchs Unterholz. Kleine, nasse Blätter blieben ihm an den Armen und Beinen, winzige Zweige unter den Fußsohlen kleben. Dann hatte er die beiden Verholzten gefunden. »He, was ist los, warum sagt ihr nichts?«

Die Zwillinge hatten sich vor wer weiß wie vielen Jahren in Nadelbäume verwandelt. Ihre Körper waren im Lauf der Zeit zu Kegeln zerflossen, zu großen, kegelförmigen Stämmen, die sich schief aneinander lehnten. Allein an den riesenhaften, mehr als mannsgroß ausgedehnten Gesichtszügen ließen sie sich überhaupt noch als Verholzte erkennen. Am Tag sahen die Zwillinge lustig aus, und lustige, leutselige Gesellen waren sie auch.

Aber heute Nacht schwiegen sie, waren sie einfach nur zwei wuchtige, gedrungene Nadelbäume.

Also machte Martan, dass er weiter kam.

Aber je mehr Verholzte er aufsuchte, desto deutlicher wurde, dass sie heute Nacht nicht ansprechbar waren. Entweder sie schwiegen, oder sie behandelten ihn wie ein kleines Kind und schickten ihn weg.

Die Sonne färbte den Horizont schon schwach silbrig, als Martan auf die Idee kam, einfach Angu mit einem Verholzten zu machen. So wie er es vorgestern aus Versehen mit seinem Vater getan hatte.

Am Besten mit der Schwangeren. Sie lag ganz hier in der Nähe, nur ein Stück das Ufer zurück, dort, wo die Auwiese zu einem wahrscheinlich einst künstlich angelegten Steinstrand hin abfiel.

Die Schwangere war noch sehr jung gewesen, als sie sich zum Grünwerden entschlossen hatte; keine zwanzig Jahre alt. Wegen eines Dutzends unglücklicher Lieben, sagten die einen. Wegen ihrer trägen, pflanzenhaften Sinnlichkeit, sagten die anderen. Martan fand nicht, dass sich das ausschloss.

Jedenfalls musste sie sich zu einer Schwangerschaft entschlossen haben, bevor sie sich diese liebliche Wiese ausgesucht hatte. Sie hatte sich auf den Rücken gelegt, die Beine leicht angezogen, Fußsohlen auf der Erde, Knie geschlossen, die Arme über dem Kopf abgelegt.

Die Beine waren inzwischen mit Kallusgewebe zusammengewachsen. Aus den Ellbogen wuchsen drei junge, schräg aufstrebende Stämme empor. Füße und Hände hatten Wurzeln geschlagen. Auf der Schattenseite wuchsen Pilze die Hüfte entlang. Und ihr Bauch wurde von Jahr zu Jahr runder. Frech reckte er sich dem Morgenhimmel entgegen.

Die Schwangere war eine Schönheit. Und immer noch so naiv wie damals als Muntere.

Vorsichtig beugte Martan sich über sie, machte nur ganz kurz Angu mit ihr. Diesmal stürzte nichts auf ihn ein. *Gut.* Er machte wieder Angu mit ihr, länger.

Er schloss die Augen. Drückte Haut an Borke. Wie aus weiter Ferne waren Worte zu hören. Oder tauchten sie auf wie Frösche aus einem Tümpel?

Perry Rhodan ... Nukleus ... Geisteswesen ... schwach ...

Martan schnaubte. Er verstand kein Wort.

Oh? Hallo?

Rasch richtete Martan sich auf und sah über das Wasser hinaus. Der Fluss war hier nie in ein Kanalbett gezwungen worden, er öffnete sich zu einem See. Weit drüben bei den versunkenen Schiffen eines ehemaligen Industriehafens stiegen Vogelschwärme auf. Die schroffe Ruine eines Hochhauses ragte aus dem Wald empor. An der alten, teilweise eingestürzten Stadtbahnbrücke hatte sich auf dem angeschwemmten Treibholz eine Art schwimmende Landzunge gebildet.

Martan bückte sich wieder zu der Schwangeren hinunter und machte Angu mit ihr.

... Gelber Meister ... bald zu stark ... müssen Kräfte bündeln ... aufgehen ...

Dann spürte er wieder die Präsenz des Baumweibes. Rasch richtete er sich auf. Aber diesmal zu spät.

Hallo, sagte sie. *Wer bist du? Du?*

»Ist schon gut«, sagte er. »Ich wollte dich nicht stören.« Dann ging ihm auf, dass sie die Erste war, die mit ihm sprechen wollte. »Sag mal, was ist los im Wald der Ahnen?«

Ach, sagte sie. *Ich weiß nicht. Die reden alle.*

»Worüber?«

Ach, über Sachen, sagte sie. *He, spürst du das? Die Sonne kommt.*

»Reden sie auch über eine Welt namens Attorua?«, fragte Martan.

Attorua, Mattorua, sagte sie. *Komm, Mattenruher, leg dich doch zu mir. Hm? Streck dich aus. Machen wir uns einen schönen Tag.*

»Ich muss gehen«, sagte Martan. »Du bist sehr schön.«

Oh? Komm, fühl mal meinen Bauch. Es ist bestimmt bald so weit.

Martan tat ihr den Gefallen. Dabei sah er ihr ohne Absicht das Bauchfell und die Schenkel entlang, wie er es während der Austreibungsphase bei Lily Yo getan hatte.

Ihm stellte sich das Nackenfell auf.

Das Kallusgewebe, das ihre Schenkel verband, zeigte feinste Längsrisse. Es sah aus, als wäre sie seit einigen Monaten dabei, die Beine zu spreizen.

Bevor er ging, pflückte er ein paar Blumen und legte sie ihr zwischen die knospenden Brüste.

Oh, sagte sie. *Komm doch wieder her. Spürst du die Sonne? Die Sonne? Und den Wind? Ach, der Wind. Das himmlische Kind.*

Als Martan nach Hause kam, wurde dort rundgeredet.

Auf der großen, sandigen Freifläche vor dem Wald der Ahnungslosen waren Sitzgelegenheiten im Kreis aufgestellt worden. Auf den meisten Stühlen, Liegestühlen, Bänken, Holzklötzen, Kisten saß jemand. Selbst im Sand hatten sich einige Leute niedergelassen, auf Decken oder Ponchos zumeist, weil die Erde noch nachtfeucht war. Es waren viele Leute, viel mehr, als hier im Garten wohnten.

Der Feuerplatz in der Mitte war nicht aufgeräumt. Überall

lag schmutziges Geschirr herum. Einige Leute schliefen, auf dem Boden oder in zusammengeschobenen Stühlen.

Martan sah sich um, aber Lily Yo war nirgends zu sehen.

»Ich weiß nicht, ob es überhaupt gut wäre, da einzugreifen«, sagte ein Mann mit langen Filzzöpfen gerade. »Wenn Schädlinge in meinen Garten kommen, fuhrwerke ich doch auch nicht hektisch mit Feuer und Flamme und Jauche herum! Dann schaue ich doch erst mal in Ruhe, was genau die da wegfressen wollen!«

Martan kannte ihn nicht; er musste von außerhalb sein. Rederunden waren für alle offen; wer wollte, machte mit. Es gab keine Redezeiten, kein Protokoll, keine Abstimmungen, Mehrheitsentscheidungen, Vertagungen, keine Konsenspflicht. Wer das Bedürfnis zum Rundreden hatte, fing damit an. Es diente der Klärung, der eigenen Entscheidungsfindung. Es konnte Tage dauern, Nächte hindurch, Wochen lang.

»Und was wollen die wegfressen, die Kastuns?«, sagte Filzzopf. »Hochgezüchtete, entfremdete Technokulturen! Voller Militär- und Plastikschnickschnack!«

Martan trat in den Kreis und sammelte Teller und Löffel auf.

»Lily Yo irgendwo gesehen?«, fragte er leise, als er bei Ani Gompa ankam. Das bräunliche Hutzelweib in dem dunkelblauen Schlauchkleid saß auf einem der Holzklötze.

»Die wird jetzt wohl schlafen. Sie war noch dabei, als ich vorhin wieder herkam. Ist fast vom Stuhl gefallen vor Müdigkeit, die Gute.«

Ani Gompas Gesicht war verknittert, nur über den hohen Wangenknochen spannte sich die Haut. Den Vollbart trug sie trotz ihres Alters stets wohl gestutzt und messerscharf konturiert. Seine Mutter war eine der wenigen Frauen, die er kannte, die ihr Haupthaar lang und offen trugen. Es war weiß und kraus, und sie hatte nur die Stirnhaare zu feinen Zöpfen geflochten und hinten zu einem kunstvollen Knoten verschlungen. An ihren langen Ohrläppchen waren winzige Glocken befestigt.

Sie bückte sich, klingelingeling, nach zwei im Sand liegenden Bierkrügen und stand dann auf.

Sie brachten das Geschirr zu dem Spülbecken, das schon jemand aus dem Weidenbau in die Sonne gezogen hatte.

»Willst du es dir nicht weiter anhören?«, fragte Martan.

Ani Gompa spülte die Krüge durch und stellte sie auf die Abtropffläche. »Ach, dieses schwachbrüstige Gleichnis habe ich heute Nacht schon fünfmal gehört. Die Kastuns als Insekten betrachtet, als astrales Feuer, das Krankes und halb Totes wegbrennt, damit der gesunde, grüne Garten wieder sprießen kann. Und fünfmal habe ich gesagt, dass auf diesen Welten aber nichts mehr sprießen wird. Weil es dort nichts Grünes mehr gibt, wenn die Kastun-Schiffe wieder abdrehen.«

Sie trat zur Seite, und er ließ seinen Stapel sandverkrustete Suppenteller und Löffel in das kalte Spülwasser gleiten.

»Das soll mal ruhig einweichen«, sagte sie. »Komm.«

Sie gingen um die Rederunde herum zum hinteren Teil des Gartens. Als sie an dem Mann mit den Filzzöpfen vorbei kamen, sagte er gerade: »Und wer weiß, vielleicht sind diese Kastuns ja genau der Anstoß, den diese Welten brauchen, damit sie endlich wieder einen gesunden Mikrokosmos bilden können – ihre Chance für einen echten Neuanfang! Ohne Profitlertum und Umweltzerstörung! Könnte ja sein!«

»Du hast ein Rad ab, Meiob«, sagte eine Frau.

»Wieso?«, sagte eine andere.

Den Rest verstand Martan nicht mehr, weil sie bereits hinter dem Erdaushub des halb fertigen Kühlkellers waren. Im Sandkasten lag haufenweise Spielzeug. Kinder waren keine da, auch nicht auf dem Monsterbaum.

Den Monsterbaum hatten sie ebenfalls aus Rutenbögen gebaut, die allerdings regelmäßig abgeerntet wurden. Das Monster lag auf dem Bauch. In seinem riesigen, offenen Maul war eine Spielhöhle versteckt, den Kopf krönte ein Kuschelnest, sein Leib bestand aus gewachsenen Leitern und Kletterbögen. In die größten Bögen waren Schaukeln eingehängt.

»Komm, Martan«, sagte Ani Gompa. »Schaukeln wir 'ne Runde.« Und als er weiter den Gartenweg entlang sah, fügte sie hinzu: »Wir müssen reden.«

»Müssen wir, ja?« Martan rollte die Schultern. Seine Wirbelsäule fühlte sich vor Müdigkeit ganz krumm an.

Ani Gompa schmunzelte nur und klopfte neben sich auf die breite Schaukel.

Er setzte sich neben sie.

»Was denkst du über diese Geschichte mit den Kastun-Invasoren?«, fragte sie, als sie sich eingeschwungen hatten. Sie trug ein Fußkettchen, das bei jedem Auf- und Abschwung leise klingelte. Ihre Füße waren braun und ledrig und fast unbehaart. Die Zehennägel waren schwarz gefärbt und poliert. Sie hätte nichts gegen das Altern, hatte sie einmal gesagt. Nur diese immer stärker vergilbenden Fußnägel, auf die könne sie verzichten.

»Keine Ahnung«, sagte Martan.

»Ach, komm.«

»Ich mache mir Sorgen«, sagte er. »Am liebsten würde ich von all dem nichts wissen wollen. Aber da ich es ja nun mal weiß ... Ach, keine Ahnung. So lange es uns nicht betrifft.«

»Es wird uns betreffen, Martan. Es betrifft uns schon.«

Sie schaukelten. Klingeling, klingeling.

Ani Gompa schien zu warten, dass er etwas sagte. Aber was gab es dazu schon zu sagen?

»Die Alten machen sich auch Sorgen, Martan. Alles deute darauf hin, sagen sie, dass es zu weiteren Völkermorden kommen wird.«

»Völkermorde«, sagte Martan. Das war ein altes Wort aus alten Geschichten. »Weißt du, was mit Attorua ist?«

»Die Welt, auf der du mal gewesen bist?«

Martan bejahte.

»Das ist ja ein Ding. Hatte ich gar nicht mehr dran gedacht. Ausgerechnet auf Attorua ...« Sie tätschelte seine Hand. »Keine Sorge, dieser Welt geht es gut. Noch. Aber sie wird wohl auch nicht verschont bleiben. Irgendein gewaltiges dunkles ... hm, Netz oder so lege sich über die gesamte Galaxis, sagen die Alten. Es störe die Kraftlinien, sagen sie.«

»Auch bei uns?«

»Auch bei uns. Ich habe es neulich selbst gespürt.«

»Auch bei den Atto?«

»Bei den Atto wohl noch nicht. Ihr Planet befindet sich innerhalb einer kleinen Raumkugel, über die die Kastuns ihr dunkles Netz, das sie den Schattenspiegel nennen, noch nicht werfen konnten. Jessytop heißt diese Raumkugel. Der Sektor Jessytop. Auf Attorua ist ein junges Geistwesen angekommen, das ...«

»Perry Rhodan heißt«, ergänzte Martan.

»Wie?«, sagte Ani Gompa verdattert.

»Hab ich von der Schwangeren gehört.«

»Ach je, die hat mal wieder alles durcheinander gebracht. Ja, Perry Rhodan ist auch dort auf Attorua. Ein Menschenwesen aus einer anderen Galaxis, die Milchweg heißt. Auf ihn gehen vermutlich einige der Heldengeschichten um Pyro Dana zurück.«

Martan hielt die Schaukel an. »Pyro Dana? Der Töter? Der die großen alten Meisterdrachen erschlug?«

Ani Gompa nickte.

»Ich fass es nicht!«, rief Martan. Er stand auf und drehte sich zu ihr um. »Dann muss er alt sein.«

»Uralt.«

»Ich fass es nicht. Das waren die besten Geschichten.« Er ließ sich rückwärts gegen ein Rutenbündel fallen und streckte die Beine von sich. »Die *besten* Geschichten!«

»Es waren *Geschichten,* Martan.« Ani Gompa brachte die Schaukel wieder in Schwung. »Was hat dir das arme Mädchen noch erzählt?«

»Die Schwangere? Ich hab nur ein paar Wörter gehört. Perry Rhodan. Dann etwas von einem Nukleus. Von einem Geisteswesen, das zu schwach ist.«

»Der Nukleus macht den Schattenspiegel um den Sektor Jessytop blind. Er ist eine Art Sonne aus Geisteskraft.«

»Dann ist er ja auch eine astrale Kraft«, sagte Martan. »Wie die Kastuns. Dann wird dort Gleiches mit Gleichem bekämpft. Aber er ist zu schwach?«

»Wie kommt ihr bloß alle darauf, dass die Kastuns zum astralen Bereich gehören? Nur wegen dieser Schädlingsanalogie, die noch dazu aus einer anderen Sprache stammt? Himmel, ebenso gut könnten wir diese Wesen dem Bereich der Unterwelt zuordnen, wegen all ihren Erzen, all ihrer Technik.«

»Ist doch eh nur Spielerei«, sagte Martan.

»Das nun auch wieder nicht«, sagte Ani Gompa. »Diese Denk-Spiele führen zu jeweils anderen Sichtweisen, anderen Einfällen, anderem Tun. Sie formen Wirklichkeit. Darum lasse ich mir lieber Zeit für meine Analogien.«

Martan gähnte. »Wo du gerade von Zeit lassen sprichst ... Ich habe die ganze Nacht lang kein Auge zugetan. Ich will schlafen. Ich will mich an Lily Yo kuscheln und schlafen.«

Ani Gompa schmunzelte. »Dann los.«

Martan kämpfte sich hoch. »Dank dir, dass du mich am Rundreden hast teilhaben lassen.« Junge, war er bettschwer. »Bis dann.« Er schlug Ani Gompa sanft auf den Schenkel, als sie nach vorn schwang, und zuckelte los.

Moment mal.

Er blieb stehen. Drehte sich zu seiner Mutter um.

»Gelber Meister bald zu stark«, zitierte er. »Müssen Kräfte bündeln. Und dann hat sie noch irgendetwas mit Aufgehen gesagt. Hast du vielleicht auch eine Ahnung, was *das* heißen soll?«

Ani Gompa starrte ihn an, als hätte er sie gefragt, ob sie wüsste, wie man am besten einen Völkermord durchzieht.

Und als wüsste sie es.

Kapitel 10

11. April

»Na schön, Mädels«, sagte Kommandant Takegath und baute sich in der Türöffnung zur Sporthalle der KHOME TAZ auf. Er stemmte die Arme in die Seiten. Die weiten Ärmel ließen die dunkelgraue Aufwärmjacke wie einen Umhang wirken. Die riesige Kapuze verbarg sein zweigeteiltes Gesicht. »Dann wollen wir zur Abwechslung wieder einmal etwas *für* unsere Gesundheit tun.«

Chi-Lopi und die vielleicht dreißig anwesenden Mannschaftsmitglieder überwiegend männlichen Geschlechts lachten kurz. Die meisten hatten sich schon umgezogen. Bleiche Muskelpakete mit ausgeblichenen Tätowierungen darauf verschoben sich unter uralten Trägerhemden. Spiegelnde Kunstgliedmaßen gleißten im Licht. Geflexte Körperteile schimmerten. Selbstschließende Turnschuhe, Suspensorien und Bandagen fuhren sirrend zu.

»Man kann nicht genug für seine Gesundheit tun«, sagte Kommandant Takegath. »Gerade in unserem Alter. Diwva. Bahpi.«

Der Nimvuaner, dessen Alterungsprozess mit 983 Jahren gestoppt worden war, ließ die Arme fallen und schüttelte die Aufwärmjacke vom Kopf und den Schultern. Links und rechts hinter ihm traten seine beiden Gespielinnen hervor und fingen die Jacke auf.

Einige Kopfjäger neben Chi-Lopi schnappten hörbar nach Luft. Leider kam nicht Takegaths Puppengesicht zum Vorschein.

Die linke, biologische Gesichtshälfte mit der wachsrosafarbenen, haarlosen Haut und dem großen, hellblauen, fast kreisrunden Auge war zwar starr, aber die rechte, robotische Gesichtshälfte mit den winzigen Hydrauliken und Zahnrädern um den gleichfalls geteilten Mund war in wilder Bewegung. Takegath grinste halbseitig. Seine Zahnwerkzeuge ruckelten im zungenlosen Mund. Das Kameraauge auf der diagonal um den Kopf verlaufenden Schiene fuhr rastlos hin und her.

Meist überließ der Kommandant das Training seiner integrierten Taktik-KI. Dann trug er das Puppengesicht zur Schau und war ein wesentlich pragmatischerer Trainer. Dann verzichtete er auf Spezialfiesheiten. Dann genügte es ihm, wenn die Sportskameraden am Ende kurz vorm Kollabieren standen.

»Dann mal los«, sagte Takegath. »Aufwärmen.«

Die Kopfjäger liefen an der Hallenwand entlang, die langsamen innen, die schnellen außen. Die meisten liefen auf zwei, vier oder sechs Beinen. Nur wenige hatten ihre biologische Grundform völlig aufgegeben.

Chi-Lopi nahm die Innenbahn. Der nackt an einen aufrecht gehenden Aal erinnernde Kopfjäger aus dem Volk der Mhool hatte seine Exoskelett-Module zum Training vage humanoid angeordnet. Die Innenbahn war weiter von Takegath entfernt. Chi-Lopi wollte lieber auf der Hut sein.

Wahrscheinlich war der Kommandant wegen dieses falschen Rhodans noch immer sauer. Er war auf Taupan beinah ausgerastet.

Chi-Lopi sah es noch immer vor sich. Wie dieser Möchtegern-Kopfjäger Aldus Chamberlain dem Kommandanten Rhodans Kopf brachte. Wie der Kommandant triumphierend aufbrüllte. Wie der Kopf seines Erzfeindes sich in Kristall verwandelte und zerfiel. Brösel, brösel, brösel. Wie währenddessen ihr Beiboot abzischte, mit dem echten Rhodan und seinem Häuflein an Bord. Wie es in einer großen, geschwungenen Kurve am Himmel verschwand, lässig zwischen den Gorthazi-Flotten hindurch.

»Kismati«, sagte Takegath. »Runter auf den Boden und Räder ausfahren, verdammt.«

»Sind in der AMBULANZ«, sagte Aph Kismati, der Stellvertretende Kommandant und Waffenmeister. »Zum Upgraden.«

»Dann schalt wenigstens von Gravo auf Luftkissen um. Die Muskeln und Mechaniken sollen ackern!« Takegath trat in die Hallenmitte. Er drehte sich mit dem Tentakelbündel in dem fliegenden Minipanzer, das sein Stellvertreter war, und sah Bahpi und Diwva am Eingang stehen. »Ja, was! Braucht ihr eine Einladung?«

Die beiden Nimvuanerinnen sahen sich an und gähnten.

Einige von Chi-Lopis Kameraden fanden ja, dass die beiden Frauen mit den Bohnenköpfen und den schlanken Gliedmaßen sehr apart wirkten. Andere priesen eher ihre enormen Säugglocken. Aber Chi-Lopi fand an Wesen wie ihnen, an Humanoiden überhaupt, ihre lustige Art am besten. Ständig mussten sie irgendein Körperteil bewegen, ständig mussten sie irgendetwas ausdrücken.

Allein schon dieses Gähnen eben fand er Klasse. Er sah es sich rasch noch einmal in der Wiederholung an.

Diwva, vielleicht auch Bahpi, ließ die Aufwärmjacke los. Bahpi, vielleicht auch Diwva, warf die Aufwärmjacke über die erste Sitzbank an der Fensterseite. Auf deren Flachbildschirme war gerade eine grafische Darstellung des Sektors Jessytop durchgeschaltet, an dessen Außenrändern die KHOME TAZ Wache fuhr. Die Innenränder wurden von den letzten kümmerlichen Resten der galaktischen Flotten abgeflogen. Schade, dass die Gorthazi den Sektor nicht wahrnehmen konnten. Es wäre eine Sache von Stunden gewesen, die Widerständler auszuräuchern. Aber allein hatte die KHOME TAZ gegen ihre Flotte keine Chance.

Die beiden rosahäutigen Frauen in den weißen, groben Trainingsbikinis waren inzwischen losgetrottet. Obwohl äußerlich keinerlei kybernetische Zusätze zu erkennen waren, überholten sie die meisten Kopfjäger bald.

Die Aufwärmjacke lag auf der Bank unter dem Fenster. Etwas war aus ihrer aufgenähten Tasche gerutscht. Ein kleines Etui …

Ein kleines Etui aus Leder, wie Chi-Lopi erkannte, als er das erste Mal an der Jacke vorbeilief. Während er weiter die

Innenbahn entlangstapfte, hielt er ein Kameraauge auf das Etui und ein anderes auf seinen Kommandanten gerichtet.

Takegath stand, wie der Mhool erst jetzt merkte, mit freiem Oberkörper da. Überall waren Metall und Kunststoff zu sehen. Mechaniken, Hydrauliken, Leitungen, Verstärkungen, die nur zum Teil verkleidet waren. An manchen Stellen lugte letztes Fleisch hervor. Takegath trug weder sein rotbraun geflecktes Metallunterzeug noch seine grünsilbrig schimmernde Jacke mit den vielen Taschen. Auch den Gürtel mit dem alten Messer hatte er nicht umgebunden.

Takegath trug seine Jacke nicht. Seine Jacke mit der gepanzerten Brusttasche. Wo also hatte er sein De'Ro'Collo verstaut? Er trug doch immer ein paar Phiolen bei sich …

Chi-Lopi ließ den Kommandanten nicht aus dem Auge. Gleichzeitig warf er ein Modulauge nach dem Etui aus. Es flutschte diesem keulenschwanzbewehrten Kumpan zwischen den sechs flitzenden Chitinbeinen hindurch, ging hinter einer Sitzbank in Deckung und arbeitete sich dann zu Takegaths Aufwärmjacke und diesem Etui vor.

»Dann mal los«, sagte der Kommandant und hielt den Blick auf Aph Kismati gerichtet. »Auf Kommando hoch, halbe Linksdrehung und Feuer.« Er klatschte in die Hände.

Chi-Lopi sprang hoch, beschrieb mit Hilfe einiger Miniaturtriebwerke eine halbe Drehung in der Luft und warf sich, kaum dass er wieder den Boden berührt hatte, so schnell er konnte vorwärts. Dann fing er sein Gewicht ab und trottete im alten Tempo weiter.

»Das nächste Mal rechts herum! Und dann immer abwechselnd!«

Ein paar Händeklatscher mehr, und Chi-Lopi ging der Atem schwer. Die Module fingen an, ihn zu schieben. Aber er bekam nicht als Einziger Probleme mit der Koordination.

Der sechsbeinige Kumpan – Elric? Olrick? Irgendwie so ähnlich. Dass diese Personendateneinblendung aber auch ständig abstürzen musste! – der sechsbeinige Kumpan jedenfalls hatte den Keulenschwanz nicht mehr voll im Griff und traf damit seinen sichelkammbewehrten Nebenmann fast an der Schläfe. Der riss den linken Brustarm hoch und ließ warnend die Flex aufheulen.

»Na hopp!«, sagte Takegath und klatschte wieder in die Hände. »Nur keine Müdigkeit vortäuschen. Ein Gy Enäi muss kämpfen können – und wenn sein Speicher noch so ausgelutscht ist.«

Einige Kopfjäger ächzten.

»Was meint ihr eigentlich, was wir machen, wenn dieser Rhodan sich genau jetzt hier blicken lässt? Ihn einfach mitsamt seinem Kugelraumer zu Staub zerblasen, was? Könnt ihr vergessen! Geentert wird und Lebendbeute gemacht! Rhodan gehört mir. Mir persönlich.«

Sie hatten das Beiboot erst aufgebracht, als es der Korona der Sonne schon gefährlich nah gekommen war. Es war niemand mehr an Bord gewesen. Nur eine kleine, unbekannte Maschine, die leicht eine Bombe hatte sein können. Also hatten sie sie in die Sonne geschickt. Und waren, nach einem kurzen Besuch beim Gelben Meister, der immer noch Probleme mit dem Aufwachen hatte, hierher nach Jessytop zurückgekehrt.

Takegath dimmte die Gravofelder hoch. Chi-Lopi verlor den Bodenkontakt. Er warf sich in eine Schraubrolle und lief bis zum Ende des umgepolten Felds an der Decke weiter. Dort ging es dann mit einer weiteren Schraubrolle wieder hinunter. Danach hob er kurz in einer Zone mit verminderter Schwerkraft ab und ging in einer mit erhöhter in die Verbindungsgelenke.

Runde um Runde um Runde drehten sie so. Es war ein Low-Tech-Training, aber ein höchst effektives.

»Hopp, hopp, hopp!«, rief der Kommandant.

Chi-Lopi lief Schleim über die Echtaugen. Er hatte Probleme, die Module beisammen zu halten. Im unteren Blickfeld wurden Warnanzeigen derjenigen eingeblendet, deren Akkus sich allmählich leerten. Da Takegath das Training überraschend angeordnet hatte, waren das immerhin fünf Stück.

Chi-Lopi warf sie ab. Sie landeten nicht weit von Takegaths Aufwärmjacke entfernt.

»Stopp! Schattennahkampf! Ohne Pause – Feuer!«

Die Kopfjäger oder Gy Enäi, »Ewige Diener«, wie sie vom Gelben Meister genannt wurden, blieben stehen; manche am Boden, manche an der Decke.

Chi-Lopi sah sich um.

Die anderen duckten sich leicht und fuhren die Nahkampfsysteme aus. Neuropeitschen und rasiermesserscharfe stählerne Tentakel zischten durch die Luft. Kreis- und Kettensägen heulten auf, trennten imaginäre Gliedmaßen ab. Dornen und Sporne schoben sich ratschend aus Ellbogen, Unterarmen, Rippenbögen, Schultern. Fäuste, Schwänze, Füße schossen vor. Mehrfachschnauzen stülpten sich aus. Lichtbögen prasselten zwischen Händen, Fühlern, Hörnern, Scheren. Das alles geschah dank Reflexverstärkern enorm schnell.

Chi-Lopi wackelte ein wenig mit den Modulen.

»Und weiter!«

Takegath hetzte sie wieder im Kreis herum.

Chi-Lopis Modulauge hatte das Lederetui längst gescannt. Er legte die Daten auf das obere Blickfeld. Unter Infrarot waren deutlich drei Phiolen zu erkennen.

De'Ro'Collo!

Drei Phiolen Droc. Eine Phiole reichte bei einer so kleinen, gut auf Drogen ansprechenden Lebensform wie ihm bestimmt für fünf-, sechsmal. Damit ließ sich eine Weile durchhalten. Vorausgesetzt, er konnte die Verflüchtigung irgendwie aufhalten.

In den nächsten zwanzig Minuten hatte er große Schwierigkeiten, sich auf das Training zu konzentrieren.

Drei Phiolen Droc. Diesen Verlust würde der Kommandant schon verschmerzen. Er hatte angeblich Hunderte davon, in einer Truhe in seiner Kabine. Und die, hieß es, war mit unzähligen Fallen gesichert, schlimmer noch als dieses Schiff.

Täglich starben Gy Enäi, weil ihre Vitalenergiespeicher leer waren. Gy Enäi, die dem Gelben Meister oft schon Ewigkeiten gedient hatten. Die das Pech hatten, dass ihr Herr und Meister noch nicht erwachen wollte. Die nicht an De'Ro'Collo herankamen.

Chi-Lopi, dem dritten Bordingenieur und im planetaren Einsatz unumstritten besten Erkunder – sprich: Meisterdieb der KHOME TAZ –, summte es in den Greifern.

Er checkte die Daten noch einmal durch. Weder am Etui noch an der Aufwärmjacke deutete irgendetwas auf Fallen hin.

»Und stopp«, sagte Takegath in der Hallenmitte. »Paare bilden. Waffensysteme Trainingsmodus 2. Und achtet auf eure Deckung. Die gerät mir bei vielen immer zu lässig. Ich sage nur, Taupan neulich. Man kann sich nicht immer auf seine Schirme verlassen. Oder darauf, dass die AMBULANZ einen schon wieder zusammenflicken wird.«

Chi-Lopi sah sich um. Keulenschwanz sah in seine Richtung. »Wollen wir?«

»Klar.«

Sie stießen die Greifer gegeneinander. Und los ging's.

»Hau ruhig richtig zu«, sagte Keulenschwanz. »Damit ich merke, wenn ich was falsch mache.«

Aber Keulenschwanz machte nicht viel falsch. Er war gut. Chi-Lopi blieb nichts anderes übrig, als die Module ausschwärmen zu lassen. So konnte er Keulenschwanz den einen oder anderen Treffer verpassen. Aber einige Module hätten im Ernstfall ebenfalls schlimme Treffer abbekommen. Der Mhool schickte sie auf die Ersatzbank und holte die anderen zurück, auch das Auge.

Er drehte es zu Takegath. Der Kommandant hatte sich die Pratzen übergestreift und trainierte mit Bahpi und Diwva. Die beiden Nimvuanerinnen feuerten abwechselnd Kombinationen auf die Pratzen ab, mit Fäusten, Handkanten, Ellbogen und Füßen. Takegath lachte auf. Seine Reflexverstärker waren so gut auf sein Nervensystem abgestimmt, dass die Angriffe wohl nur ins Ziel gingen, wenn er es wollte.

Chi-Lopi bekam die Keule ab, voll gegen die beiden Hauptmodule. Das trug ihm eine Quetschung in der Körpermitte ein.

»Träumen tut weh«, sagte Keulenschwanz und setzte nach.

Während Chi-Lopi zurückwich, ordnete er seine Module

um. Er irritierte Keulenschwanz mit ein paar Flugdrohnen, die ihn von drei Seiten angriffen, und sah gleichzeitig zum Kommandanten hinüber, der Diwva und Bahpi mit der robotischen Gesichtshälfte anlachte und dabei seine neunundzwanzig Zahnwerkzeuge aus- und einfuhr.

Gut! Der Kommandant vergnügte sich mit seinen Gespielinnen.

Chi-Lopi flog mit den Hauptmodulen unter Keulenschwanz' Bauch, hob den Sechsbeiner hoch und kippte ihn auf den Rücken. Gleichzeitig schickte er seine kleinste Drohne los, das Lederetui mit dem De'Ro'Collo holen.

Gut! Lederetui greifen, Module trennen und ausschwärmen ...

Achtung: Die Keule! Sein Gegner schlug mit ihr aus und versuchte, sich wieder auf den Bauch zu drehen. Er kippte auf die Seite. Chi-Lopi ließ sich hinter Keulenschwanz' Rücken sacken. Neuanordnung.

Falsch! Falsch! Die Keule traf ihn.

Einen Augenblick lang sah Chi-Lopi nur kräftiges Blau, dann ein paar Überlastungsanzeigen. Dann baute sich das Bild wieder auf.

Das Droc! Wo war das Droc?

»Welches Droc?«, fragte Keulenschwanz. Die Chitinfühler über seinen verspiegelten Augenhöhlen zuckten.

Chi-Lopi musste es laut gesagt haben. Er hätte sich in den Arsch beißen können!

»Droc? Welches Droc? Dreck hab ich gesagt. Weil du mich erwischt hast, Mann.« Er ordnete seine Module humanoid an und rieb sich das, was bei einer menschenähnlichen Lebensform der Kopf gewesen wäre. Gleichzeitig versuchte er, die Drohne mit dem Lederetui zu orten.

Nichts. Ihr Peilsender musste ausgefallen sein. Chi-Lopi legte ihre Kamera auf den Bildschirm. Zuerst blieb er nur blau, dann war ein riesiger, schwankender Wald von blassgelben Tentakeln zu sehen, die den Mhool an Wasserpflanzen seiner Heimatwelt erinnerten.

Blassgelbe Tentakel? Das war Kismati! Kismati hatte sich das Droc gekrallt!

Chi-Lopi fuhr herum und sah den Minipanzer Richtung Hallenschott fliegen. Er schwärmte hinterher.

»He, was ist los?«, dröhnte Keulenschwanz hinter ihm.

Chi-Lopi sah nicht einmal zurück.

»He, Dreck! Der hat ja doch Droc!«, brüllte Keulenschwanz, dann nahm er die Verfolgung auf. Chi-Lopi hörte das Prasseln der Chitinfüße auf dem Hallenboden.

Und dann brach Chaos aus.

Vor Kismati gleißte ein Lichtbogen auf, schlug in eine Bank, deren Kunststoff sofort verschmorte. Kismati, »das tollkühne Gemüse in seiner fliegenden Badewanne«, wie dieser Aldus neulich in der Messe zum Besten gegeben hatte, kippte nach links weg, sackte durch und fegte einen insektoiden Kopfjäger von den Sprungbeinen, der es im Abrollen aber schaffte, ihm das Ledertui aus den Tentakeln zu reißen.

Mehr bekam Chi-Lopi nicht mit, denn er fand sich auf einmal unter einem Wurfnetz wieder, das Keulenschwanz abgeschossen haben musste, der im nächsten Moment über ihn hinwegtrampelte.

»Droc! Der hat Droc!«

Immer mehr Gy Enäi beteiligten sich an dem Kampf um die drei Phiolen. Alle hatten sie in den letzten Wochen eigentlich unsterbliche Kumpane jämmerlich verrecken sehen, nur weil ihre Vitalenergiespeicher leer waren. Alle wussten, was das Aufputschmittel verhieß. Einen Aufschub. Einen Aufschub, der vielleicht so lange reichte, bis der Gelbe Meister endlich erwacht war und sich ihrer annehmen konnte.

Chi-Lopi hatte keine Angst vor dem Sterben. Das nicht. Höchstens vor dem Sterben an Altersschwäche. Das schon. Und darum hetzte er dem Droc nach, so schnell er nur konnte. Ohne auf die Stimme aus den Audio-Komponenten zu achten, die nun unmerklich langsam über den Kampflärm gezogen wurde.

... jawohl, ihr dort zu Hause an den Geräten: Hier geht's zur Sache, hier schont sich keiner!

Eraykh geblockt von Olrick, der seine Keule ... oh, oh, das wäre beinah schief gegangen. Drei Zentimeter mehr, und von den heiß umkämpften Phiolen wäre nichts übrig geblieben. Olrick, Kismati, dann wieder Olrick, und jetzt Konsensu, er holt auf, Konsensu mit der Flex. Ja, Konsensu setzt die Flex ein. Hoffentlich hat Olrick nachwachsende …

Olrick schießt eine Sonne, und, ja, da ist Chi-Lopi wieder, Chi-Lopi macht das Spiel, Chi-Lopi bricht durch! Eine Spitzentaktik, die er jetzt anwendet. Er hat das Etui in die Mitte genommen und schaufelt sich mit den äußeren Modulen den Weg frei …

Allein, es fehlt der Abschluss, oder der Wille zum Abschluss. Das Schott ist versperrt, da bleibt nur der Weg in die Ecke.

Ja, sie haben ihn in der Ecke gestellt … aber was jetzt, was ist das denn …?

Immer mehr Spieler bleiben stehen und hören zu kämpfen auf. Jawohl, ihr dort zu Hause an den Geräten: Sie richten sich auf und schauen sich um, als wären sie auf einmal aus einem Traum erwacht, als … als wüssten sie auf einmal wieder, wo sie sind!

»Gut, Mädels, das reicht«, sagte Kommandant Takegath, nun nicht mehr über Interkom. »Der Spaß ist vorbei. Mein Etui, bitte. Diwva. Bahpi.«

Die beiden Frauen in den weißen Trainingsbikinis stapften zwischen den wie erstarrt dastehenden Kopfjägern auf Chi-Lopi zu.

Diwva, vielleicht auch Bahpi, fischte ihm das Etui aus dem Greifer. Dann schritten sie auf ihren langen Beinen zum Kommandanten zurück und warfen es dabei zwischen sich hin und her. Ihre von dünnen Schweißfilmen überzogenen Gliedmaßen glänzten ebenso pink unter dem grellen Hallenlicht wie die blank polierten Bohnenschädel. Bahpi, vielleicht auch Diwva, hielt Takegath das Etui hin.

Der öffnete es, sah hinein. »Donnerwetter, alle heil.« Er schüttelte die Phiolen heraus und hielt das Etui hoch. »Ist eben richtig gutes, weiches Leder. Altgrubengegerbt. Hab ich mir mal aus der Oberbauchhaut eines Sternenkaisers machen lassen. Wie hieß er gleich noch?«

»Keine Ahnung«, sagte eine der Nimvuanerinnen.

»Qai Nehanung. Ja, genau. Danke, Bahpi. Hol dir mal was zu trinken. Du siehst ganz schön dehydriert aus.«

Wie aufs Stichwort fuhren neben den Schotten Wasserspender aus dem Boden. Einige der Kopfjäger fingen zu tänzeln an. Die meisten hatten ihre Nahkampfwaffen schon eingefahren. Aber von der Stelle wagten sie sich noch nicht.

Chi-Lopi warf einen Blick auf seine Energieversorgung. *Aua.* Er stapelte die Module aufeinander und schaltete ihre Systeme weitgehend herunter. Auf die Spitze des Turms packte er sein Flugauge.

Kommandant Takegath schickte sich an, die Phiolen zurück in das Etui zu stecken. Dann hielt er sie in der flachen rechten Hand, deren drei mittlere Finger noch aus Fleisch waren, gegen das Licht.

Dunkelrot funkelte die Flüssigkeit in den Fläschchen.

Die anderen Kopfjäger rührten sich nicht. Nur Bahpis federnde Schritte zum Wasserspender waren zu hören, dann ein Sprudeln.

»Ach, was soll's. Ich hab eine ganze Kiste von dem Zeug.«

Kommandant Takegath warf die Phiolen in die Luft. Sie beschrieben einen Bogen, der fünf Meter vor den Gy Enäi endete.

Die vordersten Kopfjäger, zwei sechsgliedrige Humanoide mit blau-weiß gesprenkelten Sichelkämmen, die schärfer und haltbarer als die meisten Schwertklingen waren, warfen sich auf den Bauch und gleichzeitig die oberen Armpaare nach vorn. Sie kamen mit den offenen Handflächen genau an die Stelle, an der die Phiolen aufschlagen würden. Nur wurden die Hände noch im gleichen Moment von fahlgelben Tentakeln zurückgerissen.

Das tat ihnen bestimmt weniger weh als der Anblick der Phiolen, die herab trudelten und auf dem Hallenboden aufschlugen.

Splitter spritzten. Tropfen spritzen. Tropfen dunkelroter Flüssigkeit.

Takegath lachte.

Schon verflüchtigten sich die roten Tropfen.

Die beiden Humanoiden rissen sich los und krabbelten vorwärts. Sie leckten alles eifrig auf, Glassplitter inklusive.

Das dauerte aber lange! Chi-Lopi, der noch immer hinten in der Ecke stand, in seinem sauber gestapelten Turm aus Modulen, schickte das Flugauge doch wieder vor.

Die beiden Humanoiden leckten und leckten, aber die roten Tropfen wurden immer mehr. Immer mehr Schlieren bildeten sich.

Der Mhool begriff. Na klar! Das war Blut! Die leckten ihr eigenes Blut auf. Von den Glassplittern!

Takegath lachte.

Der Kommandant der Gy Enäi hörte erst damit auf, als sich die beiden Humanoiden mit den Sichelkämmen ruckhaft aufsetzten und an die Hälse fassten. Sie streckten die Zungen heraus; dicke, geschwollene Zungen voller Glas und Blut. Sie verdrehten die Augen. Sie würgten. Sie brachen zusammen und zuckten.

»Wie heißt es so schön? Stirbt's Gescherr, lebt der Herr«, sagte Takegath. »An Trottel wie euch wäre De'Ro'Collo völlig verschwendet. Es schmeckt übrigens süß. Während Jokan-Pulver, wie wir alle wissen, gänzlich geruchs- und geschmacklos ist.«

Er klatschte in die Hände. »Training beendet. Vergesst das Aufräumen nicht. Diwva. Bahpi.«

Die beiden Nimvuanerinnen hüstelten. Sie hielten die Aufwärmjacke schon bereit. Takegath schlüpfte hinein, ließ sich die große Kapuze überwerfen und stampfte dann aus der Halle. Seine verspiegelten Stiefelabsätze schienen gleichmäßig zu blinken.

Chi-Lopi sah zu den beiden Kopfjägern mit den Sichelkämmen hinüber. Sie zuckten nicht mehr. In ihren grauen Sporthosen breiteten sich dunkle Flecken aus.

»Und ich hab sie noch festgehalten«, sagte Aph Kismati. Der Stellvertreter wackelte mit den Tentakeln. »Dabei hätten sie doch von selbst drauf kommen müssen.«

Dann zog er ebenfalls ab.

»Saust wahrscheinlich direkt zur AMBULANZ, der Trottel«, flüsterte jemand. »Um sich gegen Jokan-Pulver immunisieren zu lassen.«

Chi-Lopi, dritter Bordingenieur und offizieller Meisterdieb der KHOME TAZ, ordnete seine Module neu an. Dann half er Keulenschwanz, den ersten, schon zu klein gewordenen Chitinpanzer von dem nachwachsenden Bein abzuhebeln.

»Nicht zu fassen, unser Kommandant, hm?«, sagte er.

»Klar«, sagte Keulenschwanz. »Der hat's echt drauf.«

Kapitel 11

21. März

»Aufgehen?!«, brüllte Martan, lief hin und her und raufte sich dabei die Haare. »Aufgehen?!« Er versetzte der Schaukel neben Ani Gompa einen Tritt, dass die Seile sich in dem Weidenbogen verfingen. »Das nennen sie aufgehen?!« Er lief zur Flanke des Monsterbaums und zerrte an ein paar jungen Ruten, dass sie brachen. »Das nennen sie Kräfte bündeln?!« Er lief zu Ani Gompa zurück. »Ich nenne das Selbstmord!« Seine Hände zitterten. Er rieb seine Brust. Die Hände wollten gar nicht mehr zu zittern aufhören.

»Wenn du es so nennen willst«, sagte Ani Gompa. »Aber die Ahnen sind ziemlich sicher, dass unsere Lebensenergie nicht einfach verfliegen, sondern in den Nukleus übergehen und ihn stärken wird.«

Martan holte tief Luft. »Dein Plan der Ahnen«, sagte er, und seine Stimme bebte dabei, »stinkt zum Himmel. Dein Plan der Ahnen ist ein Rieseneimer verjauchter Gedankenpisse.«

»Du erhebst dich über deine Mitlebenden, Martan«, sagte Ani Gompa. »Du erhebst dich gewaltig.«

»Aber es können doch nicht einfach alle Selbstmord machen, nur weil irgend so ein Pflanzengeist sagt, das wäre eine tolle Sache, denn dann würden die Energien irgendwie in diesen Nukleus schwirren und ihn stark machen, und alles wird wieder gut!«

Ani Gompa sagte nichts. Sie saß dort auf der Schaukel und sah ihn aus zusammengekniffenen Augen an. Sie wirkten im Sonnenschein fast schwarz.

»Du«, sagte Martan, als es ihm dämmerte. »Du willst da mitmachen. Stimmt's?«

Ani Gompa nickte.

»Obwohl du noch gut und gern fünfzig muntere Jahre vor dir hast? Obwohl du noch so gut aussiehst? Obwohl du noch so gern feierst? Obwohl du noch so voller Pläne steckst?«

Ani Gompa nickte. »Eben drum«, sagte sie.

»Und die anderen?«

»Die meisten haben Angst«, sagte Ani Gompa. »Angst vor den Invasoren und Angst vor dem Plan der Ahnen. Also reden sie. Kauen alles durch.«

Und Lily Yo?, dachte Martan.

Er räusperte sich. »Und Lily Yo?«

»Die hat auch Angst«, sagte seine Mutter und fing wieder zu schaukeln an. »Geh mal.«

Martan war wie vor den Kopf geschlagen. Benommen stapfte er den Trampelpfad entlang, der sich durch die Gartenmitte schlängelte, um Beerenbüsche, an Wasserfiltriertonnen vorbei, zwischen Baustoffhaufen und Wäscheleinen und Kugelbeeten hindurch.

Und wenn Lily Yo auch so dachte wie Ani Gompa? Wenn sie sich auch dazu entschloss, ihr Leben wegzuwerfen?

Bange näherte er sich der orange-gelben Hütte. Die Schiebetür stand offen.

Ich werde es wissen, wenn sie mich ansieht, dachte Martan. *Ich werde ihren Augen ansehen, wie sie sich entscheidet.*

Aber als Martan an das Bett trat, waren Lily Yos Augen geschlossen. Sie schlief. Sie lag da, auf der Seite, mit rundem Rücken, und Beule lag vor ihrem Bauch zusammengekuschelt wie in einem Nest.

In den nächsten Tagen nahm Martan an mehr Rederunden teil als sonst in einem Jahr. Wie es aussah, kam es überall zu Versammlungen. Überall in der Gartenstadt Third, überall auf dem Planeten Thirdal wurde der Plan der Ahnen rundgeredet.

Und je länger die Leute über ihn sprachen, je öfter sie ihn überschliefen, desto stärker traten sie für ihn ein.

»Sollen die Profitler sich doch selber retten mit ihren Waffen, ihren Soldaten, ihren Raumflotten«, sagten die Leute, die gegen den Plan waren.

»Scheuklappenmentalität«, erwiderten die Leute, die ihn befürworteten. »Und selbst, wenn das klappen sollte, ist damit für den Kosmos doch überhaupt nichts gewonnen, ist keinerlei Heilung erfolgt, ist einfach nur Gewaltakt auf Gewaltakt gehäuft worden, wie immer.«

»Wenn wir den Kosmos jedoch als einen Garten betrachten oder als einen sich entfaltenden Organismus«, sagten sie, »wird rasch klar, was ein Aufgehen in den Nukleus bedeutet: Eine Düngung mit geistiger Substanz. Eine Befruchtung. Eine Chance auf Wachstum, eine Chance auf Entwicklung.«

»Und zwar für alle«, sagten sie. »Für uns, die wir schon so weit fortgeschritten sind. Für die Wesen im Nukleus, die sich als jung und unerfahren begreifen. Für all die Völker Hathorjans, die weiterleben können.«

»Für welche *Völker* denn?«, fragten die anderen. »Für wie lange denn?« Und sahen selbst, dass es die Angst war, die aus ihnen sprach.

»Aber wie soll das denn gehen?«, fragten sie. »Wie wollt ihr das denn machen? Wie wollt ihr überhaupt zum Nukleus kommen? Wir haben doch gar keine Raumschiffe mehr.«

»Erinnert ihr euch noch an diese beiden Jungen, die damals auf dem alten Raumhafen heimlich eine Yacht flott gemacht haben? Die ANGUARI? Damit können sie zu Perry Rhodan fliegen und ihm unsere Hilfe anbieten. Dann kann er uns abholen, wenn er will.«

»ANGUARI? Die Angu mit den Erden macht? Ein schöner Name«, sagten manche.

»Was waren das noch mal für zwei Jungs?«, fragten andere, die gern Geschichten hörten.

»Shevek hieß der eine«, sagte jemand.

»Dieser verrückte Spielzeugmacher?«

»Genau der.«

»Und der fliegt das Ding?«

»Glaube kaum. Der will mit dem ganzen Kram nichts zu tun haben. Hat sich mit ein paar Kindern und Jugendlichen in die Wälder abgesetzt, heißt es.«

»Und der andere? Was ist mit dem?«

Der andere war Martan Yaige.

Martan weigerte sich zu fliegen.

»Schränke unsere Freiheit nicht ein«, sagte Kompost-Piet.

»Wir verlangen doch nur von dir, dass du dorthin fliegst und unseren Plan unterbreitest«, sagte Ani Gompa.

»Dann kannst du zurückkommen und tun, was immer du willst«, sagte der Typ mit den Filzlocken. »Aber das bist du uns schuldig.«

»Weil du außer Shevek der Einzige bist, der ein Raumschiff fliegen kann«, sagte eine Frau, die Martan noch nie im Leben gesehen hatte.

»Bitte flieg nicht«, sagte Busch, seine Nachbarin.

»Ich will mitkommen«, sagte Beule, seine Tochter.

Und Lily Yo? Martan fragte sie nicht.

Er ging zu Shevek. Shevek war nicht da. Die Solarzellen waren nicht da. Die Wasserpfeife war nicht da. Sheveks gute graue Wolldecke war nicht da. Martan drehte das Klangrad, lauschte den unmodifizierten Tönen. Er trat in den Innenhof des Einkaufs-Zentrums. Sah nach oben. Auf dem Glasdach zogen Sheveks solargetriebene Putzteufelchen ihre Bahnen. Unermüdlich.

»Der will lieber mit einer Hand voll Leute auf einem menschenleeren Planeten hocken«, sagte jemand beim Salatputzen für die Volksküche.

»Findet er vielleicht besser, als in einem Kollektivwesen aufzugehen, das vielleicht einfach nur Tod heißt«, sagte Martan.

Aber insgeheim fand er Shevek feige. Und er hegte Groll gegen ihn, weil Shevek ihm, seinem ältesten Freund, nicht mal Lebewohl gesagt hatte.

Martan machte Liebe mit Lily Yo. Danach weinte er. »Ich hab Angst, dass du da mitmachst«, sagte er in ihre Achselhöhle.

»Und ich hab Angst, dass du da nicht mitmachst«, sagte sie.

»Was soll nur aus Beule werden«, sagte er.

»Was immer sie will«, sagte Lily Yo. Und fing auch zu weinen an.

Sohn, sagte sein Vater an einem nieseligen Nachmittag, *wann hättest du je auf einen meiner Ratschläge gehört.*

Martan schlief schlecht. Aber wenn er erwachte, konnte er sich nicht erinnern, geträumt zu haben.

Er redete viel mit Busch. »Vielleicht ist es ja wie ein einziger endloser Orgasmus, in dem Nukleus zu sein«, sagte sie einmal. »Ein einziges Baden im flachen Wasser und im Sonnenlicht.«

Martan erneuerte einen der Pfähle der Hütte. Es war eine schweißtreibende Plackerei, bei der er sich den Daumen quetschte und sich beinahe in den Handrücken gesägt hätte.

»Du *musst* Beules Vater sein«, sagte Lily Yo.

Die Ruten oben auf dem Wald der Ahnungslosen wippten im Wind.

»Wer sagt denn, dass die Kastuns überhaupt hierher kommen?«, fragte jemand auf der Durchreise. »Woher sollen sie denn wissen, dass es Thirdal überhaupt gibt?«

»Scheuklappendenken«, sagte Martan.

»Na, durch deine Musik«, hörte er Shevek wieder. »Du schickst die Dateien doch per Funkwellen raus.«

»Martan«, sagte Lily Yo eines Abends auf der Schaukel. »Wenn Shevek nicht fliegt, weil er feige ist, und wenn du auch nicht fliegst, dann muss sonst jemand fliegen. Jemand, der das Raumschiff wahrscheinlich in eine Sonne schießen wird.«

»Und dann …«, sagte Busch in der Morgensonne am Kanal.

»… gibt es nicht einmal die Chance, dass unsere Energie den Nukleus stärken kann«, sagte Ani Gompa am Lagerfeuer.

»Nein, ich geh in kein Raumschiff«, sagte Beule beim Nägelschneiden. »Ich hasse Raumschiffe.«

Kapitel 12

11. April

»Ich bleibe dabei, Doktor Corona«, sagte der Offizier links von ihr. »Du solltest das Spital baldmöglichst verlassen.«

»Ich kann mich dem nur anschließen«, sagte der Klinikleiter rechts von ihr.

Raye antwortete nicht. Bis auf das Licht von der Straße unten war es im Chefzimmer dunkel. Sie sah durch das um die Mittelachse gekippte Fenster nach unten. Die Eingangstür war von hier aus nicht auszumachen, nur das flache, kiesbestreute Vordach. Die an gespannten Drahtseilen mittig angebrachten Straßenlaternen wurden von zahllosen Insekten umschwärmt und warfen unruhiges Licht über die schmalen Gehwege und das Kopfsteinpflaster. Kraftfahrzeuge und Rikschas hupten und klingelten sich ihren Weg im Schritttempo durch die Menge. Der Abstand, den die Atto vom Eingangsbereich hielten, deutete darauf hin, dass dieser noch immer von der Hand voll Soldaten bewacht wurde, die der Klinikleiter angefordert hatte.

»Die Sicherheit der Patienten geht vor«, sagte der Leiter.

»Aber die Atto tun uns doch gar nichts«, sagte Raye. »Sie hüpfen da nackig rum, na schön. Sie schreien und weinen und schütteln ihre albernen Dosen, na schön.« Das Gruseligste waren noch die ShouKi-Verschnitte, die ab und zu auftauchten, und das Wehklagen, mit dem sie von den anderen Atto, zumeist weiß und in der Standardgestalt, berührt wurden. »Aber sie stellen doch keine Gefahr dar.«

»Das zu beurteilen überlässt du besser uns«, sagte der Offizier. »Der Zivilist macht sich selten klar, dass es nur einiger gezielter Provokationen bedarf, und schon wird aus einer solchen Menge ein Mob. Zack, tauchen die ersten Zaunlatten auf, fliegen die ersten Steine, werden die ersten Fahnen verbrannt.«

Raye wollte gerade erwidern, dass sie als Zivilistin das Wohlergehen ihrer Patienten höher einschätzte als das Nichtverbrennen irgendwelcher Fahnen, als der Uniformierte hinzufügte: »Eine solche, wenn auch nicht gezielte, Provokation stellt deine weitere Anwesenheit dar.«

»Meine Anwesenheit!« Raye fuhr herum und funkelte ihn an. Er hielt ihrem Blick mit regloser Miene stand.

Sie sah zu dem Leiter in seinem Chefsessel. Der eigentlich blaugrünhäutige Gaid sah in der Dreivierteldunkelheit fast schwarz aus. Sein haarloser, gerade einmal faustgroßer Kopf wurde von einem einzelnen großen Facettenauge beherrscht, das leicht glitzerte. Die Mundöffnung unterhalb des vielleicht fingerlangen Schlauchhalses schien geschlossen zu sein.

»Ohne meine Anwesenheit hier wären noch Dutzende von Amputationen ohne anständige Schmerztherapie durchgeführt worden! Hunderte wahrscheinlich!«

»Wohl wahr«, sagte der Gaid. »Wenn auch zahlenmäßig übertrieben.« Er sah zu dem Offizier, legte den Kopf schief und rieb sich den Hals. »Wir sind hier leider ein bisschen weitab vom Schuss und freuen uns sehr über deine ... ähem ... Fortbildungsmaßnahme. Aber ich finde dennoch, du solltest gehen. Wenigstens vorübergehend, bis die Lage sich ein wenig beruhigt hat.«

»Klinikleiter«, sagte Raye und trat zwischen ihn und den Uniformierten. »Bei Dienstantritt hatte ich siebzehn Atto hier, die Gliedmaßen zur Transplantation spenden wollten. Jetzt sind es gerade noch sechs, die dazu bereit sind. Sechs Gestaltwandler, die genau das spenden können, was sechs Flüchtlinge heute brauchen. Ohne jede Gefahr von Abstoßungsreaktionen. Und du sagst mir, ich soll lieber gehen und morgen oder übermorgen wiederkommen?« Sie trat an seinen Schreibtisch, knipste die Tischleuchte an und stützte die Hände auf die Schreibunterlage. »Dann sag das mal den sechs Flüchtlingen, die ich heute noch operieren wollte. Zwei von ihnen sind noch keine zehn Jahre alt.«

Der Leiter starrte sie an. Raye sah ihr zorniges Gesicht in Aberdutzenden Augenfacetten gespiegelt. »Na los«, sagte sie. »Das möchte ich sehen.«

»Wenn dieses Spital erst einmal brennt«, sagte der Offizier hinten bei dem wahrscheinlich nur zu Dekorationszwecken dienenden Aktenschrank, »möchte ich *dich* sehen.«

Raye drehte sich nicht zu ihm um. »Das ist doch absurd. Die Atto zünden doch kein Spital an.«

»Die Atto haben eine enorme Gewaltbereitschaft«, sagte der Offizier. »Sie meinen es allerdings meistens witzig. Das lässt sie harmloser erscheinen, als sie sind.«

»Außerdem scheinst du dir nicht bewusst zu sein«, fügte der Klinikleiter hinzu und lehnte sich in seinem Chefsessel zurück, »dass dein Verhalten nach attorischen Maßstäben ungeheuerlich ist. Du hast ShouKi zum Bruch eines der wichtigsten Tabus überredet: niemals einer kopierten Gestalt etwas hinzuzufügen. Und jetzt stellst du diese Tabubrüche auch noch in Serie her. Nachdem ShouKi gestorben ist.«

»Da gibt es doch keinen Zusammenhang!«

»Sag das den Atto.«

Raye wartete einen Moment lang. »Ist das eigentlich noch Verdrängung oder schon partielle Amnesie, mein lieber Kollege?«, fragte sie dann.

»Verzeihung?«

Sie grinste böse. »Bis gestern warst du noch ganz begeistert von meiner neuen Methode.«

Er reckte den Schlauchhals. »In meiner Klinik werden jedenfalls bis auf weiteres keine Transplantationen nach Corona mehr durchgeführt«, sagte er spitz und löschte demonstrativ wieder das Licht. »Haben wir uns verstanden?«

»Absolut«, sagte Raye.

Draußen erhob sich Geschrei.

Der Offizier eilte zum Fenster. »Der Terraner«, sagte er. »Was will der denn hier?«

Raye trat neben ihn. Sie entdeckte Rhodan erst, als sie

schaute, in welche Richtung die leeren Blechdosen flogen. Der Terraner versuchte, um die Menge herum zum Eingang zu gelangen.

»ShouKi-Mörder! ShouKi-Mörder!«, skandierten die Atto.

Rhodan duckte sich unter den Dosen hindurch. Ihn traf ein Stück Sahnetorte an der Schulter. Für ein, zwei Schritte prangte die Masse auf seinem blauen Anzug, dann fiel sie ab und ließ einen weißbeigen Fleck zurück.

»Zu Fuß?«, flüsterte Raye. »Spinnt der?«

Nun stand auch der Leiter neben ihr. Sein rosa geblümtes Hemd streifte ihren Unterarm, als er sich vorbeugte und den kleinen Kopf aus dem Fenster hängte. Er sah absurd aus, wenn das Facettenauge abgewandt war, wie eine lebensgroße Spielzeugpuppe, der man den Kopf vom Kugelgelenk gezogen hatte.

»Da stimmt was nicht«, sagte er mit seiner wohlklingenden, auf die Beruhigung verängstigter Angehöriger ausgelegten Bass-Stimme. »Warne deine Leute.«

Wieder flogen Dosen, Kuchenstücke, Früchte. »ShouKi-Mörder! ShouKi-Mörder!« Rhodan lief geduckt auf den Eingang zu. Er schien sich verletzt zu haben. Er zog ein Bein nach und streckte Hilfe suchend die Hand aus.

»Warne deine Leute!«, rief der Klinikleiter und drehte sich so schnell zu dem Offizier um, dass er Raye mit dem Kopf anrempelte. Die Berührung hinterließ ein echohaftes Prickeln auf ihrer Haut.

Schon stürzten unter dem kleinen Dach des Eingangsbereichs mehrere Soldaten hervor und liefen dem blau gewandeten, strauchelnden Terraner entgegen.

Und nun sah Raye es auch. »Das ist nicht Rhodan!«, sagte sie. »Er hat viel zu viele Falten! Und das ist auch kein Galornenanzug!«

»Redbaron, Coffin! – Zugriff!«, brüllte der Offizier aus dem Fenster. »Der Rest zurück und Eingang sichern!«

»Halt! Stehen bleiben!«, riefen die Uniformierten, die wohl Redbaron und Coffin hießen.

Der eben noch strauchelnde Rhodan schlug einen Haken und versuchte, in der Menge unterzutauchen, die sich auf einmal lachend und jauchzend auf die beiden Soldaten einschoss.

»Heda! Wollt ihr Kuchen? Leckerschmecker!«

Aber Redbaron und Coffin waren gut. Sie fingen den vermeintlichen Rhodan ein und zerrten ihn unter den Buhrufen der Menge zum Eingang. Er hatte einen simplen blauen Trainingsanzug an.

»Das muss die Kopie der Kopie der Kopie sein«, erklärte der Offizier. »Darum sieht er so alt aus.«

Dann sprach er in seinen Interkom: »Haltet ihn ein paar Stunden lang fest. Droht ihm mit zwei Tagen Untersuchungshaft. Das wird ihm eine Lehre sein. Und dass er sich ja nicht verwandeln kann! Ihr lasst ihn nicht einmal allein aufs Klo, verstanden?«

Er wandte sich wieder an Raye und den Klinikleiter. »Perry Rhodan würde ohne seinen Zellaktivator binnen weniger Tage altern und zerfallen. So ergeht's auch jedem Atto, der ihn kopiert.« Er lachte. »Dem Burschen hier würden höchstens noch ein bis anderthalb Tage bleiben. Soll er ruhig mal ein bisschen darüber nachdenken, ob er lieber vergreisen oder das Zuschauer-Tabu brechen möchte.«

»Und mein Verhalten nennst du provozierend?«, sagte Raye. Sie ging zur Tür und zog sie auf. Kühles, bläuliches Licht fiel vom gekachelten Flur ins Chefzimmer.

»Wo willst du hin, Corona?«, fragte der Klinikleiter.

»Zu meinen Patienten«, sagte Raye.

»Ich dachte, ich hätte mich klar ausgedrückt.«

»Oh, das hast du. Das hast du.« Raye schloss hinter sich die Tür. Ganz leise.

Betont langsam ging sie den Gang entlang zur Treppe. Ganz die souveräne Ärztin. Aber innerlich kochte sie. Was für ein Theater die um die Atto machten! Das war schon fast pathologisch. Als hielten sie ihre Ohnmachtgefühle den Gorthazi gegenüber nicht mehr aus und bräuchten nun jemanden, dem sie ihre Kontrolle aufzwingen konnten!

In einem abgedunkelten Nebengang standen Betten. Belegte Betten. Das Spital platzte aus allen Nähten. Und diese Typen hatten nichts Besseres zu tun, als sich aus ein paar überreifen Früchten eine Ladung Brandsätze zurecht zu fantasieren!

Allvater, sie hatte jetzt keinen Nerv für den Antigravschacht!

Sie war schon fast an der Treppe, als ihr auf einmal der Schweiß ausbrach. Ihr ganzer Körper fühlte sich an wie eingeklemmt. Die Luft, die sie einatmete, stach ihr plötzlich in die Lungenflügel, als wäre sie glühend heiß, und roch nach verbranntem Fell.

Raye blieb stehen und stützte sich an einer Wand ab. Sie kannte das schon. Zehn, fünfzehn ruhige Atemzüge, und es war wieder vorbei. Aber sie musste aufpassen, dass sie nicht die Augen schloss. Sonst sah sie das Flammenmeer wieder vor sich, von dem sie auf Rakusa beinahe verschlungen worden wäre, dort in der Hütte der Forrils, zwischen den aufgestapelten Fellen, die ihr das Leben gerettet hatten.

Sie ging die Treppe hinunter, setzte jeden Schritt langsam und bewusst. Sie musste besser auf sich aufpassen. Die hohen Amphetamindosen taten ihr nicht gut. Sie verstärkten die Angstzustände noch.

Aber es gab eben so verflucht viel zu tun.

Sie wollte gerade in ihre Station einbiegen, als ihr aus dem Gang die letzten sechs Atto entgegenliefen. Sie trugen keine Krankenhaushemden mehr, sondern waren wieder angezogen. Sie hatten auch ihre Rucksäcke und Taschen dabei.

»He!«, sagte Raye und blieb stehen. »Wo wollt ihr denn hin?«

Die Atto umrundeten sie und liefen stur weiter zur Treppe.

»Ihr könnt euch doch nicht einfach verkrümeln!«, rief Raye ihnen nach.

Aber die Atto konnten.

Und Raye konnte ihnen nur noch hinterher sehen. Sie wurde nicht einmal mehr richtig wütend. Die Wut floss einfach aus ihr heraus, als wäre ihre Haut an Hunderten Stellen undicht, und mit der Wut verlor Raye auch alle Kraft, alle Zuversicht.

Was sollte sie nur ihren Patienten sagen?

Das Spital verfügte nicht über die notwendigen Kapazitäten zum kurzfristigen Klonen aller benötigten Gliedmaßen und Organe. Je kürzer aber der Zeitraum zwischen Verlust beziehungsweise Amputation und Wiederherstellung war, desto günstiger verlief der Gesundungsprozess auf der neuronalen sowie der psychischen Ebene. Nun jedoch würden ihre Patienten sich, nachdem sie ihnen schon so viel Hoffnung gemacht hatte, noch Wochen, vielleicht sogar Monate lang als Amputierte herumquälen müssen.

Raye hatte getan, was sie konnte. Sie hatte Stumpfregionen mit örtlichen Betäubungsmitteln umspritzt. Sie hatte Katheter gelegt und Nervenblockaden sowie Triggerpunktinfiltrationen vorgenommen. Sie hatte Muskelrelaxantia und Antikonvulsiva und schmerzdistanzierende Antidepressiva verabreicht. Damit sich das Areal der Gehirnrinde, das für die Koordination des verlorenen Körperteils zuständig war, nicht umbaute, hatte sie mit regelmäßigen Reizimpulsen am Stumpf therapiert.

Das alles hatte überhaupt noch nichts mit rehabilitativer Medizin zu tun. Es handelte sich um elementarste Maßnahmen zur Vorbeugung von Amputations- und Stumpfschmerzen, im Grunde um Erste-Hilfe-Maßnahmen.

Sie waren in der Regel viel zu spät erfolgt. Oft hatten die Patienten schon Tage traumatisiert auf irgendwelchen zusammengeschossenen Schiffen herumgelegen, notdürftig zusammengeflickt und oft nur »betäubt« mit viel zu gering dosierten allgemeinen Schmerzmitteln oder sogar nur mit »Hausmitteln« wie Alkohol und schwach euphorisierenden Pflanzen.

Raye bog in ihre Station ein.

Auch hier brannten nur die Nachtlichter und standen belegte Betten im Gang. Raye vermied es, sich die noch im Schlaf gequälten Gesichter anzusehen.

Sie war schon fast an der offen stehenden Tür von U1 vorbei, als ihr aufging, dass dort hinter dem Vorhang um die Untersuchungsliege zwei massige Beine gebaumelt hatten und die Liege leise gequietscht hatte.

Sie blieb stehen. Ging zurück.

Die Beine, die da von der Liege baumelten, zuckten. Raye hörte gedämpfte Musik, die ihr vage bekannt vorkam. Es klang wie das Subthema von Lasky Batys *Metamorphon II*. Nur diese darübergelegten, ebenso gedämpften Schreie waren seltsam.

»Grek?«, fragte Raye. »Bist du das?«

Sie machte Licht.

Kapitel 13

25. März

Da war eine Mauer. Besonders wichtig wirkte sie nicht. Sie bestand aus größtenteils von Wurzelwerk gesprengten Hohlblocksteinen, die früher einmal rosafarben verputzt gewesen waren. Ein Erwachsener hätte mühelos darüber hinwegblicken können, und sogar ein Kind konnte sie erklettern, wenn es denn Spaß daran hatte. Es gab genug Stellen in dem Pflanzendickicht, an denen Bäume die Mauer mit ihren Wurzeln aufgebrochen oder mit ihren Stämmen zum Einsturz gebracht hatten.

Wo die Mauer den Hohlweg kreuzte, hatte sie kein Tor. Dort hatte nur eine Freie Rückbau-Assoziation ein längst verwittertes Holzschild aufgestellt, auf dem erklärt wurde, dass es sich bei dem umschlossenen Gelände um einen Teil des einstigen Raumhafens von Third handelte, um den Yachthafen nämlich.

Früher waren darunter auch noch ellenlange Angaben über die Schäden zu lesen gewesen, die durch die Produktion und den Gebrauch solcher ebenso hoch technisierter wie überflüssiger privaten Fortbewegungsmittel zwangsläufig unter der Tier-, Pflanzen- und Menschenbevölkerung Thirdals angerichtet worden seien, ergänzt um die eindringliche Warnung, dass es gefährlich war, dort mit den alten Maschinen herumzuspielen.

Aber das alles konnte schon lange niemand mehr lesen. Martan hatte, als er acht Jahre alt gewesen war, die beiden unteren Bretter abgerissen und für ein hübsches Lagerfeuer auf dem Hafengelände benutzt.

Wie alle Mauern war auch diese doppeldeutig, janusköpfig. Wo drinnen und wo draußen war, hing davon ab, wer wann was darüber dachte.

Die Profitler hatten es damals sicher so gesehen, dass die Mauer den eigenen, hart erarbeiteten Besitz vor dem Zugriff derjenigen draußen schützte, die auf einem Raumhafen nichts zu suchen hatten: Kriminelle Elemente, Bettler, Vertreter, Touristen ohne Geld. Die Mauer hatte den hässlichen Teil der Welt draußen gehalten, der einen daran hinderte, seine so genannte Frei-Zeit, seinen so genannten wohl-verdienten Ruhe-Stand zu genießen.

Aus heutiger Sicht hielt die Mauer ein großes, gefährliches, verseuchtes Gelände draußen. Baustoffe, Pestizide, Herbizide, Fungizide, Farben, Lacke, Dämmstoffe, Schmierstoffe, Säuren, Reiniger, Schleifmittel, Kühlflüssigkeiten, Flüssigkeiten aus Druckabsorbern, strahlende Reaktoren: das Erbe der Altvorderen.

Andererseits schloss die Mauer den alten Hafen auch ein, mitsamt den Schiffen, die irgendwann kommen mochten, den Profitlern, die in diesen Schiffen reisten, und den Welten, von denen sie stammten. Sie schloss den Kosmos ein und sparte Thirdal aus, ließ es draußen, in Freiheit.

Mit den Augen des achtjährigen Martan Yaige betrachtet, schloss die Mauer jedoch Thirdal ein: Der ganze Planet war darin eingesperrt, abgeschnitten von anderen Welten und anderen Wesen, in Quarantäne.

Wann hatte er diese Gedankenscheide überschritten und war plötzlich froh gewesen über die Mauer? Martan wusste es nicht mehr. Irgendwann hatte er jedenfalls nicht mehr davon geträumt, in einem silberglänzenden Geschoss durch das All zu rasen und arme, ausgebeutete Völker zu befreien, in der einen Hand eine Strahlerpistole, in der anderen ein Schwert.

Wie Pyro Dana, der Töter. Der einst die alten Meisterdrachen erschlagen und mit den Sonnentoren jongliert hatte. Dem einst ein mächtiges Wesen ein Herz geschenkt hatte, das niemals einen Schlag mehr tat. Der mehr Völker und Städte und Welten gesehen hatte als sonst ein Wesen.

Perry Rhodan.

Martan packte den Vorschlaghammer dichter am Kopf und kletterte über die alte Mauer. Der Hohlweg führte noch ein paar Dutzend Schritte weiter, dann endete er. Durch einen Vorhang von Weidenruten und Windenranken trat Martan ins Sonnenlicht hinaus.

Außer Grün unter einem strahlend blauen Himmel war nichts zu sehen. Von hier aus schien der Raumhafen völlig überwuchert zu sein. Martan folgte einem schon wieder von ersten Kräutern besiedelten Trampelpfad auf der Hafenseite der Mauer. Hier kam er gut voran, denn hier hatte sich frühzeitig Wald bilden können, sodass die Dornenhecken, die den Bäumen vorauszugehen pflegten, sich längst wieder zurückgezogen hatten.

Dann waren zwischen den Bäumen zerfallende Flachbauten zu sehen. Martan kämpfte sich nicht quer durch das Dickicht, sondern folgte dem schmalen Trampelpfad, der bald abbog und zwischen die Ruinen führte. Er sprang auf eine alte Rampe und wischte im Weitergehen ein paar Spinnenfäden aus seinem Gesicht. In einem lichtdurchfluteten Winkel der Ruine führten die Reste einer Treppe nach oben.

Von dort aus konnte Martan das Hafengelände überblicken. Flachbauten und Hangars bröckelten langsam vor sich hin. An manchen Stellen ragten die rostigen Silhouetten pfeilförmiger Raumyachten und einiger Kräne empor. An anderen lagen die ausgeweideten, halb überwucherten Skelette bauchigerer, runderer Konstruktionen herum, fast vollständig vom Third umwuchert. Eine riesige Freifläche war fast völlig unter langen, dornigen Beerenranken verschwunden: das Landefeld. Schwarz und rot prangten die Beeren zwischen den grünen Blättern, die weiter hinten wie staubiger Samt aussahen. Insekten summten, zirpten, knarrten.

Aus einer gähnenden Fensteröffnung hinaus, dann das durchhängende Flachdach entlang, einen Baum hinunter und durch eine bauchhohe Wiese, in der kreuz und quer verrostete, verbogene Stuhlbeine zu wuchern schienen, so gelangte Martan zur ANGUARI.

Die goldene Yacht klemmte immer noch schief in der Gasse zwischen den beiden Gebäudemauern, in der Shevek und er sie damals mit Müh und Not gelandet hatten. Die runde Schnauze zeigte schräg nach oben, sodass er die unteren, silbern eingefassten Scheinwerfer sehen konnte, die weinroten Landekufen. Beide hingen in der Luft.

An der bröseligen Mauer war, ein Stück von der Yacht entfernt, ein großes, rundes Holzschild befestigt. Es trug eine geschnitzte Inschrift.

»Oh, Mann«, sagte Martan.

VORSICHT, KINDER!
So endete der Flug zweier 11jähriger Jungen,
die einmal hatten wissen wollen, wie es sich anfühlt,
ein Raumschiff zu fliegen!
Es ist niemandem was passiert, aber das war nur Glück!
Die beiden Jungen wären beinahe in das
Schnecken-Haus gestürzt, in dem zu diesem Zeitpunkt
vierzehn Leute geschlafen haben!
ALSO TUT WAS IHR WOLLT
ABER PASST BITTE AUF!

»Oh, Mann, oh, Mann«, sagte Martan.

Dieses Schild hatte kein Freies Komitee für sonst irgendwas aufgestellt. Die letzte Zeile lautete:

Die Väter von Shevek Urras und Martan Yaige

»Oh, Mann, oh, Mann, oh, Mann«, sagte Martan. Auf einmal hatte er große Lust, mal wieder ein Lagerfeuer zu machen.

Statt dessen bückte er sich und sah unter die ANGUARI. In ihrem Schatten, der von goldenen Lichtreflexen durchwirkt war, hatte sich ein flaches Kraut mit kleinen runden Blättern angesiedelt. Es wuchs in ganzen Kissen um die in den vergangenen Jahrzehnten heruntergestürzten Mauersteine. Martan kannte es nicht. Es erinnerte ihn ein wenig an Wassergrütze. Er riss ein Blatt ab, zerrieb es zwischen den Fingern, roch daran. Es roch einfach nur grün. Martan riss eines der Pflänzlein heraus und aß es. Es schmeckte auch einfach nur grün.

Wenn er es vertrug, war es vielleicht eine gute Ergänzung für den Salat. Und es machte sich bestimmt auch gut unter den Pfahlbauten, falls es dort gedieh. Und wer weiß, vielleicht kannte es ja jemand aus dem Garten und wusste mehr darüber.

Martan legte den Vorschlaghammer zur Seite, zog das Hornmesser aus dem Gürtel, stach vorsichtig ein paar kleine Pflanzen aus und schüttelte die Erde von den Wurzeln. Er holte ein Tuch aus der Trommel, wickelte die Pflänzchen darin ein und legte sie in die Trommel. Vielleicht fand er ja nachher noch Wasser zum Befeuchten.

Er stand auf und rüttelte an der goldenen Raumyacht. Sie sackte ein Stück weiter durch. Steine polterten hinter der Mauer.

Martan hängte die Trommel über das vermaledeite Schild, hängte auch sein Hemd daneben. Dann griff er sich den Vorschlaghammer und betrat das linke Gebäude, kletterte vorsichtig das durchgesackte Dach hinauf und auf die Mauerecke. Von hier oben war deutlich zu sehen, wie sehr die ANGUARI die Mauern eingedrückt hatte.

Sie war ungefähr eiförmig, wobei die stumpfe Seite nach vorn zeigte, und gleißte golden im Sonnenlicht. Ihre Hülle musste, wie auch die Blätter mancher Pflanzen, selbstreinigend sein. Nicht ein Stäubchen war darauf zu sehen. Anscheinend wurde alles immer spätestens mit dem nächsten Regen abgewaschen.

Dieses Schiff hatte seinen ersten Besitzer um etliche Generationen überlebt. In ihm verkörperte sich ein Handwerksethos, das eigentlich auch den heutigen Charandiden noch hätte gefallen müssen. Solide, über jeden Zweifel erhabene Materialien verbanden sich zu einer gut ausgeführten, auf Dauerhaftigkeit angelegten Handwerksarbeit. Die sechs üppigen Heckflossen waren natürlich obszön, ebenso die Tatsache, dass das großzügig bemessene Kuppelfenster von außen nicht als solches zu erkennen war, weil es sich absolut in die

Eiform einfügte und nicht einmal durch die Andeutung einer Fuge hervorgehoben wurde.

Martan stellte sich so breitbeinig hin, wie er konnte. Dann spuckte er in die Hände und schickte sich an, mit kräftigen Schlägen von der ANGUARI weg die Mauer abzutragen.

Er kam einigermaßen schnell voran, weil er sich ja nicht darum kümmern musste, den Schutt abzutragen oder gar zu sortieren. Er ballerte einfach die Steine, von denen viele schon lose waren, in die Ruine.

Er hatte noch nicht lange gearbeitet, eine halbe Stunde vielleicht, da sagte hinter und unter ihm jemand: »He, Martan.«

Es war der Typ mit den Filzzöpfen.

»He«, sagte Martan.

Filzzopf stand da und grinste. Er hatte eine knielange, zerfranste, braune Hose an. Sein nackter Oberkörper war braun und von schwarzer Wolle bedeckt. Auf dem Kopf trug er einen schlabberigen weißen Turban. Das konnte sein Hemd sein. Um das eine Handgelenk hatte er Schnüre, Tücher und Bänder gebunden, bis halb auf den Unterarm hinauf.

Ein Auge zugekniffen, grinste er zu Martan hinauf. Er musste irgendetwas intus haben. »Sag bloß, du fliegst.«

»Denke schon.« Martan schwang wieder den Hammer. Rumms.

»Ich kann dir helfen.« Rumms. »Wenn du willst.«

Rumms. »Nein, danke.« Rumms. »Schaff ich schon.«

Aber die Mittagshitze überzeugte Martan bald eines Besseren. Dankbar setzte er sich ein Stück weiter weg in den Schatten einer Talmurinde, aß zwei Hände voll saftiger Beeren und sah Filzzopf beim Hammerschwingen zu. Der Bursche schien die ganze Angelegenheit höchst lustig zu finden. Martan wollte ihm schon sagen, er solle bloß aufpassen, dass er nicht runterfalle, da fiel ihm das Schild unten wieder ein. Also sagte er statt dessen: »He, was hast du eigentlich eingepfiffen, dass du so lustig bist?«

»Pilze«, sagte Filzzopf und türmte sich den Turban zurecht. »Tollen Fladen gefunden heute morgen. Willst du auch?«

»Nein, danke.«

»Stehst nicht so auf Drogen, was?«

»Du hast es erfasst«, sagte Martan. »Und jetzt hau mal rein. Sonst mach ich lieber selbst weiter.«

Und Filzzopf haute rein. »Macht Laune«, sagte er.

Später löste Martan ihn wieder ab. »Ich weiß was«, sagte Filzzopf. »Drüben in dem einen Hangar liegt ein kaputtes Beil rum. Das hol ich. Dann können wir parallel arbeiten.«

Bis zur Abenddämmerung hatten sie die losen Mauerteile so weit abgetragen, dass Martan auf das Schiff klettern konnte, ohne gleich zu riskieren, von Steinen erschlagen zu werden, falls es absackte.

Filzzopf sah ihm skeptisch von dem anderen Gebäude aus zu, wie er sich vorbeugte, die Hände auf die heiße Oberfläche der ANGUARI legte und kräftig drückte. Nichts geschah.

Martan trat auf das Raumschiff, die Zehen gespreizt. Es fühlte sich unter seinen Fußsohlen ultraglatt an. Er wippte ein paarmal in den Kniekehlen. Die ANGUARI sackte ab.

»Heh!«, rief er, aber da blieb sie keine Handbreit tiefer schon wieder hängen. Ein paar Steine rumpelten übereinander. Wahrscheinlich machte sein Körpergewicht im Vergleich zu der goldenen Raumyacht gar nicht so viel aus.

Martan ging das Ei entlang zum anderen Gebäude und gab Filzzopf klatschend die Hand. »Geschafft!«, sagte er.

»Und wie willst du da reinkommen?«

»Kein Problem.« Martan kletterte zu seiner Trommel hinunter und zog einen kurzen schwarzen Stab hervor. »Weißt du, was das ist?«

Filzzopf wusste es nicht.

»Eine Fern-Bedienung. Damit kriegst du die Einstiegsluke auf.« Martan schnaubte. »War schon gut damals, dass niemand Ahnung hatte außer Shevek und mir. So hat auch keiner begriffen, was ich mir da in Wirklichkeit unter den Nagel gerissen habe.«

Er zeigte damit auf das Schiff, drückte die einzige Taste.

Auf einmal war an der nach oben geneigten Seite der ANGUARI ein Kreis mit einer Spirale darin zu sehen. Die Spirale drehte sich, und eine Öffnung wurde größer. Die Luft darüber flirrte kurz. Darin kamen ein schräger, offensichtlich aus Holz bestehender Fußboden und ein Polstersitz zum Vorschein.

»Na, wie sieht's aus? Kommst du mit rein, einen Probeflug machen?«

»Nee, lass mal«, sagte Filzzopf.

Martan stieg schon in die Luke. Hitze legte sich auf seine Beine, seinen Bauch. »Echt nicht? Einmalige Chance. Ich denke, du stehst auf gute Trips.«

Filzzopf leckte sich über die Lippen. Er nickte.

»Na, dann komm.« Martan hielt sich mit der einen Hand an der Mittelstütze des oberen Pilotensitzes fest, schob den einen Fuß auf die des unteren und stemmte den anderen mit gespreizten Zehen gegen die Verkleidung der Steuerkonsole. »Komm!«

Er hörte die vorsichtigen Schritte oben auf der Wandung, dann hängte Filzzopf seine Beine in die offene Luke.

Filzzopf ließ sich ein Stück hinunter, dann machte er den Fehler, sich an der Rückenlehne des oberen Pilotensitzes festhalten zu wollen. »Auu!« Der Sitz drehte sich unter seiner Hand weg, und Filzzopf rutschte die Schräge hinunter, krachte unten gegen die Außenwand.

»Bleib am besten kurz da », sagte Martan. »Ich gleiche die Kiste mal aus.«

Er zog sich an der holzverkleideten Steuerkonsole hoch und betrachtete die Armaturen. Genau. Da war der Starter. Ein dicker, fetter Schaltknopf, schön mittig unter dem Steuer. Martan drehte ihn bis zum Einrasten. Das Kuppelfenster wurde durchsichtig. Die Spiraltür schloss sich. Lämpchen gingen an. Das Steuer schob sich in die Lotrechte. Martan ergriff es mit einer Hand und stellte es senkrecht zum Schiffsboden. Mit einem fürchterlichen Kreischen der Außenhülle richtete die ANGUARI sich waagerecht aus. Draußen rumpelten Mauersteine zu Boden.

Martan stieg in den Pilotensitz.

Filzzopf kauerte noch immer dort, wo er hingerutscht war. Den Turban hatte er verloren. »Woher weißt du überhaupt, was du mit dem Ding zu tun hast?«, fragte er.

Martan wischte sich die Schweißtropfen von den Brauen und zeigte auf die Steuerkonsole. Der dicke, fette Knopf verfügte über zwei Einstellmöglichkeiten.

»EIN und AUS«, las Filzzopf. »Ich fass es nicht. Und was sind das für Dinger?« Er zeigte auf ein paar runde Scheiben links und rechts über dem Steuer, hinter denen Skalen und Zeiger zu sehen waren.

»Keine Ahnung«, sagte Martan. »Die zeigen irgendwas an, schätze ich.«

»Und das?«

»Nennt sich Klima-Anlage. Damit kannst du die Temperatur hier im Raumschiff einstellen.« Er drückte den Knopf und drehte ihn hinunter in den blauen Bereich. Etwas fing leise zu summen an. Martan schnallte sich an. »Steig in den Sitz da und mach den Gurt fest«, sagte er. »Es geht los.«

Filzzopf antwortete nicht, doch als Martan die ANGUARI ein Stück hochzog, kletterte er in den Sitz nebenan und schnallte sich an.

Schon ging es in einem trudeligen Flug über das gewaltige, schattendurchsetzte Beerendickicht des Flugfelds hinweg.

»Ich weiß nicht, ob das bei allen Raumschiffen so war«, sagte Martan, »aber diese Lenkung hier spricht verflixt leicht an. Holla!«

Sie rasten auf den rostigen, gezackten Stumpf eines Krans zu. Martan riss das Steuer, das er nun mit beiden Händen hielt, Richtung Bauch, und die ANGUARI schoss in einer steilen Kurve in den Abendhimmel hinauf und wurde schneller.

»Hiiiilfe!«, rief Filzzopf. »Wir fliiiieeegen!«

Und fing zu lachen an.

Bis über ihnen das dämmerige Flugfeld wieder auftauchte und sich immer weiter das Kuppelfenster hinunterschob.

»He!«, rief Filzzopf.

»Ja doch. Das mit der Geschwindigkeit ist echt kniffelig. Was meinst du, warum wir das Ding damals so zwischen die Häuser gekeilt haben?«

Nun füllte das Flugfeld das gesamte Kuppelfenster aus, eine Explosion in düsteren Grün- und Brauntönen. Flapp, landete Filzzopfs Turban auf der gebauchten Scheibe und winkte ihnen mit einem Ärmel. War also wirklich ein Hemd.

»Mach keinen Scheiß, Martan!«, rief Filzzopf.

Martan brannte der Schweiß in den Augen. Er kniff sie zusammen, neigte den Knüppel noch weiter zu sich und schob ihn gleichzeitig von sich weg, und dann sah das wirre Grün vor ihnen nicht mehr so verwischt aus und fiel nach unten weg, und das dunkle Blau des Himmels tat sich auf.

Martan ließ die ANGUARI auf der Stelle schweben und rieb mit dem Zipfel seines Hemdes seine Augen.

»Au«, sagte Filzzopf neben ihm. »Das knallt, Mann. Das knallt.« Er reckte sich in seinem Sessel und sah nach unten. »Sieh dir das an, Mann. Die ganzen Hohlwege überall. Wie die Gänge von Holzwürmern. Schnörkel, schnörkel, schnörkel.« Er strahlte Martan an.

Martan schmunzelte und zog das Steuer sachte nach hinten, ohne seine Neigung zu ändern. Die ANGUARI glitt vorwärts. »He«, sagte er. »Wie heißt du eigentlich?«

»Meiob Kumbwai.«

»Ach ja, stimmt. Meiob hat dich vor ein paar Tagen beim Rundreden schon jemand genannt.«

»Aber Kumbwai Meiob finde ich heute schöner. Also Kumbwai.«

Martan nickte. Dann holte er Luft. »Und? Was wirst *du* machen, Kumbwai? Nukleus?«

»Nee.«

Martan warf einen Blick zu ihm hinüber. Kumbwai fischte gerade das Hemd von der Konsole. »Echt nicht? Wieso?«

»Weil ich will.«

»Aber du hast mich doch auch zu dem Flug gedrängt!«

»Weil es Unsinn wäre, dich *nicht* zu drängen, Mann. Einzige Chance für die anderen.«

»Und was willst du machen?«

»Weiß nicht. Vielleicht mach ich zu den Gefängnisinseln.«

Für einen Moment hatte Martan die schöne blaue Wasserpfeife vor Augen, die er mit Shevek immer geraucht hatte. »Echt, ja? Da wollte ich auch schon immer mal hin. Bin aber nie dazu gekommen.«

»Ich komm von da, Mann.« Kumbwai türmte das Hemd wieder zu einem Turban auf.

»Und?«, fragte Martan. »Wie ist es da so?«

»Bisschen feucht. Bisschen kalt. Bisschen karg. Aber die schönsten Felsen der Welt. Wenn du auf so was stehst.«

»Seit wann bist du hier?«

»Paar Wochen.«

Martan nickte. »Komm, ich geb dir 'nen Rundflug. Dann lernst du die neue Stadt mal kennen.«

Aber so viel war in der Abenddämmerung nicht mehr zu sehen.

Sie flogen in einer großen Schleife über den Raumhafen. Martan konnte nicht mehr erkennen, welcher der vielen Hohlwege zum Kanal führte. Also zog er die ANGUARI höher. Als er sie das nächste Mal in eine Kurve legte, war das dunkle Band des Kanals deutlich zwischen den grüngrauen Hügeln zu sehen. Es zerschnitt sie viel zu gerade. Nur drüben am See, der sich aus dem alten Hafenbecken gebildet hatte, waren Nebenläufe entstanden, die sich noch wilder als die Hohlwege durch die Landschaft schlängelten. Lagerfeuer und Lampen flimmerten wie gelbe warme Milchschwärmer überall in den Gärten. Als sie über die Hochhausruine beim alten Hafen hinwegflogen, konnten sie deutlich die kleinen Hütten ausmachen, die irgendwelche Leute in die schroffen Außenmauern gebaut hatten.

»Der Garten, in dem ich wohne«, sagte Martan ein wenig später. »Das da unten müsste er sein.« Er ließ die ANGUARI sinken, und richtig: Es war der Garten, in dem er wohnte. Er streifte kurz die höchsten Ruten vom Wald der Ahnungslosen.

Damit sie etwas zu reden haben, dachte er und musste wieder an dieses bescheuerte Schild denken. Dann lenkte er das goldene Raum-Ei zum Raumhafen zurück.

»He, sieh doch«, sagte Kumbwai ständig. »Sieh dir das an, Mann!«

Irgendwann wollte Martan es sich nicht mehr verkneifen: »Nicht schlecht, so eine hochgezüchtete, entfremdete Techno-Kultur, hm?«

Aber Kumbwai lachte nur. »Stell dir Hunderttausend von den Dingern vor. Stell dir den Hafen vor, den stumpfen, öden, verseuchten Boden unten, das Gewimmel in der Luft. Stell dir die Fabriken vor, in denen die Dinger gebaut werden. Stell dir vor, du darfst so ein Ding nie fliegen, weil du zu arm dazu bist. Darfst sie nur dein Leben lang mitproduzieren. So viel Neid, Mann, so viel Neid. Oder stell dir vor, du kommst da bloß rein in so ein Ding, wenn du deinen Körper an den Besitzer von so einem Ding verkaufst.« Kumbwai ließ die Knie auseinander fallen. »Kauf mich, kauf mich«, grunzte er und rieb sich den Schritt. »Nimm mich mit, Kapitän, auf die Reise.«

»Schon gut, Mann. Hab's kapiert«, sagte Martan und brachte die ANGUARI zum Trudeln.

»Aah!«, rief Kumbwai begeistert. »Ich muss gleich kotzen! Ich muss gleich kotzen!«

»Kommst du von deinen Pilzen eigentlich auch noch mal runter?«, sagte Martan und fing die ANGUARI kurz vor den Hafenruinen so heftig ab, dass sie beide einen Augenblick lang in den Gurten hingen.

»Von welchen Pilzen?«, fragte Kumbwai und türmte den Turban zurecht. »Ich ess doch keine Pilze. Ich bin doch nicht bescheuert.«

Martan stöhnte auf. Dann senkte er die ANGUARI, rumms, auf den Boden und schaltete sie aus. Er schnallte sich ab, ging zur Tür, drückte den Öffnungsmechanismus. »Kommst du?«

Die Spirale drehte sich auf. Diesmal konnten sie ganz bequem hinunter auf den Boden steigen. Martan zückte seine Fern-Bedienung und drückte den Knopf.

Nichts tat sich. Er drückte noch einmal.

Wieder nichts.

Da half kein Schütteln und kein Klopfen: Die Luke der ANGUARI blieb offen. Nur die Bordlichter gingen nach einer Weile aus.

»Och«, machte Kumbwai. »Ist das Ding jetzt etwa kaputt?«

»Glaube nicht«, sagte Martan. »Das wird nur diese Fern-Bedienung sein. Aber die Luke geht nicht mehr zu.« Er sah den dürren Mann mit den Filzlocken ernst an. »Dass du mir ja nicht mal eben eine Runde damit drehst, wenn ich nicht da bin«, sagte er. »Wir brauchen dieses Schiff. Alle anderen sind Schrott. Die kannst du komplett vergessen.«

»Nee, wie kommst du denn darauf. Ich flieg doch nicht einfach mit 'nem Raumschiff, Mann. Ich bin doch nicht bescheuert«, sagte Kumbwai und strahlte ihn an. Die Harmlosigkeit in Person.

Kapitel 14

11. April

Flackernd ging die Deckenbeleuchtung an. Raye ging zur Untersuchungsliege und riss den Vorhang zur Seite.

»Grek«, sagte sie.

Der Maahk saß auf der Liege, die tentakelähnlichen langen Arme um den Oberkörper geschlungen, und wiegte sich hin und her. Er hatte die vier Doppelaugen zugekniffen, die oben auf dem Grat seines bogenförmigen, fest mit den Schultern verwachsenen Kopfes saßen. Sein breiter, horniger Mund mit den Raubtierfängen war weit aufgerissen. Er schrie unter seinem Helm. Und er hatte die Musik aus seinen Innenlautsprechern anscheinend auf volle Lautstärke gestellt.

Raye wartete, bis er wieder mit einem Schrei fertig war. »Grek!«, sagte sie dann und rüttelte sacht an seinem Helm.

Der grau geschuppte Wasserstoffatmer zuckte zusammen und riss die Augen auf. Er fummelte an seinen Anzugreglern herum. »Es tut so weh!«, dröhnte er dann. »Es tut so weh!«

Raye schloss rasch die Tür zum Flur. Sie drehte sich zu ihm um. »Wo tut es weh?«

»In der Brust!«, dröhnte der Maahk. »Er war mein Wahl-Bruder, und nun ist er nicht mehr da, und er ist nur wegen mir dorthin gegangen!«

»ShouKi.«

»Jaaa!« Der Maahk schloss die Augen und schaukelte sich wieder hin und her.

Raye sah auf die Einschlaglöcher in seinem Lasky-Baty-Hemd. »Du empfindest Trauer«, stellte sie fest. »Und Schuldgefühle.«

»Jaaa!«, dröhnte der Maahk.

»Das ist ganz schön viel Gefühl auf einmal für jemanden aus einem Volk reiner Logiker. Bist du dir sicher, dass nicht dieser LemSim getroffen worden ist? Und kannst du vielleicht etwas leiser sprechen? Da draußen liegen Leute, die ihren Schlaf dringend nötig haben.«

»Oh«, sagte Grek. »Ja. Entschuldige. Nein. Der LemSim hat nichts abgekriegt.« Er tastete nach dem Implantat, dessen obere Rundung gerade noch unter dem Kragen seines Raumanzugs hervorlugte. »Mich deucht, ich werde langsam empfänglicher für seine Signale.« Er schloss die Augen wieder. »Entschuldige. Ich werde wieder von dieser Trauer überschwemmt. Wie haltet ihr das nur aus?«, brüllte er.

Raye nahm die Tentakelhand mit den zwei Daumen und tätschelte sie, wie sie es bei der Richterin gesehen hatte. Sie wartete, bis er sich etwas beruhigt hatte. »Kannst du die Gefühlsstärke nicht runterdimmen?«

»Keinerlei Möglichkeiten der Ein-Stellung«, sagte Grek.

»Dann schalte ihn einfach ab.«

Grek stieß Luft aus. Es klang fast, als lache er.

Raye bekam ein flaues Gefühl im Magen. »Du meinst … du kannst ihn nicht ausstellen?! Das ist ja … Das glaub ich nicht! Das ist ja völlig verantwortungslos. Wer baut denn so was?«

»Das ist nur konsequent«, sagte der Maahk. »Wenn ich wissen will, wie es einem eher von Gefühlen gelenkten Wesen ergeht, muss ich mich diesen LemSim-generierten Gefühlen doch ebenso stellen, wie dieses Wesen sich den seinen zu stellen hat. Nämlich beständig und ungefiltert.«

»Das klingt konsequenter, als mir lieb ist«, sagte Raye. Sie strich die fingerkurzen Haare hinter die Ohren zurück. »Das heißt, wenn du nicht mehr willst, kannst du nur das Experiment abbrechen und dir den LemSim herausnehmen lassen, ja?«

»Ganz oder gar nicht«, bestätigte der Maahk.

»Und darauf willst du durch reine, pure, kalte Logik gekommen sein?«, fragte sie. »In meinen Ohren klingt dieser Ansatz eher romantisch.«

Sie hatte es witzig gemeint, aber den Maahk überlief ein Zittern. »Es g-geht schon wieder los«, brachte er mühsam hervor. »W-was soll ich n-nur tun?«

»Trauern«, sagte Raye und stand auf. »Das mit der Musik und dem Brüllen war schon in Ordnung. Auch wenn es dir vielleicht komisch vorgekommen ist.« Sie ging zur Tür.

»Nein, bleib doch«, sagte Grek. »Ich ... ich möchte jetzt nicht allein sein. Ich ...« Er schien zu lauschen. »In mir tobt solch ein Tumult ... Das halte ich allein nicht aus.«

Raye sah ihn an, dieses riesengroße Häuflein Elend in seinem Raumanzug und seinem lächerlichen Hemd, und auf einmal hatte sie eine Eingebung. Sie sah ihn vor sich, wie er seine Trauer teilte. Mit den Atto draußen. Wie sie alle zusammen alles rausließen und sich wieder beruhigten.

Und wer weiß, vielleicht kamen anschließend sogar ein paar Atto in die Klinik, um doch wieder zu spenden ...

»Komm mit, Grek«, sagte sie und ging in Richtung Treppenhaus. »Komm!«

Die altmodischen Kunststoff-Fenster hatten keine Griffe, aber Raye trug den notwendigen Dreikant an ihrem Schlüsselbund.

Sie zog den größten Fensterflügel auf. Nachtluft wallte herein, kaum kälter als die Luft drinnen. Sie duftete nach Blüten und Holzfeuern. Grek sah Raye an. Sie trat zurück, gab ihm den Weg zum Fenster frei.

»Sprich zu ihnen«, sagte sie. »Als sein Wahlbruder.«

»Zu ihnen sprechen.« Es klang fast andächtig. Der Maahk blinzelte mit seinen vier grün glitzernden Augen. »Eine Trauer-Rede, ja? So nennt ihr das doch.«

»Ja.« Raye wies mit der Hand zum Fenster.

»Eine Trauer-Rede ...« Der Maahk trat an die Öffnung. Beugte den Oberkörper leicht vor. Sah nach unten.

Raye stellte sich schräg hinter ihn und sah ebenfalls hinaus. Die Menge unten hatte ihn noch nicht bemerkt, hier im zweiten Stock. Sie schien mit sich selbst beschäftigt.

Auf einmal ertönte Musik. Sie kam aus Greks Anzuglautsprechern. Langsam, getragen. Ein Solostück. Raye hätte

Lasky Baty erwartet, aber es klang nicht ganz nach ihm, sondern älter, archaischer. Ein Saiteninstrument? Aber die Töne klangen geschlagen, nicht gestrichen oder gezupft.

»Ist das dieser andere auf deinem Hemd?«, flüsterte Raye. »Dieser Mozart?«

Grek antwortete nicht. Er schien zu warten, bis immer mehr Atto zu ihm heraufschauten.

Dann machte er in seinem Helm Licht an. Raye sah, dass er die rückwärtigen Augen geschlossen hatte.

Einige Atto schrieen auf. Zeigten nach oben.

Grek zog die Musik noch ein wenig höher und blendete sie dann aus. »Wir haben uns heute hier versammelt«, dröhnte er, »um von einem Freund Abschied zu nehmen! Von einem Freund, einem Gatten, einem Kollegen! Vom meinem ... meinem Wahl-Bruder! Von ShouuKiii!« Die letzten Worte heulte er schier.

In die anschließende Stille rief ein Atto: »Ein schöner Wahlbruder bist du! Ohne dich würde er noch leben!«

Raye konnte gerade noch nach hinten springen, da holte er schon mit seinen knochenlosen Armen aus wie mit Peitschen und ließ seine behandschuhten Fäuste durch die kleinen Fensterscheiben links und rechts fliegen. Sie schlugen Glasstücke heraus, die nach unten wegtaumelten. »Jaaaa!«, brüllte er. »Ohne mich würde er noch leben, und mein Herz zerreißt bei dem Gedanken!«

»Welches Herz denn?«, rief der Atto. »In deiner Brust schlägt doch bloß 'ne Maahk-Leberwurst! Methanatmer!«

Raye legte Grek eine Hand auf den Unterarm, aber er ließ sich nicht besänftigen.

»Duuu!«, dröhnte er und drohte dem Atto unten mit allen vier Daumen. »Sprich mir nicht meine Gefühle ab! Ich bin ein fühlendes Wesen!«

Die Atto lachten nur und schepperten mit den Dosen. Einige hoben angematschte Früchte von der Straße auf und warfen damit nach Grek.

»ShouKi-Mörder!«, rief der Atto, der den Maahk gerade schon als Methanatmer beschimpft hatte.

»Duuu!«, dröhnte Grek. »Nimm nicht diesen Namen in

dein Schandmaul! Einen Kleingeist wie dich hätte ShouKi nicht einmal mit den Kehr-Augen angesehen!«

Ein Soldat kam unter dem Vordach hervorgelaufen und sah nach oben. Er sagte etwas in sein Kragenmikrofon.

»Grek«, sagte Raye und zog ihn am Arm. »Grek! Du wolltest eine Trauerrede halten! Und nicht streiten!«

»Jaaa!«, rief Grek-665½. »Ich wollte eine Trauer-Rede halten und nicht streiten! Ich danke dir, dass du mich daran erinnert hast!« Er zog Raye neben sich. »Wir haben uns heute hier versammelt, um unseren Schmerz miteinander zu teilen! Ich bin kein großer Redner, wie euer ShouKi es war, der Sprecher der Atto! Ich kann nur ...«

In diesem Augenblick traf ihn eine faustgroße, hartschalige Frucht am Kopf. Sie zerplatzte. Rosafarben ergossen sich Saft und Fruchtfleisch über seinen Helm. Raye wandte das Gesicht noch rechtzeitig ab, aber sie bekam das Zeug über die Bluse und in die Haare.

»Hunderttausend heulende Höllenhunde!«, donnerte der Maahk los. »Ihr hattet es überhaupt nicht verdient, den melancholischen Atto zum Sprecher zu haben! Ihr Mental-Pygmäen! Tabu-Trottel! ShouKi war mehr wert als zwölf von eurer Sorte!«

Er brach den unteren Teil des Fensterrahmens heraus und warf ihn auf die Straße. Die Atto stoben in alle Richtungen auseinander.

»Wisst ihr, was er heute hatte tun wollen? Wider alle persönliche Gefährdung? Wisst ihr das?«

Seine Stimme dröhnte Raye in den Ohren. Sie stemmte sich gegen ihn, versuchte ihn von dem Fenstersims wegzudrängen.

Er schob sie zur Seite. »In einen Maahk hatte er sich verwandeln wollen!«

Sie packte ihn beim Arm. Sie zog und zerrte. Auf einmal verlor sie den Boden unter den Füßen. Instinktiv krallte sie sich an Greks Arm fest.

»Jawohl!«, dröhnte Grek, und ehe Raye loslassen konnte, schwebten er und sie draußen vor dem zerborstenen Fenster in der Luft. »In einen Maahk hatte er sich verwandeln wollen! Um mit mir, seinem Wahl-Bruder, zusammen Wasserstoff zu atmen!«

Schmerzhaft knickten Raye zwei Fingernägel um. Sie strampelte panisch mit den Beinen in der Luft, schaffte es endlich, sie um eines seiner mächtigen Beine zu schlingen.

»Um mit mir Essen zu teilen!«, heulte der Maahk. »Könnt ihr euch das überhaupt vorstellen? Könnt ihr euch überhaupt vorstellen, was für ein Geschenk das gewesen wäre?«

»Grek!«, rief Raye. »Beruhige dich!«

»Komm doch!«, riefen die Atto. »Mach uns fertig!« Und warfen wieder vergammeltes Obst.

Und Grek sauste tatsächlich mit ihr zum Pflaster vor dem Spitaleingang hinunter. Er schien gar nicht zu bemerken, dass er sie mitnahm.

Kreischend flitzten die Atto davon.

Die harte Landung ließ Raye hinschlagen. Sie prellte sich den Kopf und einen Ellbogen und rutschte über die Scherben der Fensterscheibe. Benommen setzte sie sich auf.

Auf einmal herrschte Stille. Die Atto standen in einem weiten Halbkreis da und schwiegen. Grek stand hoch aufgerichtet neben ihr. Die Lautsprecher übertrugen sein Atemgeräusch. Raye konnte ebenfalls nur keuchend Luft holen.

Raye Corona, du blödes Stück, dachte sie. *Die Lage hatte sich bestimmt schon entspannt, nachdem die letzten Atto sich aus dem Spital verkrümelt hatten. Und dann musst du kommen und alles erst richtig anheizen!*

»Was ist denn in diesen verfluchten Maahk gefahren?«, hörte sie einen der Soldaten hinter sich. »Das gibt ein Blutbad. Der zerreißt diese Kerlchen doch in der Luft.«

»Muss nicht sein«, hörte Raye eine Soldatin. Dann erklang das charakteristische satte Klicken des Drehreglers, mit dem bei einem tefrodischen Strahlengewehr die Intensität eingestellt wurde. Es war fast so laut wie in den Trivid-Krimis. »Soll ich ihn schlafen legen?«, fragte die Soldatin.

Und dann erklang dieses gewaltige Brüllen in einer Toreinfahrt auf der anderen Straßenseite.

»Verdammte Scheiße, was … was ist denn das?«, sagte die Soldatin hinten beim Eingang.

Raye stand auf. Langsam, weil ihr immer noch schwindelig war. Je höher sie kam, desto mehr sah sie von dem Wesen, das sich drüben mit seinen vier Armen aus der Toreinfahrt schob. Es füllte das Viereck fast aus.

Drei Augen glühten rot über einem breit grinsenden Maul voller Reißzähne. Das Geschöpf war tiefschwarz, doppelt mannsgroß und nackt. Erst, als es mit wiegenden Schultern näher kam und Kraftfahrzeuge, die ihm im Weg standen, einfach zur Seite schob, sah Raye die Reste von Kleidung, die in Fetzen von dem mächtigen Leib hingen.

»Was *ist* das für ein Vieh?«, fragte die Soldatin am Eingang und klickte hektisch mit ihrem Strahlengewehr herum.

»Ein Haluter, Schätzchen«, flüsterte jemand. »Ein verfluchter Atto, der sich in einen Haluter verwandelt hat!«

Der nackte Haluter hatte die vorderste Reihe der Atto erreicht, die vor ihm auseinander liefen wie Bugwellen. Er beugte sich vor, rammte seine vier Hände in die Straße, riss vier Hand voll Pflastersteine heraus und zermalmte sie zwischen seinen Fingern. Dann richtete er sich auf, die Beine breit gespreizt. Raye sah ihm unwillkürlich zwischen die kurzen Säulenbeine, konnte aber keinerlei Geschlechtsmerkmale ausmachen. Er hob die vier Arme, ließ sie kampfbereit pendeln. Falls es irgendwo in dieser Sterneninsel Hathorjan ein Volk gab, das einen Gott des Zorns anbetete, sah er bestimmt *so* aus.

»ShouKi-Mörder!«, dröhnte der Haluter. »Komm her, wenn du spielen willst!«

»Ich werde mich hüten«, sagte Grek-665 ½.

Und Raye wurde von seinen Tentakelarmen umschlungen und durch die Lüfte davongetragen.

Kapitel 15

26. März

»Shevek«, sagte Martan und beugte sich über den Graben. »Was hast du mit deinen Haaren gemacht?«

Sein ältester Freund ruckte unten im Graben mit dem geschorenen Kopf nach oben. »Was ich will.« Dann versenkte er seinen Spaten wieder im Boden und schleuderte die Erde hinaus auf den lang gezogenen Haufen, der den Graben säumte.

Auf Sheveks Hinterkopf prangte ein langer, verschorfter Schnitt von einem Rasiermesser. Er trug keinen schwarzen Plastikkittel mehr über der Hose, sondern ein schwarzes Hemd.

»Klar«, sagte Martan. »Aber warum?«

»Neue Zeiten erfordern neue Verhaltensweisen.« Shevek schaufelte verbissen weiter.

»Es war gar nicht so leicht, dich zu finden«, sagte Martan. »Ich musste erst die Alten fragen.«

Shevek nickte. Seine Augen waren zu Schlitzen zusammengekniffen. »Das haben wir schon geklärt.«

Mit »wir« meinte er wahrscheinlich das halbe Dutzend Kinder und Jugendliche, die ihm beim Ausheben des Grabens halfen. Anhand der gerodeten Ringfläche ließ sich erahnen, dass der Graben einmal die Zelte und Unterstände umschließen sollte, die zwischen den Bäumen zu sehen waren.

»Und wieso buddelt ihr hier rum?«, versuchte Martan es witzig klingen zu lassen. Er hatte ein enges Gefühl in der Brust. Die kleine Gruppe wirkte so ernst, so hart, so abweisend. Zwei der älteren Kinder hatten sich ebenfalls die Schädel rasiert. Und fast alle trugen irgendein schwarzes Kleidungsstück.

»Wir errichten einen Palisadenzaun«, sagte Shevek. »Uns wird niemand abholen kommen.« Er starrte Martan an. »Sie können schicken, wen sie wollen.«

»Mich hat niemand geschickt«, sagte Martan. Er griff in seine Trommel. »Ich hab hier ein technisches Problem.«

Shevek starrte den schmalen, schwarzen Zylinder verständnislos an.

»Das ist die Fern-Bedienung von der ANGUARI«, half Martan ihm auf die Sprünge. »Ist lange her, dass du sie in der Hand gehalten hast.«

»Mehr als lange«, sagte Shevek. »Dann fliegst du also?«

»Ja«, sagte Martan. Er beugte sich hinunter und hielt Shevek die Fern-Bedienung hin.

Shevek hob zögernd die Hand und nahm das Gerät. »Was ist damit?«

Martan richtete sich wieder auf. »Sie tut's nicht mehr.«

»Dann wird der Energiespeicher leer sein.« Shevek wog das Gerät in der Hand. »Könnte ich mal ausmessen.«

Martan nickte. »Und wenn du mir währenddessen einen deiner viel gerühmten Tees kredenzen könntest, oder so ...«

»Oder so.« Nun lächelte Shevek doch noch. Oder nein, es war eher ein Grinsen.

»Ich hätte auch nichts gegen einen deiner Kuchen einzuwenden«, sagte Martan. »Oder gegen ein Brot mit einer deiner Marmeladen.«

»Dann komm.«

Martan sprang über den Graben und wartete, bis sein Freund die ein Stück entfernte Leiter hinaufgestiegen war, dann folgte er ihm ins Lager. Dort war kein junger Baum und kein Strauch stehen geblieben.

»Wir werden das noch alles richtig befestigen«, sagte Shevek und zeigte auf die provisorischen Zelte. »Aber das Wichtigste zuerst.« Er zeigte auf ein paar Leute, die dabei waren, schenkeldicke Stämme spitz zuzuhauen.

Martan hatte schon aus der Entfernung gerochen, dass hier etliche Bäume gefällt worden waren. Er nickte. »Ein Zaun?«

»Wir müssen uns schützen«, sagte Shevek und hielt auf ein zwar kleines, aber sehr dicht aussehendes Zelt zu. »Sie werden uns mit in den Tod reißen wollen.«

»Das glaube ich nicht, Shevek. Aber tut, was ihr wollt.«

»Und du? Was willst du tun?«

Martan holte tief Luft. »Ich weiß es noch nicht. Ich … eigentlich will ich hier bleiben. Aber mit Beule und Lily Yo zusammen. Und am liebsten auch mit Busch und Ani Gompa und Kompost-Piet und all den anderen. Aber …«

»Siehst du, wie die dich mitreißen wollen?«, sagte Shevek. »Du kannst dich frei entscheiden, sagen sie. Aber wie frei ist ein Tropfen in einem reißenden Strom?«

»Na, na«, sagte Martan. »Du übertreibst.«

»Gestern hast du dich geweigert zu fliegen, hab ich gehört. Heute fliegst du. Heute weigerst du dich, diesen Massenselbstmord mitzumachen. Morgen …?«

Shevek bückte sich und verschwand in dem Zelt. Martan wollte ihm folgen, da kam sein Freund schon wieder heraus, einen schweren Beutel in der Hand. »Komm.«

Martan folgte ihm zu einem großen, mit getrockneten Wedeln gedeckten Unterstand. Davor saßen zwei Halbwüchsige auf aus einem Baumstamm geschnittenen Hockern in der Sonne, die Ellbogen auf einen Tisch hinter ihnen gelehnt, und ließen sich das Fell gerben. Sie sahen schweigend zu Martan herüber.

»Fass mal mit an!«, sagte Shevek. Martan half ihm dabei, einen roh gezimmerten Tisch und zwei Hocker in die Sonne zu ziehen. Shevek öffnete den Beutel und holte Werkzeug hervor. »Tee steht auf dem Ofen«, sagte er. »Wenn nicht, setz welchen auf.« Er klemmte eine Lupe vor seinem Auge fest und grinste ihn an. »Ach ja. Marmelade und Kuchen haben wir nicht. Die Zeiten sind erst mal vorbei.«

Martan holte sich einen Tee. Als er zurück kam, hatte Shevek die Fern-Bedienung geöffnet. Der Tee war zwar heiß, aber er schmeckte so abscheulich, dass Martan lieber zu dürsten beschloss. Er stellte die angeschlagene Tasse auf den Tisch.

Shevek tastete mit winzigen Metallfühlern mit Kabeln daran in dem offenen Gerät herum.

Martan stand wieder auf und sah sich um. Die beiden Halbwüchsigen in der Sonne starrten ihn an. »Da habt ihr euch ja ein schönes Stück Arbeit vorgenommen«, sagte er.

Sie ächzten und sahen weg.

Die Freude ist der Anfang der Freiheit, dachte Martan. Zu Shevek sagte er: »Ich dreh mal eine Runde durch euer neues Zuhause.«

Shevek brummte nur, ganz in die Fern-Bedienung vertieft.

Der Lagerplatz war gut ausgewählt. Es handelte sich um eine schöne Senke im Wald, durch die ein sanftmütiger Bach floss. Martan fand es erstaunlich, dass sich hier noch nie jemand zum Verholzen niedergelassen hatte.

Ansonsten war an dem Lager nicht viel dran. Die Hand voll Unterstände und Zelte, ein paar Feuerstellen, ein mehr als mannshoher, mit Planen abgedeckter Haufen Feuerholz, das war's. Keine Beete, kein Komposthaufen. Überhaupt nichts, was nach einem Garten aussah. Überhaupt nichts, was danach aussah, dass ein Garten auch nur angestrebt wurde. Pflanzenabfälle flogen anscheinend einfach nach draußen, außerhalb dieses geplanten Zaunes.

Das Wichtigste zuerst, dachte Martan mit einem Blick auf die Erdarbeiten. Das Wichtigste waren doch wohl trockene Betten und volle Beete und ein lebensstrotzender Komposthaufen. Die Leute hier schienen schwer darauf aus, mit so vielen Traditionen zu brechen, wie nur möglich war.

Als Martan wieder bei Shevek ankam, war der gerade dabei, aus einer kleinen Platte ein paar Solarzellen zu sägen.

Martan drehte eine zweite Runde, immer am Graben entlang. *Was für ein unfreundlicher Ort,* dachte er. Erstaunlich war immerhin, dass Shevek sein Leben auf einmal mit so vielen Leuten teilte.

Martan sah sich um. Es waren allerdings größtenteils Kinder; Jungen, um genau zu sein. Hier waren nirgendwo Mädchen zu sehen. Dann entdeckte er doch eines. Es arbeitete am Graben mit. Es zog einen an einer Schnur befestigten Eimer voll Erde nach oben, leerte ihn aus, ließ ihn wieder hinunter.

Der Eimer wurden unten im Graben von einem kahl geschorenen, dürren Jungen in einem schmutzigen weißen Rock voll geschaufelt. Er kam Martan vage bekannt vor.

»He!«, sagte der Junge, als er Martan erblickte.

»He«, sagte Martan und lächelte. »Kennen wir uns?«

»Neulich auf dem Hohlweg.« Der Junge grinste zu ihm nach oben und hielt eine Hand knapp über den Rock. »Da hatte ich noch so lange Haare.«

»Ach ja! Der tapfere Bursche, der nicht beim Totmachen mitspielen wollte!« Martan ging in die Hocke, stützte die Ellbogen auf die Schenkel. »Und? Wie geht's dir hier?«

»Gut!«, sagte der Junge strahlend. »Ist gut was los hier. Bleibst du auch?«

Martan schüttelte den Kopf. »Ich besuche nur Shevek.«

Auf einmal sah der Junge ganz ernst aus. »Dann gehst du wieder nach Third zurück?«

»Ja. Ich warte nur, bis Shevek mir was repariert hat.«

Der Junge nickte. Er schien zu überlegen. »Ist das was Großes?«, fragte er dann. »Was Schweres?«

»Passt in die Trommel hier. Was ist denn los?«

»Kannst du … kannst du gut was schleppen?«

Martan musste lachen. »Ja, schon. Warum?«

Der Junge trat den Spaten entschlossen in die gelockerte Erde. »Kannst mich ablösen«, sagte er zu dem Mädchen oben, lief zur nächsten Leiter und kletterte sie hinauf. »Komm mit!«, rief er Martan zu.

Martan folgte ihm. Der Junge hielt auf den Riesenhaufen Feuerholz zu. Er hatte es eilig. Er ging sehr staksig auf seinen dürren Beinen. Angespannt.

Aus den Augenwinkeln sah Martan, dass sich bei dem Gemeinschafts-Unterstand die beiden Halbwüchsigen in Bewegung setzten.

Martan machte ein paar Sätze und holte den Jungen ein. »Was ist los?«, fragte er.

»Hilf mir«, sagte der Junge und zerrte an der Plane, die mit ein paar Holzscheiten gegen Windstöße gesichert war. Martan wollte mit anfassen, als er am Arm zurückgerissen wurde.

»Holla«, sagte er und hebelte sich frei. »Fass mich nicht an.«

»Du hast hier nichts zu suchen«, sagte der eine Halbwüchsige. Aber er griff nicht noch einmal nach Martans Arm.

»Ach ja?«, sagte Martan und kehrte ihnen den Rücken zu, fegte ein paar Scheite von der Plane und schlug sie zurück. Käfer krabbelten in alle Richtungen.

»Ty Mo«, sagte der andere Halbwüchsige zu dem Jungen. »Hör auf damit.«

»Ich will aber«, sagte Ty Mo verzweifelt und zerrte an der Plane. Holzscheite rutschten nach, Äste, Wurzelstubben. Er warf das Holz nach hinten. »Ich räum das alles wieder auf. Aber er geht in die Stadt zurück. Er kann sie doch mitnehmen. Bitte!«

»Was denn mitnehmen?«, fragte Martan. Er spürte ein Prickeln in den Schulterblättern, den Kniekehlen.

»Sie«, sagte Ty Mo und zeigte in den Holzhaufen.

Und dann sah Martan etwas, das dort unmöglich liegen konnte. Doch nicht im Feuerholz!

Ihm wurde übel.

Er schaufelte die kurz gesägten Äste nach hinten weg, die Stücke junger Baumstämme. Ein Stamm polterte hinunter und schlug ihm schwer auf den Rist, aber Martan merkte es kaum.

»Oh, nein«, sagte er. »Nein, nein, nein.«

Sie hatten ihr die Wurzeln weggesägt, keine Unterarmlänge vom Stamm entfernt. Sie hatten ihr die Äste weggesägt. Da waren nur noch Stummel, wo sich einst ihre Arme, ihre Beine, ihre Brüste verzweigt hatten. Die Kopfruten waren zerknickt, zerfleddert, abgebrochen, die wenigen verbliebenen Blätter eingedreht, vertrocknet. Die Alte dort zwischen dem Feuerholz, sie war nur noch ein Stumpf.

»Er geht in die Stadt«, hörte er Ty Mo neben sich sagen. Dem Jungen zitterte die Stimme. »Er kann sie doch mitnehmen, Shevek. Er kann sie doch mitnehmen.«

»Das ist gar keine dumme Idee, Ti Mo«, sagte Shevek hinter ihm. »Wirklich. Gar keine dumme Idee.«

Martan richtete sich auf. Er drehte sich um. Die Lagerbewohner standen in einem Halbkreis um Ty Mo und ihn. Ihre Blicke waren finster und unfreundlich.

Shevek grinste und sah die Leute an. »Soll er sie mitnehmen«, verkündete er. »Damit alle wissen, wozu wir bereit sind, wenn uns jemand was will.« Er warf Martan die Fern-Bedienung vor die Füße. Die Abdeckung fehlte. Drähte hingen heraus.

»Shevek«, sagte Martan. Ihm war immer noch ganz flau. »Das … das ist doch Wahnsinn.«

»Ach ja?« Shevek lächelte traurig. »Ihr kommt mir wahnsinniger vor.« Er sah die beiden Jugendlichen an, die Martan hatten einschüchtern wollen. »Bindet sie ihm auf den Rücken. Und dann ab nach Hause mit ihm.«

Er wandte sich ab und ging davon.

»Shevek!«, rief Martan ihm hinterher. Als sein ältester Freund sich umdrehte, zeigte Martan auf die zerstörte Fern-Bedienung.

»So lange du auf die andere Seite der Palisaden gehörst«, sagte Shevek, »hast du von mir nichts mehr zu erwarten.«

Martan bebte die Hand, als er über seine Stirn fuhr, die Nase, den Mund. »Bindet sie ihm auf den Rücken. Schmeißt ihn raus. Du erhebst dich ganz schön über deine Mitmenschen. Bist du jetzt unter die Herrscher gegangen?«

»Nenn mich wahnsinnig. Nenn mich einen Herrscher, wenn du willst. Aber du weißt es besser, Martan. Du kennst mich besser als jeder andere. Ich will nur die Herrschaft über mich selbst behalten. Weil ich nicht mit euch zusammen zugrunde gehen will.«

Er wandte sich an die beiden Halbwüchsigen. »Holt ein paar Gurte. Und eine Decke. Sonst geht er ja kaputt bis nach Third.«

Dann sah er Martan wieder an. »Wenn ich über euch herrschen wollte, müsste ich dich nur hier festhalten. Nein, nicht mal das. Wenn ich euch vor eurer eigenen Dummheit bewahren wollte, müsste ich die ANGUARI einfach nur ins alte Hafenbecken setzen. Gluck, gluck, gluck und Schluss. Tu ich aber nicht.«

»Du wolltest ein Baumweib verfeuern!«

»Wollte ich?«

»Du hast sie völlig verstümmelt!«

»Das verwächst sich wieder. Außerdem war es nur Selbst-Verteidigung. Sie hat alles, was hier passiert, brühwarm an den Wald der Ahnen weitergetragen«, sagte Shevek. »Wenn du dich uns anschließen willst, dann komm, Martan. Jederzeit. Ansonsten leb wohl. Oder sollte ich besser sagen: stirb schön?«

Und damit lachte er auf und ging davon.

Kapitel 16

28. März

Eigentlich war Martan noch nicht so weit. Aber allein, dass Shevek überhaupt auf die Idee gekommen war, die ANGUARI im alten Hafenbecken versenken zu können, raubte ihm jedes Fitzelchen inneren Friedens, das ihm noch geblieben war.

Weil es ihm so eigentlich am liebsten gewesen wäre.

»Ich fliege«, verkündete er darum am Morgen, nachdem Kumbwai Bescheid gesagt hatte, dass alle Vorräte verstaut waren. Und als Busch und Beule und Lily Yo ihn ansahen, nickte Martan bekräftigend. »Gleich nach dem Frühstück.«

»Mit *dem* Muskelkater?«, fragte Lily Yo.

»Mit *den* offenen Schultern?«, fragte Busch.

Beule fragte nichts. Sie fing zu weinen an.

»Holterdipolter«, sagte Martan. »Komm her, Mädchen.«

»Dann mach ich aber los«, sagte Martan zu Lily Yo, nachdem er mit Beule zum Abschied ihre siebenundzwanzig Lieblingsspiele gespielt hatte und sie nun bei Busch war und ihr beim Kochen half. »Gleich nach dem Mittagessen.«

Lily Yo schlang die Arme um ihn und hauchte ihm ins Ohr: »Vorher will ich aber noch mal mit dir schlafen.«

»Mit *dem* Muskelkater?«, fragte Martan leise.

Lily Yo nickte.

»Mit *den* offenen Schultern?«

Lily Yo nickte und schob die Tür zu.

Die beiden schliefen doch nicht miteinander. Zwar war Lily Yo warm und weich und wonnig-wild mit ihm, aber Martan war zuerst zu angespannt und dann, als er sich bäuchlings unter ihren starken Händen endlich lockerte, zu verzweifelt.

»Ich hab das Gefühl, schon in dem Ding zu hocken«, sagte er ins Kissen. »Und es entfernt mich mit jeder Sekunde weiter von dir.«

»Komm her«, sagte Lily Yo.

»Halt mich«, sagte Martan.

Tränen. Tränen waren immer das Ende. Und der Neu-Anfang.

Dann schliefen sie doch miteinander.

»Jetzt reicht's mir aber«, sagte Martan nach ein paar Hundert Schritten. Die anderen standen ein ganzes Stück weiter hinten im Hohlweg. »Ich hab doch gesagt, dass ich allein zum Raumhafen gehen will. Ich will nicht, dass ihr mich begleitet!«

»Wir begleiten dich doch nicht«, sagte Kompost-Piet und grinste. Er hatte sich ein Fässchen Bier auf den Rücken geschnallt.

»Wir gehen hier nur zufällig spazieren«, sagte Ani Gompa hinter ihrem großen, blütenreichen Blumenstrauß.

»Ich hab mir schon immer mal den Raumhafen ansehen wollen«, sagte Busch. Sie trug ein kurzes grünes Kleid und hatte sich einen grünen Schal so um den Kopf geschlungen, dass überall grüne Fransen und braune Locken hervorlugten.

»Und heute ist da richtig was los!«, krähte Tamara Yadana an der Hand ihrer Mutter. Die beiden hatten sich die Gesichter bemalt. Mit Sternen und Sonnen und Kometen.

»Oh, Mann«, sagte Martan. »Ein Glück, dass vorhin wenigstens kaum jemand zu Hause gewesen ist ...«

Die anderen strahlten ihn an.

»Oh, nein«, sagte Martan.

Die anderen nickten eifrig: Oh, doch.

Martan schlug eine Hand vor die Augen und legte den Kopf in den Nacken. Er holte tief Luft. Und musste lachen.

»Es ist eine Überraschung!«, hörte er Tamara Yadana krähen. »Du wirst vielleicht staunen!«

Martan nahm die Hand von den Augen. »Ihr seid echt die schlimmsten Nachbarn, die ich je hatte. Nun kommt schon!«

Das ließen sie sich nicht zweimal sagen.

Sie waren noch ein ganzes Stück von der Mauer entfernt, als die Trommeln schon zu hören waren. Die großen, flachen Ritualtrommeln, mit denen der Einklang gefeiert wurde. Bong, bong, bong, bong, teilten die Trommler mit, wie weit sie harmonierten, wie weit sie sich aufeinander einschwingen konnten.

Der Trampelpfad auf der Hafenseite der Mauer war mit Fackeln besteckt, die jetzt, am Nachmittag, aber noch nicht brannten. Sie waren für Spätankömmlinge gedacht. Jetzt leuchteten bunte, an tief hängende Zweige geknotete Stoffbänder in der Sonne.

Martan nahm oben auf dem Flachdach eine Bewegung wahr. Ein Mädchen rief: »Er kommt! Er kommt!«

Das Areal um die Flachbauten wimmelte von Leuten. Sie tanzten, sangen, kochten, rauchten, redeten, scherzten. Sie strahlten Martan an, wenn er an ihnen vorbei kam. Manche berührten ihn kurz. Andere wollten, dass er von ihrem Bier trank. Das lehnte er ab.

Dann stand er vor der ANGUARI. Die goldene Yacht war mit Schnüren umwickelt, die von Wunschwimpeln wimmelten. *Glückliche Wiederkehr,* las Martan. *Dass alles gut wird. Mögest du freundlich aufgenommen werden. Heil hin und wieder zurück. Viele Einsichten. Guten Sex mit dir selbst, kicher. Dass du an uns denkst da draußen unter Profitlern. Freunde in der Fremde. Dass du diesen Kastuns eine Nase drehst. Irre viele Anregungen. Dass wir uns wiedersehen. Mögen die Kastuns Heilung finden.* Und dann, in krakeligen, zum Teil verbesserten Kleinkinder-Buchstaben, nur ein Name: *MYRKO KNIIRIIM.*

Dieser schlichte Wunsch, der vielleicht auch nur darauf beruhte, dass der ihm unbekannte Junge ohne Hilfe noch nichts anderes schreiben konnte, berührte Martan tief.

Ja, Myrko-Junge, dachte er. *Möge es dich noch lange geben!*

»Martan.« Kumbwai trat aus der ANGUARI. Er trug ein

violettes, bis zum Bauch offenes Hemd und hatte sich die Filzlocken zu einem unglaublichen, spiralförmigen Knoten um den Kopf gelegt. »Komm und sieh dir das an, Mann. Sieh, was wir gemacht haben.«

Die Sonne stand auf der anderen Seite der ANGUARI, so dass Martan in der Luke zuerst nur trübe Höhlen-Dunkelheit sah. Dann nahm er Einzelheiten wahr.

Oh, nein, dachte er.

Sie hatten in den gesamten Innenraum ein wildes Kugelnest aus Weidenruten und Yimpik-Fächern und anderen Ästen geflochten. »Damit du den Urwald bei dir hast, der in unser aller Herzen wohnt«, sagte Ani Gompa feierlich.

Sie hatten die Wände, den Boden, zum Teil auch die Instrumente mit Lehm ausgestaltet und bemalt. Da rankten blauschwarze Spiralen hinter den Ruten hervor, da wucherten gelbe und orangefarbene Sternblumen über die Kuppel und das Steuerpult hinweg. »Damit die ganzen blöden scharfen Kanten und der Techno-Kram dir nicht das Seelenauge trüben«, sagte Kumbwai.

Sie hatten Räucherwerk verbrannt und heilige Erde verstreut und allerlei Rituale zelebriert. Überall in den Zweigen hingen Blätter und Blumen und Vogelnester und Federn. Überall auf der guten, schwarzen, duftenden Erde waren Samenkörner und Nüsse zu kleinen, ineinander übergehenden Kreisen ausgelegt. »Um die schlechten Schwingungen auszugleichen«, sagte Busch.

Und sie hatten ihm diesen wirklich riesengroßen, flachen Holzbottich hinter den Pilotensitz gestellt. Darin saß der Verholzte, der Martan den Weg nach Attorua weisen und Perry Rhodan mit Martans Hilfe den Plan der Ahnen unterbreiten sollte. Es handelte sich um einen sehr feingliedrigen Baumkerl. Er saß in der Meditationshaltung da. Schenkel, Unterschenkel und Hände waren, von Kallusgewebe überwachsen, miteinander verklumpt; darüber reckte sich der schmale Leib mit der glatten, von einem Netzwerk feiner Risse überzogenen Rinde empor. Sein Gesicht war unter dem gewaltigen Büschel von langen, harten, in sich gedrehten Palmblättern kaum auszumachen. Es sah frech aus, frech und fröhlich. Der Erdboden, in dem er wurzelte, war mit zarten Gräsern und Blumen bedeckt. Am Bottichrand glommen Räucherstäbchen. *Du also bist der Bursche,* hörte Martan eine Stimme in seinem Kopf, *der den ersten charandidischen Weltraumflug seit der Revolution wagen will. Anyma Mundy mein Name. Ich hab viel von dir gehört. Natürlich nur das Beste, versteht sich.*

»Ja. Donnerwetter. Ich weiß gar nicht, was ich sagen soll.« Martan blickte in die erwartungsvollen Gesichter um sich herum. »Mich interessieren schlechte Schwingungen und scharfe Kanten ehrlich gesagt nur wenig, meine lieben Nachbarn. Ich frage mich eher, ob die Schiffshülle auch dicht halten wird und die Luftvorräte reichen werden.«

Die anderen sahen ihn erschrocken an. »Dann könntest du da drin sterben?«

»Ich weiß es nicht«, sagte Martan und seufzte. »Ich habe fast genauso wenig Ahnung von Technik wie ihr. Das Schiff sorgt für mich, wenn ich da drin bin, das weiß ich. Aber nicht, wie es das tut. Und für wie lange.« Er sah in ihre Gesichter, die er vielleicht nie mehr wiedersehen würde. »Aber eines weiß ich: ihr meint es alle nur gut mit euren … euren Verbesserungen. Ihr zeigt mir auf diese Art, dass ihr mich lieb habt, dass ihr mir Gutes wünscht. Und dafür danke ich euch.«

»Ich hab auch noch was für dich«, sagte Kumbwai und holte einen Beutel unter der ANGUARI hervor. »Ich hab das von deinem Freund gehört. Und ich dachte, vielleicht wäre es ganz gut, wenn du auch von ihm etwas mitnimmst. Ein Andenken. In das *er* einmal seine Liebe gesteckt hat.«

Es war eines von Sheveks Putzteufelchen vom Glasdach des Konsum-Tempels. Kaum schien ihm die Sonne auf die Solarzellen, da kam wieder Bewegung in seine mit Saugnäpfen bestückten Spinnenbeine. Tastend ruderten sie in der Luft.

»Ich fass es nicht«, sagte Martan und nahm das Putzteufelchen, indem er ihm um den schwarzen Metall-Leib griff. Zu seinem Erstaunen war er schwer gerührt. »Danke, Mann. Wie bist du denn da drangekommen?«

»Bin raufgeklettert.« Kumbwai grinste. »Du weißt doch, dass ich von den Gefängnisinseln komme.«

Martan stieg in die ANGUARI. Er setzte die Spielzeugspinne auf die Steuerkonsole. Sie wippte und hing dann dort und wartete auf Sonne. Er warf einen Blick zu den Vorräten, die hinten wie verabredet aufgestapelt waren, dann trat er wieder in die Luke und blinzelte ins grelle Licht.

»Und jetzt komm feiern!«, rief Kompost-Piet.

»Feiert ihr mal«, sagte Martan. »Für mich ist's Zeit.«

Kompost-Piet blinzelte und legte sich die bauchlangen, zur Feier des Tages geflochtenen Bartzöpfe zurecht. »Ich hab dir ein Fässchen Krausbier mit reingestellt, falls du mal Durst haben solltest. Wer weiß, was es dort draußen im Kosmos für Plörren zu trinken gibt.«

Martan winkte kurz, ging zur Steuerkonsole und drehte den Schalter auf EIN. Das Kuppelfenster wurde durchsichtig – jedenfalls an den Stellen, die nicht verschmiert und bemalt waren. Das Putzteufelchen setzte sich in Bewegung und kletterte zum Kuppelfenster hinauf. *Da wirst du aber viel zu tun haben, wenn du das ganze Lehmzeug wegkriegen willst,* dachte Martan.

Die Spiraltür schloss sich. Von den Lämpchen an den Bordinstrumenten war nichts mehr zu sehen. Sie waren vollständig unter den Sternblumen aus Lehm und Farbe verschwunden. Martan kümmerte es nur wenig. Er konnte sie ja ohnehin nicht ablesen.

Er setzte sich. Lehnte sich zurück. Anyma Mundys Kopfwedel raschelten und kitzelten ihm im Haupthaar. *Oh, Mann,* dachte Martan, zog den Kopf ein und schnallte sich an.

Und während draußen das riesige, bunte Fest seinen ersten lärmenden Höhepunkt erlebte, hob Martan mit der ANGUARI ab. Er ließ das goldene Raum-Ei einige Schleifen über den Dornenhügeln des alten Flugfelds ziehen, damit die Leute unten etwas zu jubeln hatten, und schoss dann mit ihm wie ein Pfeil ins Blaue hinauf.

Kapitel 17

11. April

Takegaths Kabine befand sich in einem dunklen, verlassenen Bereich der KHOME TAZ. Diese außergewöhnliche Lage sollte gewiss einschüchternde Wirkung haben. Wer sich der Kabine des Kommandanten näherte, womöglich, während dieser gerade in der Zentrale war, sollte sich aufgrund des hohen Automatisierungsgrads des Schiffes von allen guten Geistern verlassen wissen. Ihn sollte jedes plötzliche Knarren des gewaltigen Schiffsrumpfs und jedes unvermittelte Hochfahren irgendwelcher hinter dicken Schotten verborgenen Aggregate fürchten lassen, dass er jeden Moment in einer von Takegaths Fallen sein Leben aushauchte.

Ob Aph Kismati, der Stellvertreter, dies fürchtete, als er in den dunklen Gang einbog, war nicht zu erkennen. Seine gelblichen Tentakel schwankten wie Unterwasserpflanzen in der Strömung, aber das taten sie wahrscheinlich sogar im Schlaf. Jedenfalls drosselte er sein Tempo, als sich herausstellte, dass über Takegaths Kabinentür ein Licht brannte und unter diesem Licht eine in eine schwarze Kutte gehüllte Gestalt stand. Dann rollte er auf seinen inzwischen wieder anmontierten Rädern weiter.

Bei der Gestalt handelte es sich um Diwva, vielleicht auch um Bahpi. Sie stand mit dem Rücken an die Tür gelehnt, ein rosa schimmerndes Bein hochgezogen, und schlug mit der flachen Hand gegen die Tür. »Bitte, Hoher Priester, ich flehe Euch an, haltet ein! Ihr versündigt Euch!«

»Du elende Hure!«, drang Takegaths Stimme durch die Tür. »Hinfort mit dir!«

»Oh!«, jammerte sie und gähnte. »Ach, ich flehe euch

an!« Dabei zog sie einen ihrer langen, ausfahrbaren Fingernägel über einen Wetzstein.

Als Aph Kismati sich näherte, verschwand der Wetzstein mit einer fließenden Bewegung in einer Tasche der Kutte, und die Nimvuanerin stand breitbeinig da, die Arme locker ausgestreckt.

»Was spielt ihr da?«, fragte der Stellvertreter. »Die sündige Betschwester, Teil vierundzwanzig?«

Die Nimvuanerin sah ihn nur an.

»Nun denn«, sagte Kismati. »Wenn ich den Hohen Priester vielleicht sprechen könnte. Es ist dringend.«

Sie schüttelte den Kopf. »Oh bitte, Ehrwürdiger Vater!«, rief sie nach hinten. »Verstoßt mich nicht! Stoßt mich lieber!«

»Hinfort, Teufelsweib!«, rief Takegath hinter der Tür.

»Ich flehe Euch an! Was quält Ihr mich damit, mein argloses Schwesterlein so hinterrücks zu bedrängen? Bin ich Euch denn nicht immer willfährig gewesen? Habe ich nicht ein Lippenbekenntnis nach dem anderen abgelegt?«

»Deine Schwester«, rief Takegath durch die Tür, »scheut es nicht, sich vom Pfahl der Erkenntnis durchbohren zu lassen! Sie ist keine von denen, die den Allvater erst mit ihrem aufreizenden Benehmen und ihren unzüchtigen Reden verhöhnen, um sich für die Buße dann zu fein zu sein!«

»Oh!«, keuchte Bahpi, vielleicht auch Diwva, hinter der Tür.

»Immer bevorzugt Ihr meine Schwester!«, protestierte Diwva, vielleicht auch Bahpi, vor der Tür.

»Spürst du es?«, fragte Takegath hinter der Tür. »Spürst du, wie der Geist des Allvaters über dich kommt?«

»Ja!«, keuchte die Nimvuanerin in der Kabine. »Oh ja! Ich spüre es! Oh ja, oh ja, oh ja!«

Ihr Keuchen ging in Schreie über.

»Bitte, Ehrwürdiger Vater, bitte!« Die Nimvuanerin auf dem Gang, die nun wieder mit dem Rücken an der Tür lehnte, ohne jedoch Kismati aus den Augen zu lassen, trommelte mit beiden Fäusten an die Füllung. »Ich flehe Euch an, haltet ein! Es ist wider die Natur, was Ihr da tut! Wider die Natur der Schöpfung!«

Nun war auch von Takegath ein Aufschrei zu hören.

Dann lag alles still hinter der Tür.

»Kommandant«, sagte die Nimvuanerin vor der Kabine. »Aph Kismati möchte dich sprechen.«

»Soll reinkommen.«

Die Tür glitt zur Seite.

Kommandant Takegath saß am Kopfende seines Vierpfostenbettes. Er hatte sich eine Decke über den Schoß geworfen.

Diwva, vielleicht auch Bahpi, lag bäuchlings auf dem Bett, das Becken mit einigen Kissen erhöht. Ihr Nonnengewand war noch hochgeschlagen. Ihre Pobacken glänzten ölig. Sie lag da, den Kopf auf der Seite, die Augen geschlossen, und saugte selig ein Fläschchen De'Ro'Collo leer.

»Kismati«, sagte Takegath, »was gibt's?«

»Eine Meuterei, fürchte ich, mein Kommandant.«

Der tentakelbewehrte Minipanzer glitt ins Zimmer, gefolgt von der zweiten Nimvuanerin. Hinter ihr ging die Tür wieder zu.

Niemand bemerkte das winzige Modulauge, das sich rasch von der Gangdecke hatte fallen lassen und nun kopfüber unter dem Minipanzer hing und sich duckte.

Chi-Lopi war völlig erschöpft. Der Mhool hatte es sich in seiner Kabine so gemütlich gemacht, wie es nur ging. Um die immer noch schmerzende Leibmitte hatte er sich ein frisches, gepresstes Kumstblatt gewickelt. Dann hatte er im Badezuber eine Packung Heilschlamm aufgelöst und sich in das braungrüne Wasser sinken lassen.

Nun lag er dort, ließ sich wärmen und schlürfte ab und zu an einem Gläschen Laichfripp. Inzwischen kriegten sie den in der Kombüse ordentlich hin. Gut durchgezogen und trotzdem noch schön gallertig.

Vor dem Badezuber hatte Chi-Lopi seine aufgeklappten Hauptmodule so abgestellt, dass er die beiden großen Bildschirme bequem sehen konnte. Der obere zeigte wilde Schwenks, offenbar drehte der Stellvertreter sich unruhig hin und her. Chi-Lopi wäre an seiner Stelle auch unruhig gewesen. Bisher hatte Takegath streng über seine beiden Gespielinnen gewacht. Dass er nun zuließ, dass Kismati nackte Tatsachen zu sehen bekam, verhieß nichts Gutes.

»Aldus Chamberlain?«, lachte Kommandant Takegath gerade. »Blödsinn!«

»Er mag unerfahren sein, Kommandant«, antwortete Kismati. »Aber die Strafe, die du ihm für sein schmähliches Versagen aufgebrummt hast, bringt ihn mit so gut wie der gesamten Besatzung zusammen.«

Der Kopfjäger auf Probe und ehemalige Landsmann von diesem Perry Rhodan durfte seit dem Debakel auf Taupan die uralten metallenen Handläufe der KHOME TAZ durchpolieren. Mit einem Zahnpolierset aus der AMBULANZ.

»Er braucht gar nicht viel zu tun. Die anderen machen sich lustig über ihn? Fein, dann erwähnt er leichthin, dass du *ihm* wenigstens nicht damit kommen kannst, ihm das De'Ro'Collo vorzuenthalten. Schon bleibt ihnen das Lachen im Halse stecken. Wenn sie stumpfer sind, erinnert er sie daran, dass außer ihm nur einer sie alle miteinander überleben wird, wenn es so weitergeht. Du, Kommandant.«

Takegath brummte.

»Und mit Verlaub, mein Kommandant, es macht sich ja auch nicht so gut, dass du zwar über anscheinend ausreichende Vorräte verfügst, das Droc aber niemandem zukommen lässt. Mit Ausnahme deiner Gespielinnen hier, wie ich gerade erfahren habe. Zum Glück bin ich verschwiegen. Nicht auszudenken, wenn zum Beispiel dieser Chamberlain das wüsste ...«

»Du willst mir drohen?«

»Aber nein, aber nein.« Wieder diese Schwenks. Chi-Lopi schloss die Echtaugen.

»Achtung. Schön auf dem Teppich bleiben, Stellvertreter«, sagte eine der Frauen. »Sonst hagelt's Pfeile von der Decke.«

»Oh. Ja. Danke«, kam es von Kismati. »Ich möchte damit lediglich deine Gedanken darauf lenken, Kommandant, dass du diesen Chamberlain vielleicht besser im Auge behältst ...«

»Und warum bist ausgerechnet du, der du in den vergangenen Jahrhunderten ungefähr anderthalbmal versucht hast, mich aus dem Weg zu räumen, auf einmal so besorgt um mich?«

Chi-Lopi öffnete die Augen wieder. Der Bildschirm zeigte nicht mehr als die Unterseite von Kismatis Panzer, den verflixt nahen Teppichrand, zwei Pfosten von Takegaths Bett sowie eine schlaffe Humanoidinnenhand mit einer leer gelutschten Droc-Phiole zwischen Daumen und Zeigefinger. Der Mhool hätte sein Modulauge gern oben an der Kabinendecke platziert, aber die Gefahr, entdeckt zu werden oder in eine von Takegaths legendären Fallen zu laufen, war einfach zu groß.

»Kommandant!«, sagte Kismati und streckte alle Tentakel von sich. »Ich habe nie auch nur im Traum daran gedacht …«

Takegath lachte schallend.

Kismati fiel in sein Lachen mit ein. »Die Lage hat sich dermaßen zugespitzt«, sagte er dann, »dass es mir als heller Wahnsinn erschiene, in internen Zwistigkeiten zu verharren. Unsere Vitalenergiespeicher sind so gut wie leer. Da scheint es mir von zentraler Bedeutung, dass die Eroberung dieser Galaxis möglichst reibungslos vonstatten geht. Nicht, dass der Gelbe Meister endlich erwacht und für die Belange seiner Gy Enäi leider noch keine Zeit hat. Momentan ist nur ein einziger Faktor auszumachen, der bei der Invasion hinderlich werden könnte. Dieser Faktor trägt einen Namen: Perry Rhodan.«

Das war gut, fand der Mhool. Dieses alte Tentakelgemüse hatte ja richtig was drauf.

Takegath brüllte auf. Es war ein gewaltiges Brüllen, das eines Sturms. Es brach so schlagartig ab, wie es angefangen hatte. »Was also schlägst du vor?«, fragte der Kommandant dann ganz kühl. Er musste seine Taktik-KI aktiviert haben.

»Dazu komme ich gleich«, sagte Kismati. »Stimmst du mir so weit zu, Kommandant?«

»Deine Analyse ist lückenhaft, doch so weit zutreffend.«

»Danke. Stimmst du mir weiterhin dahingehend zu, dass es für die KHOME TAZ allein zu gefährlich ist, in den Sektor

Jessytop vorzustoßen, in dem sich dieser Fleischling Rhodan erneut versteckt halten dürfte?«

Takegath musste genickt haben, denn Kismati fuhr fort. »So machtlos sind die besiegten Humanoiden nun auch wieder nicht, dass wir uns als einzige Einheit unter Zigtausend Tefroderschiffe begeben können.«

»Komm zur Sache«, sagte Takegath. »Was also schlägst du vor?«

»Eine Dreifachstrategie, Kommandant. Erstens: Offener Rückzug aus diesem Sektor. Über kurz oder lang fällt Jessytop ohnehin; dann schnappen wir uns diesen Rhodan. Aber bis dahin ein paar Planeten platt zu machen, anstatt hier allmählich Patina anzusetzen, würde uns alle bei Laune halten. Zweitens: die Ausgabe von wenigstens einer Dosis De'Ro'Collo an die Besatzung. Das ließe jeden Meutereiversuch aus Mangel an Gründen zusammenbrechen. Alle in einem Boot und so weiter. Drittens: Einschleusen eines kleinen Brutaltrupps nach Jessytop, der ...«

Wieder dieses Sturmgebrüll von Takegath. Ein Schleier legte sich über das Bild, ein Brummen über den Ton. Kismati musste seinen Schutzschirm hochgefahren haben. »Vergiss es!«, brüllte Takegath. »Ich geb euch kein Droc! Ich hab ja selbst nicht genug!«

»Kommandant«, sagte Kismati. »Könntest du bitte deine Taktik-KI wieder aktivieren?«

»Vergiss es! Ich geb nichts ab!«

»Wie du willst, Kommandant. Wenn ich vielleicht trotzdem mit deiner Taktik-KI sprechen könnte?«

Keine Reaktion.

Chi-Lopi streckte sich in der Badewanne und nahm einen Schluck Laichfripp.

»Ich fürchte, Kommandant, dass das De'Ro'Collo bereits mit deinem Reflexbeschleunigungssystem interagiert«, sagte Kismati. »Du kennst die Symptome. Extreme Reizbarkeit. Hypernervosität. Kontrollverlust. Muss ich noch mehr sagen?«

Keine Reaktion.

»Was wäre so schlimm daran, eine Dosis De'Ro'Collo ausgeben zu lassen?«

»Das wären rund achtzig Phiolen! Achtzig!«

»Ja, und?«, sagte Kismati. »Du wirst doch sicher noch die dreifache Menge in deiner Kühlkiste haben. Oder?«

Chi-Lopi ließ das Modulauge kreisen, konnte die erwähnte Kühlkiste auf den ersten Blick aber nicht identifizieren.

»Diese Anfrage«, sagte der Kommandant nun doch wieder mit seiner Puppenstimme, »betrifft Informationen, die zu erhalten du nicht autorisiert bist.«

»Danke, Kommandant. Wenn ich fortfahren dürfte ... Was sind die Spätfolgen von lang anhaltendem, hoch dosiertem Droc-Konsum?«

»Schüttellähmungen. Realitätsverlust. Dissoziierung. Psychotische Schübe. Psychose.«

»Und verschwinden diese Symptome nach Absetzen der Droge wieder?«

»Negativ.«

»Danke, Kommandant. Gestatte mir noch eine letzte Frage. Wie hoch, meinst du, ist die Wahrscheinlichkeit, dass dieser höchst motivierte Aldus Chamberlain dir nach seiner demütigenden Bestrafung in den Rücken fallen wird?«

»Das zur Verfügung stehende Datenmaterial ist unzureichend«, sagte Takegath nach einer Weile. »Je nach Methode der Individual- und Gruppenpersönlichkeitsanalyse ergeben sich Werte zwischen zwölf und sechsundachtzig Prozent.«

»Danke, Kommandant. Wenn ich mich nun zurückziehen dürfte.«

Schweigen.

»Kommandant?«

»Lass fünfzig Einheiten der Gorthazi rings um Jessytop in Position gehen«, sagte Takegaths Taktik-KI. »Sie sollen nach Rhodans Schiff tasten.«

»Also dieselbe Weisung, die auch schon an jede andere Einheit in dieser Galaxis gegangen ist, mein Kommandant. Ich höre und gehorche.«

Takegath schien Kismati mit einer dieser Humanoiden-Handbewegungen entlassen zu haben. Jedenfalls zeigte Chi-Lopis Bildschirm einen Schwenk zur sich öffnenden Tür und dann eine Kamerafahrt auf den dunklen Gang.

Der Mhool trank den letzten Schluck Laichfripp, dann stieg er aus dem Badezuber, strich das Kumstblatt glatt und schlüpfte schlammüberzogen und schleimig, wie er war, in seine Hauptmodule. Sie schlossen sich mit einem sachten Schmatzen um ihn. Er hatte die Systeme kaum hochgefahren, als es an der Tür seiner Kabine klopfte.

»Komm rein, Kismati.«

Der Stellvertreter fuhr einen Greiftentakel aus, pflückte sich das Modulauge vom Panzerbauch und stellte es auf den Boden. Während es zu Chi-Lopi krabbelte, fragte Kismati: »Und? Was sagst du nun?«

»Bin sprachlos«, sagte Chi-Lopi. »Unser Kommandant ist am Abdrehen. Ein Jammer.«

»Dann machst du mit?«

»Auf jeden Fall«, sagte Chi-Lopi. »Es ist ja in seinem eigenen, besten Interesse.«

»Gut. Hier ist die Karte mit sämtlichen Fallen.« Kismati fuhr eine externe Schnittstelle aus.

Chi-Lopi schickte ein Modul vor, das die Daten kopierte.

»Und wir teilen es uns dann mit der Besatzung, ja?«, fragte er.

»Wie du eben so trefflich formuliert hast«, sagte der Stellvertreter: »Auf jeden Fall. Es ist ja in seinem eigenen, besten Interesse. Denn was bleibt ihm noch, wenn er uns, seine Getreuen, nicht mehr hat?«

Kapitel 18

28. März

Für Martan war es der Schritt in ein fremdes Universum. Er war bisher nur zweimal mit der ANGUARI geflogen, einmal mit Kumbwai, einmal vor über achtzig Jahren mit Shevek. Aber damals waren sie in der Lufthülle von Thirdal geblieben.

Nun fiel sein Heimatplanet unter ihm hinweg, wurde kleiner und kleiner, bis er zu einer blauen Kugel schrumpfte.

Martans einzige beiden richtigen Raumflüge hatten auf Einladung der Atto stattgefunden. Damals war er Gast an Bord eines bis zur Obszönität gut ausgestatteten Raumschiffs der Tefroder gewesen, das eine ganze Welt zu sein schien, wenn auch eine kleine und künstliche.

Nun saß er jedoch in diesem winzigen goldenen Flitzer, und der war Anyma Mundy zufolge für solche Flüge gar nicht gebaut. Wie ihm der eingetopfte Baumkerl erklärte, handelte es dabei nur um einen so genannten Zweit-Raumer, den die Altvorderen für so genannte Einkaufs-Bummel, kleinere Familienfahrten oder als so genannte Angebe-Gondel für den Nachwuchs benutzt hatten.

Keine Bange, die ANGUARI ist überraumtauglich, sagte Anyma Mundy. Und fügte, als Martan verständnislos nachfragte, lachend hinzu: *Ohne Wechsel in den Überraum würden wir ewig nach Attorua fliegen. Viele, viele Zeitalter lang.*

Sie wechselten in diesen Überraum, und nun hatte Martan nichts mehr zu tun. Der Pilotensitz blieb leer, bis auf die seltenen Male, wenn Anyma Mundy ihn durch einen Zwischenstopp und eine Kurskorrektur leitete.

Rotes Licht durchflutete das kleine Schiff. Es waberte und blubberte und perlte hinter den nicht bemalten Stellen der Fensterkuppel wie lautloses Wasser. Es ging Martan auf die Nerven. Es lullte ihn ein. Er wollte diese widersprüchlichen Empfindungen gern in Musik ausdrücken; also baute er sich aus zwei leeren Einmachgläsern und einigen Nüssen zwei Rasseln und sang dazu. Rotwassermusik nannte er diese Klänge. Anyma wiederum nannte sie: *Interessant, doch!* Was auch ein passender Titel war.

So überflüssig Martan die Einmischung seiner Nachbarn in die Reisevorbereitungen auch fand, bei der Auswahl des Verholzten hatten sie eine gute Hand bewiesen. Der Baumkerl war nicht nur so betagt, dass er die alten Raumfahrergeschichten noch in frühen wissenschaftlich-technischen Fassungen zu erzählen verstand. Er war auch ein guter Gefährte. Er machte den Eindruck, nie aus der Ruhe zu kommen. Er schien immer einen Witz auf Lager zu haben.

Als das Schiff schon eine ganze Weile im Überraum unterwegs war und auf einmal Wolken von Erde aus dem Riesentopf und vom Boden aufwallten, beruhigte Anyma ihn, dass es sich dabei nur um so genannte Schwerkraft-Schwankungen handelte.

Kann schon passieren bei so einer alten Kiste. Sollst mal sehen, da werde ich auf meine alten Tage glatt wieder munter, wenn das so weitergeht, sagte er. *Mich zuckt's schon in den Wurzeln.*

Und als die Luft so widerlich zu riechen anfing: *Na ja, was erwartest du, wenn deine Kumpels Räucherstäbchen in die Lüftungsschlitze stecken und die nun allmählich verschmoren. Sei froh, dass sie keinen Sympathiezauber gemacht haben. Dann hätten sie dem goldenen Raum-Ei ein paar schöne, gelbe Dotter in die Schlitze laufen lassen …*

Aber Schwerkraft-Schwankungen hin und Räucherstäbchen her, Martan bekam den Dreck in die Augen und in die Lunge, und er fühlte sich extrem schutzlos und ausgeliefert.

Dass Anyma Mundy irgendwann erklärte, den Kontakt zum Wald der Ahnen verloren zu haben, trug auch nicht gerade zu Martans Beruhigung bei.

Kapitel 19

11. April

»Ich mach ihm den Gar-Aus!«, wetterte Grek-665 ½ mitten im Flug plötzlich los. »Ich reiß ihm das Hinterteil auf, dass es sich gewaschen hat!« Dann verfiel er in Laute, die wahrscheinlich Kraahmak darstellten, die Verkehrssprache der Maahks.

Sie sackten durch und rasten auf den lampiongeschmückten Wipfel eines der roten Bäume zu, die sich am Rand des Stadtviertels in den Himmel wanden.

»Grek!«, rief Raye und schlug gegen seinen Helmkragen. »Pass auf!«

Der Cyber-Maahk zog gerade noch rechtzeitig über den gigantischen Haus-Baum hinweg.

Raye kämpfte gegen die Übelkeit an, die sie wohl nicht nur Greks Taumelflug verdankte, sondern auch dieser Prellung am Kopf. Es war scheußlich, so unter dem grauen Riesen zu hängen, der sich kaum im Griff hatte, während unter ihren Füßen das nächtliche Hohakindetimbo nach hinten wegfiel.

Seine Arme drückten Raye schmerzhaft gegen irgendwelche Anzugfeatures. Und das Hemd, das er über dem Anzug trug, stank. Sie kannte den Geruch. Sie hatte ihn in der letzten Zeit zu oft gerochen. Versengte Kunstfasern, versengtes Fleisch.

»Grek?«, sagte sie.

Er war in einen Singsang verfallen. Ein maahksches Kinderlied? So klang es jedenfalls. Immer die gleichen Silben.

»Grek!«

»Oh. Verzeih mir.«

»Schon gut«, sagte sie. »Aber kannst du vielleicht ...«

»Verzeih mir, mein Wahl-Bruder! Verzeih mir, dass ich dich in den Tod geschickt habe!«

»Grek, verdammt noch mal! Ich bin nicht ShouKi!« Und dann fügte sie brutal hinzu: »Willst du mich auch noch auf dem Gewissen haben?«

»Oh«, sagte er. »Nein. Ich ... ich glaube, mir geht es gar nicht gut, Doktor Corona.«

»Schon gut, Grek. Ich hab's nicht so gemeint. Kannst du nicht bei der JOURNEE anfragen, ob sie uns eine Schwebeplattform entgegenschicken können?«

Schweigen.

»Grek?«

»Ich g-glaube nicht, dass ich das im M-Moment drauf habe, Doktor Corona.«

»Kannst du mir dann wenigstens eine Funkverbindung auf die Außenlautsprecher legen? Grek?«

»G-Geschaltet, Doktor Corona.«

»Raye Corona ruft JOURNEE«, sagte sie. »Raye Corona ruft JOURNEE. Hört mich jemand?«

»Doktor Corona, wie schön«, drang eine weibliche Stimme aus den Außenlautsprechern. »Cita Aringa hier. Wo steckst du denn? Und was ist mit Grek-665½, dass du dich über seinen Interkom meldest? Wir versuchen euch schon die ganze Zeit zu erreichen.«

»Ich befinde mich mit Grek im Anflug auf den Raumhafen. Er ist ... in einem seltsamen Zustand.« Der Maahk sang wieder unter seinem Helm, zum Glück mit abgeschaltetem Mikrofon. Zu Rayes Entsetzen hatte er alle vier Augen geschlossen. Hoffentlich orientierte er sich wenigstens mit den Kehraugen, wie er sie vorhin genannt hatte. »Ich weiß nicht, wie lange das noch gut geht. Könnt ihr uns bitte eine Schwebeplattform entgegenschicken? Unsere Position ist ...« Raye sah suchend nach unten, aber da waren nur die runden Flächen irgendwelcher Felder und weiter vorn eine Ansammlung von Lichtern zu sehen.

»Bekannt«, sagte Cita Aringa. »Hab euch längst angemessen. Ich seh mal, was sich machen lässt.«

»Raye?«, meldete sie sich nach einer Weile wieder. »Ich geb dich mal weiter.«

»Überraschung!«, sagte eine männliche Stimme.

»Zim!«, rief Raye. »Oh Zim!«

»Na, mein Elfenmädchen ...«

Sofort machte sich diese elendige Weibchen-Schwäche in ihr breit: Zim war da. War gekommen, um sie zu retten. Zeit also, in Ohnmacht zu fallen und ihn alles machen zu lassen.

Oh, wie sie diese atavistischen Verhaltensmuster hasste!

»Pass auf, mein Pfirsichweib«, sagte ihr Retter. »Wir befinden uns gerade auf dem Rückflug von Tyrmalarq. So lange wir Hohakindetimbo nicht erreicht haben, bringt's das mit der Schwebeplattform leider nicht. Könnt ihr nicht einfach irgendwo landen und warten?«

»Eine andere Möglichkeit wäre mir lieber.« Inzwischen hatten sie die Ansammlung von Lichtern erreicht. Es handelte sich um eine Konstruktion ineinander übergehender Glashäuser, in der anscheinend eine Party gefeiert wurde. »Grek und die Atto ... das geht im Moment nicht gut.«

»Verstehe.« Zim schwieg. Sie hörte Stimmen vorbeiziehen, im Hintergrund irgendetwas poltern. »Mal überlegen. Wir könnten euch per Traktorstrahl an Bord holen, sobald die Distanz gering genug ist. Wie wäre es damit?«

»Ich weiß nicht«, sagte Raye. »Wie hoch fliegt ihr denn?«

Ihr Freund lachte warm. Es klang hallend. »In der mittleren Stratosphäre im Moment. Die Höhe spielt aber keine Rolle. Ihr könntet nicht runterfallen. Wir würden euch in ein Fesselfeld nehmen.«

»Ich hab nur eine dünne Bluse an«, sagte Raye.

»Upps. Dann verfügst du auch über keinerlei Atemluftversorgung, nehme ich an?«

»So ist es. Ich hab doch schon gesagt, dass ich an Grek hänge!«

Zum Glück hielt der Maahk einigermaßen den Kurs. Er brummte vor sich hin. Zwischendurch machte er Geräusche, die sich anhörten, als lache er leise in sich hinein. Raye hatte keine Ahnung, ob er noch den Kurs hielt. Eigentlich hätte der Raumhafen doch längst zu sehen sein müssen. Wenigstens als ein diffuser Lichtschimmer irgendwo …

»Tja«, sagte Zim. »Das ist natürlich Schei … ähem … eine höchst missliche Lage. Was machen wir denn jetzt?«

»Lass dir was einfallen, verdammt!«

»Hm. Ich hab da mal diesen Film gesehen …« Nun hallte seine Stimme nicht mehr. Irgendetwas knackte. »Da hat eine Frau, der du an Mut gewiss nicht nachstehst, sich selbst ertränkt, in Wasser, dessen Temperatur dicht am Gefrierpunkt lag, und dadurch sind ihre Körperfunktionen quasi so weit runtergedimmt worden, dass sie dann …«

»Augenblick mal!« Raye konnte es nicht fassen. »Willst du damit sagen, ihr wollt mich ernsthaft durch die Stratosphäre hochziehen? Und schockgefrieren, damit ich keine Atemluft brauche?«

»Na ja«, sagte Zim. »Irgendwelche Teleporter, die dich huckepack nehmen könnten, haben wir ja leider nicht dabei. Also diese Frau jedenfalls, die ist dann zehn Minuten später wiederbelebt worden, und alles war gut.«

»Zehn Minuten später?!«, japste Raye. »Als sabbernde Idiotin, meinst du wohl!« Auf einmal ging ein Rucken durch Grek, und sie wurden steil in die Höhe gezogen. Raye konnte nichts dagegen machen, sie fing zu schreien an.

Dann sah sie die Positionslichter einer Kleinst-Space Jet vor dem Nachthimmel. Das Beiboot schwebte dort oben mit geöffneter Außenluke. »Überraschung!«, drang Zims Stimme aus Greks Außenlautsprechern.

Dann waren sie an Bord, und die Außenluke schloss sich, und die Innenluke öffnete sich, und dann stand Zim vor ihr und breitete die Arme aus und strahlte sie an, und Raye konnte nicht anders, als ihm gehörig eine zu verpassen.

»Tu das nie wieder!«, fauchte sie. »Mir solche Angst einjagen!«

Und während Zim sich das Auge hielt und unsicher wieder aufstand, gluckste der Maahk leise hinter Raye. »Ho, ho, ho«, machte er. »Pong!« Er sah den terranischen Piloten der JOURNEE an. »Und ich dachte immer, das wäre nur eine veraltete derbe Redewendung zum Lob weiblicher Schönheit.«

»Was soll das denn schon wieder heißen!«, rief Raye.

Zim betastete seinen rechten Jochbogen und verzog das Gesicht.

»Die Braut haut ins Auge?«, sagte er.

Eine halbe Stunde später trat Raye frisch geduscht, umgezogen und eigenhändig verarztet auf Deck 15 aus dem Antigravschacht. Vor ihr lag die Medostation.

»Medosyn«, sagte sie. »Wo finde ich Doktor Serleach?«

»Im ärztlichen Bereitschaftszimmer neben der Aufnahme. Wenn du bitte der Markierung folgen würdest.«

Vor ihr auf dem Fußboden entstand eine rote Linie, verlängerte sich rasch den gebogenen Gang entlang.

Raye durchquerte ein Trennschott nach dem anderen, eine Abteilung nach der anderen. Radialgänge bogen ab. Nirgendwo waren Patienten zu sehen. Nicht ein einziger Patient. Leere Gänge, leere Wartezonen, leere Zimmer. Nirgendwo schwirrten Medorobs herum. Lediglich ein Reinigungsrobot begegnete ihr auf dem Weg zu Mimo Serleach. Und die Medostation der JOURNEE war nicht gerade klein.

Schließlich endete die rote Linie vor einer offenen Tür und verblasste.

»Doktor Serleach«, sagte Raye.

Der Bordarzt wuchtete sich von einer Liege hoch. Seine Haut war unter den dunklen Bartschatten bleich.

»Schon fertig mit Greks Untersuchung?«, sagte Raye. »Das ging aber schnell.«

»Er wollte sich nicht untersuchen lassen. Er hat gesagt, er bräuchte nur ein wenig Schlaf, dann würde er schon wieder ins Lot kommen. Ich konnte ihn ja schlecht hier festhalten.«

»Man sollte meinen, ein Arzt, der so wenig zu tun hat wie du, träte seinen Patienten mit ein wenig mehr Nachdruck entgegen.«

Mimo Serleach rieb mit beiden Händen sein Gesicht. »Na, dir fehlt's wohl nicht an Nachdruck, Kollegin. Du hast Zim ein Hämatom verpasst, da wird er noch nächste Woche mit Sonnenbrille herumlaufen wollen.« Er warf betont einen

Blick auf ihr Pflaster über dem Ohr. »Sie küssten und sie schlugen sich, was?«

Raye merkte, wie sie nach Karamell zu riechen anfing. »Ich bin gestürzt«, sagte sie. »Und das mit Zim war eine reine Reflexhandlung. Ein Unfall praktisch.«

»Ja, sicher«, sagte der Bordarzt. Er ließ sich wieder auf die Liege sinken.

»Wie viele Patienten hast du eigentlich im Moment?«, fragte Raye.

»Vier, glaube ich«, sagte Doktor Serleach und starrte an die Decke. »Ja. Drei Lebensmittelvergiftungen und ein Arbeitsunfall. Der Krankenstand an Bord liegt weit unter dem Durchschnitt. Lauter motivierte Leute hier.«

»Vier«, sagte Raye. »Aber das müssen doch mindestens zwanzig Betten sein.«

Doktor Serleach zuckte die Achseln.

»Warum nimmst du bei der schwierigen Lage auf Attorua nicht einfach Patienten von außerhalb auf?«

»Das klingt human, aber auch einfacher, als es ist«, sagte der Bordarzt. »Wer nicht transportfähig ist, kommt nicht mal bis aufs Flugfeld. Und dann weiß man ja nie, wann wir wieder einen Risikoeinsatz fliegen. Mit Dutzenden Unbeteiligten an Bord? Die vielleicht schwer verletzt sind?«

Das, dachte Raye, *ist ein Argument.* Aber zugeben tat sie es noch lange nicht.

Sie nickte knapp. »Was hältst du von einem Hausbesuch bei Grek-665½?«

»Warum sollte ich ihn aufsuchen, wenn er meint, gesund zu sein?«

»Vielleicht aus professionellem Verantwortungsgefühl. Aber bleib nur liegen. Ich kann das auch selbst erledigen. Ich sag dann auch gleich Rhodan Bescheid.«

Das immerhin ließ ihn aufhorchen. »Perry? Wieso?«

»Er hat sich heute morgen über den Zustand des Maahks sehr besorgt gezeigt.«

»Perry? Heute morgen?« Mimo Serleach kam schwerfällig wieder hoch. »Ich komme mit.« Er ging zu einem Wandschrank, in dem mehrere rote Schutzanzüge hingen. Er hinkte.

»Was ist denn mit deinem Bein, Mimo? Das müsste doch längst besser sein. Lass mich mal sehen.«

»Das wird schon«, antwortete er. »Bin bloß müde, das ist alles.«

Sie zogen sich die Schutzanzüge über, ließen die Helme aber noch im Kragen. Dann schnappten sie sich einen Medorob und machten sich auf den Weg zum Kommandodeck.

»Hast du eigentlich kein Personal?«, fragte Raye im Antigravschacht.

»Zwei Schwestern, einen Pfleger, zwei Leute fürs Labor«, sagte Mimo. »Aber die sind alle zum Flüchtlingstransport abgestellt.«

»Und wer hält jetzt die Stellung?«

»Die Erstanamnese übernimmt ein Medorob. Ansonsten kann mich der Bordsyntron jederzeit rufen.«

»Und warum bist du nicht unten und betreust die Flüchtlinge?«

Mimo seufzte und schwang sich vorsichtig aus dem Schacht. »Hab ich ja. Bis heute. Jetzt darf ich nicht mal mehr hinunter in die Ladebucht. Ich hab praktisch Hausarrest.«

»Wegen dieser Geschichte mit ShouKis Witwen?«

Doktor Serleach verzog nur das Gesicht.

»Es ist ein Jammer«, sagte Raye. »Da wird einem so ein Mittel in die Hand gegeben, und dann das!«

»Vielleicht kriegen sie sich ja bald wieder ein.« Besonders optimistisch klang der Bordarzt allerdings nicht.

»Wollen wir's hoffen«, sagte sie. Es geriet ihr auch nicht viel optimistischer.

Sie betätigten den Melder an Greks Tür.

Nichts passierte.

»Kabine dreißig. Stimmt aber«, sagte Mimo.

Sie lauschten. Gedämpft waren Laute zu hören. Schreie?

»Syntron«, sagte Raye. »Öffne die Tür.«

»Die Türsicherung wurde modifiziert«, erwiderte der Bordsyntron. »Ich habe keine Zugriffsberechtigung.«

»Das darf doch nicht wahr sein!«, rief Raye. »Das ist ein Krankenbesuch, verdammt! Wirst du wohl Doktor Serleach seine Arbeit machen lassen!«

»Ich kann lediglich die äußere Schleusentür öffnen«, sagte der Syntron.

»Das wär doch schon mal was«, sagte Mimo Serleach. Sie schlossen die Helme.

Die Tür ging auf. Die Schreie wurden lauter. Es war Kraahmak. Irgendetwas schepperte, klirrte.

»Hört sich an, als würden Möbel umgeworfen«, sagte Serleach. Sie traten in die enge Schleuse. Hinter ihnen schloss sich die Tür.

Raye schlug auf den Melder. Grek reagierte nicht. Der Bildschirm blieb dunkel. »Syntron!«, rief sie. »Das ist ein Notfall!«

»Ich aktiviere den Bildsprechfunk.«

Das Bild faltete sich auf. Es zeigte eine verwüstete Kabine, in der Grek-665½ auf und ab lief. Der Maahk war nackt bis auf sein Lasky-Baty-Hemd. Er brüllte etwas auf Kraahmak, stolperte über eine Matratze, schlug hin, stand wieder auf. Seine Augen waren weit aufgerissen. Er zerrte mit beiden Händen an dem Hemd. Der Hightech-Stoff hielt es aus, dehnte sich, als wäre er aus Spinnenfäden gewebt.

»Grek!«, rief Raye. »Grek-665½! Lass uns rein!«

Der Cyber-Maahk blieb stehen. »D-Doktor Corona«, stammelte er. »Doktor S-Serleach. Hilfe. Bitte.«

Raye schossen Tränen in die Augen.

»Wir helfen dir ja«, sagte sie und blinzelte sie weg. »Mach auf.«

»Bitte!«, brüllte er. »Ich kann nicht mehr! Zu viel Gefühl!«

Auf einmal bog der graue Riese sich wie unter einem Elektroschock. Er brach brüllend in die Knie, die Tentakelarme kerzengerade zur Seite ausgestreckt, und sein Kreuz bog sich nach hinten durch, bis er mit den Kehraugen fast den Boden berührte. In Sekundenbruchteilen baute sich eine riesige Erektion auf.

»Syntron!«, rief Raye. »Er kollabiert! Öffne die Tür!«

»Die manipulierte Routine lässt es nicht zu.«

Mimo Serleach schlug sich an die Stirn. »So was Blödes! Die Handsteuerung!« Er ging auf ein Knie, brach die Plombe an einer Abdeckplatte in der Wand und riss die Platte weg. Ein Handrad kam zum Vorschein.

Aber da sprang Grek schon auf, als hätte jemand einen Schalter umgelegt. Sein Penis schrumpfte wieder; in seine Arme, seinen Körper kam wieder Bewegung. Er fing zu zittern an. Zerriss mit bebenden Gliedern das blaue Hemd, schleuderte es zur Seite. Fuhrwerkte mit seinen Tentakelfingern an der silberglänzenden Scheibe herum, die er sich unter dem Mund in die Brust hatte implantieren lassen. Er schien sich den LemSim mit bloßen Händen herausreißen zu wollen.

»Grek!«, rief Raye. »Lass uns rein! Wir kriegen das hin! Wir können ihn explantieren!«

Aber er redete nur noch Kraahmak.

Und dann, Raye wusste nicht woher, hatte er auf einmal diesen Löffel in der Hand.

Kapitel 20

»Das ist ja furchtbar«, sagte Perry Rhodan bei der anschließenden Untersuchung. Sie hatten Kabine 30 mit Standardatmosphäre geflutet. An den umgeworfenen Möbeln prangten grüne Schlieren und Flecken. Wo das Blut in den Teppichboden gesickert war, hatte es sich schon zu einem Grünbraun verfärbt. Zwei große Flecken und ein paar aufgerissene Kunststoffverpackungen zeigten die Stelle an, an der Raye dem bewusstlosen Maahk einen Notverband aufgeklebt hatte.

»Ich möchte Doktor Serleachs fachliche Kompetenz wirklich nicht in Frage stellen«, sagte sie und vermied es, ihren terranischen Kollegen anzusehen. Rhodan hatte sich geweigert, ein Einzelgespräch zu führen. »Aber ich finde, dass er in seinem gegenwärtigen mentalen Zustand nicht als Arzt arbeiten sollte.«

»Er ist ohnmächtig geworden, ja?«, fragte Kommandantin Sebastian. Sie sah Raye direkt an, aber ihr Blick wirkte kühl, verschlossen.

Raye nickte. »Und hat sich übergeben. Was an sich als Arzt schon schlimm genug ist. Vor allem hat er den Maahk heute Mittag einfach gehen lassen, obwohl ich ihm Grek mit der Bitte übergeben hatte, ihn unter Beobachtung zu halten. In der Medostation wäre es nie so weit gekommen. Da hätte man viel früher eingreifen können.«

»Mimo?«, fragte Coa Sebastian.

»Ich konnte ihn doch nicht dazu zwingen«, sagte der Bordarzt. Er schwankte. Sein Hemd und einer seiner Arme waren ebenfalls mit dem Blut des Maahks gesprenkelt.

»Aber etwas mehr Festigkeit und Überzeugungskraft hättest du schon an den Tag legen können!«, sagte Raye.

Doktor Serleach starrte ins Leere. Er nickte.

»Kommandantin Sebastian, ich möchte mich hiermit arbeitsunfähig melden«, sagte er langsam. »Ich habe vor neun Tagen ein Bein verloren. Zusammenbruch des Selbstwertgefühls und Depressionen sind bekannte psychische Folgen von Gliedmaßenverlust.« Er sah auf und sah Raye an, sah ihr direkt in die Augen. Sie las Gebrochenheit darin. Und einen Funken Trotz. »Vielleicht kann Doktor Corona mich ja vertreten.«

Coa Sebastian nickte. »Und was hast du nun vor, Mimo?«

»Gesund werden, hoffe ich. Dazu war ja wenig Gelegenheit.« Damit hinkte er hinaus. Ihm hing das Hemd aus der Hose. Es hatte einen großen Fleck am Rücken, wo er sich, als er wieder zu sich kam, in seinem Erbrochenen gewälzt hatte.

Einen Moment lang herrschte betretenes Schweigen. Raye räusperte sich.

»Tja«, sagte die Kommandantin der JOURNEE, die Hände hinter dem Rücken zusammengelegt. »Könntest du denn, Doktor Corona?«

»Heute schon. Aber ich weiß nicht, was mit dem Spital ist. Ich lasse meine Patienten nur ungern im Stich.«

Wenn es noch meine Patienten sind, dachte sie. *Und wenn das Krankenhaus überhaupt noch steht.*

»Heute würde uns ja schon sehr helfen«, sagte Rhodan. »Irgendjemand muss sich um Grek kümmern. Umso besser, wenn es jemand mit deiner Qualifikation ist.«

Er nickte zu dem grün verschmierten, völlig verbogenen Löffel hinüber, den irgendjemand absurderweise mittig auf dem Schreibtisch ausgerichtet hatte. »Was wirst du mit ihm machen? Mit dem Maahk, meine ich.«

Raye hob das Lasky-Baty-Hemd auf. Es war völlig zerrissen. Sie seufzte. Normalerweise ließ sie kaputte Kleidung, die einen Patienten später unnötig an den Unfall oder Selbstmordversuch oder die Notoperation erinnerte, immer unauffällig verschwinden. Aber in diesem Fall brachte sie es nicht übers Herz.

Ich werde diesmal vorsichtiger sein, dachte sie. *Die Am-*

phetamine lassen mich viel zu spontan handeln. Haben wir ja gesehen, wohin das führt.

»Ich weiß es nicht«, beantwortete sie Rhodans Frage. »Sein Zustand ist soweit stabil. Aber er hat viel Blut verloren. Und dann dieses Durcheinander von zerfetzten Nervenbahnen in seiner Brustwunde. Ich weiß nicht, was ich damit machen soll. So gut sind meine Kenntnisse der maahkschen Anatomie nicht, dass ich alles einfach zusammenkleben kann. Und so bleiben kann es auch nicht. Am liebsten würde ich ihm den LemSim wieder einsetzen. Anhand der Abrisse lässt sich deutlich erkennen, was wohin gehört. Aber das ist ja keine ernsthafte Alternative.« Sie breitete das zerrissene Hemd auseinander. »Ich kann nicht einmal vernünftig palliativ behandeln. Ich kann eigentlich nur abwarten und schauen, was passiert, wenn er aufwacht.«

Sie sah Rhodan an. »Wir wissen so wenig über die Maahks.«

»Und umgekehrt«, sagte der legendäre Terraner. »Was Grek-665½ ja ändern wollte. Aber frag den Bordsyntron, wenn du medizinische Informationen benötigst. Ein paar Dateien sollte es geben.«

Und die gab es tatsächlich. Wie sich herausstellte, tauschten die Terraner mit ihren Verbündeten routinemäßig detaillierte Informationen zur Notfallhilfe aus, um bei verletzt geborgenen Soldaten der anderen Seite einigermaßen Erste Hilfe leisten zu können.

Raye ließ die Dateien in den Medosyn kopieren, kehrte dann in die Medostation zurück und machte sich schlau. Es gab einige brauchbare Dokumentationen.

»Gut«, sagte sie nach einer Weile zu sich selbst. »Dann wollen wir den armen Kerl mal zusammenflicken.« Sie sah auf die Uhr und warf zwei Pepper ein. Es würde ein langes Stück Arbeit werden. Den LemSim ließ sie im Kühlschrank, schön in seinem Behälter mit Nährgel, das dafür sorgte, dass die biologischen Komponenten an der Geräterückseite nicht zerfielen.

»Komm«, sagte sie zu dem Medorob. »Wir werden improvisieren müssen.«

Als sie aus dem OP kam, war es nach Mitternacht.

Raye bog den Rücken durch und seufzte. Zims Schicht hatte gerade begonnen.

Da konnte sie ebenso gut hier bleiben und im Bereitschaftszimmer schlafen.

Sie schälte sich aus dem Schutzanzug.

Kapitel 21

12. April

Bi Natham Sariocc stand knapp außerhalb des Schattens der JOURNEE. Ihm klebte das Hemd am Rücken. Die Luft über dem Flugfeld flimmerte in der Hitze. Aber er arbeitete gern hier draußen.

Die ersten Tage der Flüchtlingshilfe hatte er noch Dienst unten an einem der ausgefahrenen Antigravschächte geschoben. Aber diese gewaltige Schiffmasse über sich hängen zu haben ... das hatte ihm zugesetzt. Immer wieder hatte er sich vergewissern müssen, dass nichts auf ihn herabgestürzt kam. Immer wieder hatte sich sein Magen zusammengezogen, sobald er das Schiff einen Moment lang vergaß und dann plötzlich wieder seinen Schatten wahrnahm.

Um sich herum die schier endlosen Massen der Flüchtlinge, die irgendwohin wollten, wo es ein Dach über dem Kopf für sie gab, und über sich dieses Megatonnen schwere Schiff – danke, da stand er doch lieber ein paar Stunden lang in der prallen Sonne. Gegen die half ein simples, seit Jahrtausenden bewährtes Mittel: ein Strohhut vom Markt.

Und irgendjemand freute sich immer darüber, dass Bi Natham ihm den Schweiß treibenden Dienst draußen bei der Vorsortierung abnahm.

»Ich verstehe nicht, wie du dir das ständig antun kannst«, ächzte Morris Thompson.

Bi Natham zuckte nur mit den Schultern.

Morris war ein mittelblonder, jungenhafter Sportlertyp mit stets glatt rasiertem Grübchenkinn und knappe 1,90 groß. Er gehörte zum technischen Personal und war heute mit ihm zusammen für dieses Tortenstück eingeteilt, wie sie die Kreissegmente um die JOURNEE nannten. Inzwischen hatten sie mit verschiedenfarbigem Absperrband und Drei-Meter-Stangen sogar ordentliche Zugangswege abgesteckt.

»Okay. Ihr beiden mit der Trage immer dem roten Band nach«, sagte Bi Natham zu einer Gruppe Gaids. »Ihr anderen folgt dem grünen.«

»Aber wir gehören zusammen«, sagte eine der Frauen, die noch gehen konnte. Ihr schwarz glitzerndes Facettenauge lugte unter einem roten Kopftuch hervor.

»Ist ja nur für zwei Stunden«, antwortete Bi Natham und winkte die Gaids weiter. Sie hatten keine Zeit für Diskussionen. Team-Vorgabe war, in jeder Minute 600 Personen zu borden. Die sperrigen Problemfälle kamen in den Rollo-Haupthangar; alle anderen mussten mit den provisorischen Formenergie-Etagen in der MERZ-Bucht Vorlieb nehmen.

Seit Rhodans Feindflug nach Lertix neulich stand ihnen nur noch eine von ursprünglich zwei transportablen Transmitter-Gegenstationen zur Verfügung. Damit verlangsamte sich das Borden ohnehin schon.

»Irgendwo da vorn stockt's«, sagte Morris und reckte den Hals.

Bi Natham stellte sich auf die Zehenspitzen. Die Leute schienen jemandem auszuweichen, der gestürzt war. »Ich seh mal nach.« Er bahnte sich einen Weg durch den Pulk der langsam vorwärts schlurfenden Flüchtlinge, von denen die meisten tefrodischer Abstammung waren.

Mitten im Strom war eine junge Jülziish-Mutter dabei, ihre fünf Kinder zu stillen. Sie lag auf einer Art Sommermantel auf der Seite, die Bluse aufgeknöpft. Ihre prallen Milchdrüsen waren von demselben zarten, blauen Pelzflaum bedeckt, der auch auf ihren grazilen Armen und Beinen wuchs. Die angelegten Kleinen zappelten ekstatisch beim Trinken. Von den kleinen Diskusköpfen mit den vier geschlossenen Augen einmal abgesehen, sahen sie aus wie blau-rosa Kätzchen in weißen Windeln. Neben der Decke stand ein Jülziish-Mann, vermutlich der stolze Vater, und hielt seine Jacke so in die Luft, dass Frau und Kinder einigermaßen im Schatten lagen. Sie waren gut gekleidet, Mitarbeiter einer Botschaft oder Handelsniederlassung vielleicht, aber sie hatten nicht mehr bei sich als ein paar löcherige Tüten. Dem Mann fehlte ein Schuh.

»Hätte das nicht noch fünf Minuten warten können?«, sagte Bi Natham zu ihm.

»Aber sie haben schon so lange geweint«, zwitscherte der Mann und wackelte mit dem blassrosa Diskuskopf. »Sie hat's nicht mehr ausgehalten.«

Bi Natham seufzte. Wenn er es richtig in Erinnerung hatte, dauerte so ein Stillvorgang gut und gern eine halbe Stunde. Zumindest bei Terranerinnen. Er forderte über Interkom eine kleine Schwebeplattform an.

»Immer schön weitergehen«, sagte er dann und sorgte dafür, dass ein bisschen mehr Bewegung in die Flüchtlinge kam. »Hier gibt's nichts zu sehen ...«

Der junge Vater und er waren gerade dabei, der jungen Mutter die schreienden Babys auf die Plattform hochzureichen, als auf einmal dieses undefinierbare Schwirren lauter wurde. Bi Natham sah sich um. Noch kamen hier jeden Tag Aberdutzende von Flüchtlingsschiffen an.

»Bei den schwarzen Kreaturen des Todes und des Weltalls!«, zwitscherte der Jülziish und zeigte in den Himmel.

Ein glitzernder Flugkörper stürzte auf sie herab. Er wurde rasch größer.

»Was ist das? Eine Bombe? Ein Raumtorpedo? Die Kastuns kommen!« Die Leute schrieen und rannten wild durcheinander.

»Keine Panik!«, rief Bi Natham. »Das ist nur ein Raumboot! Ein Raumboot!«

Aber es war viel zu schnell. Und es trudelte.

»Hopp, rauf mit dir!« Bi Natham stieß den Jülziish auf die in Brusthöhe schwebende Plattform und warf Mantel und Tüten hinterher. Die Tüten waren ganz leicht. Da waren nur irgendwelche Tücher drin. »Macht, dass ihr ins Schiff kommt!«, rief er Hannah Snider hinter der Lenksäule zu. Die Biotechnikerin und ausgebildete Beibootpilotin flog los.

Das funkelnde Raumboot kam heruntergebrettert, beschrieb nur zehn Meter über ihren Köpfen eine unmögliche Kurve und schoss dann wieder in den Himmel. Ein Stück nur, dann kippte es ab und schwirrte wie eine wild gewordene Hummel ein paarmal um die JOURNEE herum.

Dann verlangsamte es ruckhaft und versuchte eine Art Landeanflug. Dabei schwebte es so dicht über die Köpfe der Flüchtlinge hinweg, dass es einige Meter Absperrband wegfetzte.

»Himmel!«, rief Morris Thompson hinten. »Wo hat der seinen Pilotenschein gemacht?«

Plötzlich hing das goldene Boot in der Luft, machte ein paar Rückwärtsüberschläge und setzte dann so hart auf einer freien Stelle des Flugfelds auf, dass eine seiner Landekufen brach.

Eine Luke drehte sich auf. Sie erinnerte Bi Natham an einen antiken Kameraverschluss. Ein zotteliger, unrasierter Bärenkerl kam herausgesprungen. Er trug eine beigefarbene, schmutzige Schlabberhose und ein orangeverwaschenes Hemd. Seine nackten Füße waren breit und behaart. Er hatte tiefe Falten im Gesicht.

»Hoden!«, rief er.

Hinter ihm kräuselte sich ein dünner Rauchschleier aus der Luke.

»He, du Trottel, dein Schiff brennt!«, rief Morris Thompson gleich neben Bi Natham.

»Nuckels!«, rief der Bärenkerl.

Dann schien er zu begreifen, was Thompsons ausgestreckter Zeigefinger zu bedeuten hatte. Er sah sich um, erblickte die zusehends dichter und schwärzer werdende Rauchfahne, schlug die Hände über dem Kopf zusammen und verschwand wieder in seinem eiförmigen Boot.

Gebückt kam er rückwärts wieder aus den Schatten hervor und zerrte einen Holzbottich hinter sich her, in den eine große Palme eingetopft war. Er wuchtete die mannsgroße Pflanze von dem Raumboot und zerrte sie in Richtung JOURNEE.

»Sariocc, was ist da unten los?«, erklang eine männliche Stimme aus Bi Nathams Interkom.

»Nichts, Armouk«, sagte er. »Schickt uns mal eine Löscheinheit. Ansonsten geht's gleich weiter.«

Aus der Nähe roch der alte Bär reichlich streng. Nicht nur nach Schweiß und Rauch, sondern auch vage nach Bier.

»Na, Oldtimer«, sagte Morris und stellte sich ihm in den Weg. »Wo wollen wir denn so eilig hin?«

»Hoden«, keuchte der Mann. Auf seinem Hemd waren Salzränder von alten Schweißflecken. So verwahrlost, wie er aussah, erstaunte Bi Natham eines doch: Er hatte ein gutes Gebiss.

»Nuckels. Schnell.«

Als er sich zu beeindruckender Größe aufrichtete, brummte es gewaltig in seinem Bauch. Er lachte und drückte eine Hand auf seinen Leib. Dann stutzte er und sah die Palme an. Und sagte etwas zu ihr. Und nickte. Und schien zu lauschen.

»So pennermäßig, wie er aussieht, und so kamikazemäßig, wie er steuert, muss er das Boot irgendwo geklaut haben«, sagte Morris leise. »Aber irgendwie kommt er mir bekannt vor, so im Profil.«

»Tja, er könnte zu einem Volk von Springer-Abkömmlingen gehören«, antwortete Bi Natham. »Die haben auch oft sehr derbe Züge.«

»Nein«, sagte Morris. »Ich meine schon ihn selbst.«

Der alte Bär drehte sich um und sah die beiden Männer an.

»Hoden?«, fragte er und zeigte auf die JOURNEE. »Hier?«

Bi Natham ging ein Licht auf: »Du meinst Rhodan? Rhodan?« Und als der Kerl nickte: »Ja. Ja, der ist hier.«

»Rhodan!« Der Bär nickte und zeigte auf sich und die Palme, dann zur JOURNEE. »Nuck... Nucklus?«

»Nukleus«, sagte Bi Natham. »Aber jetzt musst du weitergehen. Du hältst hier alles auf. Nimm deinen Baum und folge dem ... Na ja, folge dem, was du von dem roten Band da oben noch übrig gelassen hast.«

Der Fremde drückte das lange Kreuz durch. Er war einen Kopf größer als die beiden Terraner. »Ich musse Perry Rhodan spreche«, intonierte er angestrengt. »Und Nuckelus. Ich habe Plan. Von Ahnen.«

Bi Natham und Morris warfen sich einen Blick zu. Noch so einer. Noch so ein Retter der Galaxis.

»Die muss es hier irgendwo im Dutzend geben«, sagte Morris leise und ging wieder auf seinen Posten.

»Das ist sehr schön, dass du dir solche Gedanken machst, Freund«, sagte Bi Natham und zeigte zu dem roten Band. »Aber du hältst hier alles auf. Nimm deine Grünpflanze und geh aufs Schiff. Sprich dort mit jemand.« Er sah zu den Flüchtlingen, die sich inzwischen schon wieder einigermaßen geordnet vorwärts bewegten. »Ist hier vielleicht eine Einzelperson, die mal mit anfassen kann? – Danke.«

Bi Natham Sariocc war sich darüber im Klaren, dass ihn seine Umgebung manchmal für geradezu autistisch hielt. Psychologen hätten den Zustand, in den er manchmal verfiel, wohl als schizoiden Schub oder vorübergehende Abspaltung bezeichnet. Er selbst nannte diesen Vorgang »auf Stand-by gehen«.

Alles, was um ihn geschah, nahm er nur noch am Rande wahr. Am Rande sah er ein paar hundert Meter weiter ein tefrodisches Frachtschiff landen, das ebenfalls mit Flüchtlingstransporten beschäftigt war. Am Rande schickte er weiter Flüchtlinge zu den richtigen Zugängen. Am Rande hörte er Morris Thompson rufen: »Also, dieser Bursche eben, der will mir echt nicht aus dem Kopf!« Am Rande bekam er mit, dass ein rotmetallisch glänzender Löschgleiter von den Hangars heranschwebte und das goldene Ei aus dem Weltall einschäumte. Wie aus weiter Ferne nahm er wahr, dass er seit der jungen Jülziish-Familie leichte Bauchschmerzen hatte.

Die offene Bluse. Die fünf trinkenden Babys. Der Vater mit dem einen Schuh. Die Tüten mit den Löchern drin.

Die Bluse. Die Babys. Der eine Schuh. Die Tüten.

Sie sind so leicht gewesen, die Tüten. Die Bluse. Die Babys. Der Schuh. Die Tüten.

Kaum was drin gewesen. Ein, zwei Tücher? Windeln? Die Bluse. Die Babys. Der Schuh.

Bi Natham winkte eine Tefroderin mit zwei größeren Kindern durch, mit zwei völlig erschöpften Jungen. *Die Babys. Der Schuh.*

Der Schuh. Babys können noch nicht laufen.

Die Tüten. Mit den Löchern drin.

Sechs Brüste. Fünf Babys. Ein Schuh. Die Tüten.

Einen Moment lang hatte Bi Natham das absurde Bild vor seinem inneren Auge, wie die Frau fünf Babys und einen Schuh stillte.

Dann sah er sie mit ihrem Partner über das brütend heiße Flugfeld auf die JOURNEE zuschlurfen und fünf Tüten schleppen, in denen nur ganz unten etwas Schweres war. Tüten mit Luftlöchern darin, Tüten, die sich spitz ausbeulten, wo kleine Ellbogen und Knie und Fäuste und Füße an der Folie entlangfuhren. Einen Augenblick lang wurde ihm schlecht.

»Herr?« Ein alter Gaid in einem verstaubten schwarzen Anzug mit Pelzkragen sah ihn an, die Hände am Kragenaufschlag. Er musste sehr alt sein. Seine Augenfacetten waren zum Großteil schon trübe. »Wohin, Herr?«

»Sinolirrel«, sagte Bi Natham. »Ihr werdet nach Sinolirrel gebracht.«

»Nein, Herr. Wohin mit ihr, Herr.« Er breitete die Arme ein Stück auseinander, und Bi Natham sah, dass er keinen Pelzkragen, sondern die Läufe eines Tieres in den Fäusten hielt, das ihm kraftlos um die Schultern hing. »Ist krank, Herr.«

»Tut mir Leid«, sagte Bi Natham, immer noch auf Standby. »Kein Doktor bis Sinolirrel. Zu viele Leute. Nicht zu schaffen.«

»Ja, Herr. Danke, Herr.« Der alte Gaid ging weiter.

Sechshundert Schicksale pro Minute, ging es Bi Natham durch den Kopf.

Ja, Herr.

Achtzehntausend Schicksale pro Fahrt.

Wohin, Herr.

Ihm juckte die Kopfhaut unter dem Strohhut.

Ist krank, Herr.

Hoden! Nuckels!

Wohin, Herr.

Hoden! Nuckels! Schnell!

Wohin, Herr.

Unten in Bi Nathams Bauchhöhle bewegte sich etwas. Etwas Geschupptes. Es war eine beinahe sexuelle Empfindung.

»Dieser Typ«, sagte er zu Morris drüben.

»Der mit der Palme?«, rief Morris mit seiner hellen, jungenhaften Stimme zurück.

Bi Natham nickte. »Der mit dem Plan.« Es wunderte ihn in seinem Zustand überhaupt nicht, dass Morris sofort wusste, wen er meinte. »Weißt du, was komisch ist? Der kommt hier angebrettert, kann gerade mal ein paar Brocken Tefroda, landet aber genau hier vor der JOURNEE und fragt nach Rhodan und dem Nukleus. Woher weiß der Kerl das?«

»Und weißt du, was noch viel komischer ist?«, fragte Morris. Er sah ungläubig aus, entsetzt fast. »Ich kenne den Typ.«

Kapitel 22

»Es muss so vor drei Wochen gewesen sein«, sagte Morris, während sie hinter den letzten Flüchtlingen gingen, die diesen Flug mitmachen würden. »Kurz nach Chemtenz. Kurz nachdem wir Grek-665 ½ in Kabine dreißig einquartiert hatten. Es gab Probleme mit der Heizung, also hab ich mich in einen Anzug gequetscht und bin rein, einen defekten Steuerchip austauschen. Und wie ich da so stehe und mein Werkzeug wieder zusammenpacke, pellt sich der Maahk auf einmal aus seinem Raumanzug und zeigt mir sein komisches Hemd …«

»Wie?« Bi Natham stutzte. »Er hat sein Hemd unter dem Raumanzug getragen?«

»Ähm, ja.« Morris grinste verlegen. Seine glatten Wangen glänzten. »Ich hab ihn damit aufgezogen. Da bist du so stolz darauf, und dann versteckst du's unter deinem Raumanzug, hab ich gesagt. Das ist aber verdammt unlogisch für einen Maahk, hab ich gesagt.«

»Dann haben wir dir das Blaue Wunder zu verdanken?« Bi Natham lachte laut auf. »Ich fass es nicht!«

Morris lachte ebenfalls. »Blaues Wunder ist gut!« Dann wurde er wieder ernst. »Und? Hast du dir das Teil mal angesehen?«

Bi Natham schaute nach vorn. Vor ihnen traten die Flüchtlinge in den Zugstrahl, der sie hinauf zum Rollo-Hangar transportierte. Manche Wesen, die diese Technik nicht gewöhnt waren, taten sich schwer damit und mussten sich erst einen Ruck geben, bevor sie sich dem unsichtbaren Strahl anvertrauten. Sie ruderten meist mit den Armen, die Beine weit gespreizt, während sie die gut sechzig Meter hinauf schwebten.

»Hast du?«, fragte Morris.

»Das Hemd?«, sagte Bi Natham. »Ich muss zugeben, ich hab mir immer mehr den Maahk angesehen, wenn wir uns mal über den Weg gelaufen sind. Da sind irgendwie zwei Wesen drauf, nicht?«

Sie traten in den Zugbereich.

»Ja«, sagte Morris drängend. »Und?«

»Du meinst ...?« Bi Natham hatte keine Ahnung, was Morris meinte.

»Lasky Baty«, sagte Morris, während sie der Öffnung des Rollo-Hangars immer näher kamen. »Unser Mister Bierfahne hier. Lasky Baty. Glaub's mir.«

»Dieser in ganz Andromeda hoch verehrte Meisterkomponist? Auf den Zims tefrodische Ärztin so steht? Du machst Witze.«

»Ohne Witz«, sagte Morris. »Ich schwöre. Komm, sagen wir Rhodan Bescheid.« Er stiefelte zum nächsten Antigravschacht los.

»Warte.« Bi Natham folgte ihm. »Man geht nicht einfach mit irgendeiner vagen Vermutung zum Residenten. Und wir haben ja eine Flugstunde Zeit.«

Er sah sich um. Das Kunstlicht machte nach dem warmen Orangeton des Sonnenlichts draußen alle Farben bleich und kühl. Der Rollo-Hangar war überfüllt, aber die meisten Flüchtlinge saßen. Sie mussten völlig erschöpft vom langen Stehen auf dem Flugfeld sein. Sie hatten keine Ahnung, was die Zukunft bringen würde. Die Zeichen standen schlecht. Also saßen sie da und ruhten sich aus oder brüteten vor sich hin. Nur die älteren Kinder fingen schon an, sich nach Spielmöglichkeiten umzusehen. Die Palme, die der Lasky-Baty-Verschnitt mit an Bord gebracht hatte, wirkte wie eine Signalfahne. Sie war weithin zu sehen.

»Okay«, sagte Morris. »Schauen wir kurz bei Grek vorbei. Liegt ja auf dem Weg.«

Als sie auf dem Kommandodeck bei Kabine 30 ankamen, lehnten dort zerbrochene Regal- oder Schrankteile an der Wand, zusammen mit einem großen, festen Müllsack. Beide Türen des engen Schotts standen offen. Ein Reinigungsrobot war dabei, den Teppich zu shampoonieren.

»Nanu«, sagte Morris. »Ist der Bursche ausgezogen?«

»Syntron«, sagte Bi Natham. »Wo finden wir Grek-665½?«

»In der Medostation«, sagte die unverbindliche Computerstimme. »Soll ich eine Verbindung zum Medosyn herstellen?«

»Danke«, sagte Morris. »Wir gehen selbst.« Dem jungen Mannschaftsmitglied war die Aufregung über seine mutmaßliche Entdeckung an der Nasenspitze anzusehen.

»Ich kündige euch an«, erklärte der Syntron.

Auf Deck 15 trat ihnen eine müde blinzelnde Tefroderin entgegen.

»Raye Corona«, sagte Bi Natham. »Erneut als Mimos Verstärkung angerückt?«

Sie gähnte. »Krankheitsvertretung.«

Bi Natham wollte gerade fragen, was mit Mimo war, ob es ihm gut ging, als Morris sich dazwischenschob: »Können wir Grek kurz sprechen? Es ist dringend.«

Raye Corona fuhr sich mit einer Hand durch die wirren Haare. »Er darf noch keinen Besuch bekommen. Worum geht's denn?«

Morris breitete die Arme aus und grinste. »Wir müssten uns mal sein Hemd ansehen.«

Die hübsche tefrodische Medikerin funkelte ihn an. »Und dafür holt ihr mich aus dem Bett? Spinnt ihr?«

»Was ist denn mit ihm?«, mischte Bi Natham sich ein.

Raye Corona sah ihn nur an.

»Wir sind gerade bei seiner Kabine gewesen«, hakte er nach. »Da ist alles kaputt.«

»Ich weiß nicht, wie es auf Terra ist«, sagte sie. »Aber auf Tefrod genießen auch erkrankte Personen gewisse Persönlichkeitsschutzrechte.«

Morris stieß Luft aus. Er warf einen Blick auf ihre Brüste, der nicht so unauffällig geriet, wie er wohl glaubte. »Herrgott, wir wollen uns nur sein Hemd ansehen! Dieser Lasky

Baty ist an Bord! Glaub ich jedenfalls. Ich denke, du bist auch ein Fan von ihm!«

»Ich bin kein Fan. Von niemandem«, antwortete die Ärztin und verschränkte die Arme. »Ich schätze Baty. Oder vielmehr seine Musik. Aber ich würde mir nie so ein Fanhemd oder eine Tasse mit seinem Gesicht drauf zulegen oder so. Das ist doch pubertär. Mal ganz abgesehen davon, dass niemand weiß, wie Baty wirklich aussieht.«

»Wir wollen uns nicht streiten«, sagte Bi Natham. »Du willst wieder ins Bett, Raye. Und wir sind nicht hier, um dich zu nerven. Können wir nicht einfach kurz einen Blick auf dieses Hemd werfen, und dann ist gut?«

Sie seufzte und nahm uns mit in eine Kabine, die offensichtlich ein Bereitschaftszimmer war: Sitzecke, mehrere Liegen, von denen eine benutzt aussah, Trivideo an der Wand, kleine Küchennische. Raye machte das Deckenlicht an. An einer Reihe Spinde hing ein Bügel mit dem, was von dem hellblauen Baty-Hemd noch übrig war. Einer der langen Ärmel war abgerissen und wie ein Schal um den Bügelhaken gelegt.

»Diese türkisen Flecken sind Blut, ja?«, fragte Bi Natham.

Die Ärztin nickte.

»Mann«, sagte Morris tonlos. Einen Moment lang schien er zu zögern, dann zog er den Stoff auseinander.

»Er ist's!«, rief er dann. »Ich hab's doch gewusst! Er ist auf dem Bild nur ein bisschen jünger!«

»Tatsächlich«, hauchte Bi Natham. Dort auf der Brust spazierten vor der fotorealistischen Abbildung eines Hohlwegs zwei bunte Gestalten auf den Betrachter zu, augenscheinlich in eine muntere Plauderei vertieft. Die eine war zwei Köpfe größer als die andere und musste sich etwas ducken. Wenn man die Terraner als nackte Affen ansah, war dieses Wesen ein halbnackter Bär. Seine kurzen, behaarten Beine steckten in einer weiten, hellen Hose. Die Füße waren nackt und ebenfalls behaart. Den langen Oberkörper bedeckte ein weites T-Shirt.

»Er hat sogar das gleiche orangefarbene T-Shirt an«, sagte Bi Natham. »Ich fass es nicht.«

Auch die Arme waren sichtlich behaart. Die Haare an Kopf und Hals waren struppig und dicht, das Gesicht schien sauber rasiert. Die Züge waren menschenähnlich, aber sehr grob – wie die eines verwilderten Springers. Die Haut zeigte einen leichten Braunton, die Haare waren dunkelbraun bis schwarz.

»Das *ist* Lasky Baty«, sagte Morris.

Die Ärztin schnaubte. »Das ist nicht Lasky Baty. Das ist nur irgendein Hinterweltler, der sich als Lasky Baty ausgegeben hat. Er ist längst als Hochstapler entlarvt worden. Ging letztes Jahr durch sämtliche Medien. Keine Ahnung, warum Grek-665 ½ noch an dieser Version festhält.«

Bi Natham zog den elastischen Stoff zurecht, der sich an den Risskanten aufgerollt hatte.

Die zweite, kleinere Gestalt war zierlich dagegen. Es handelte sich um einen Terraner von durchschnittlicher Statur. Die Beine steckten in hellbraunen Kniehosen und weißen Strümpfen, die Füße in schwarzen Schnallenschuhen. Den Oberkörper bedeckten ein roter Frack und eine kurze hellbraune Weste. Auf dem Kopf trug er eine weiße Perücke mit Zopf und seitlichen, liegenden Locken. Das Gesicht war rasiert.

»Das ist Mozart«, erklärte Morris leichthin. Er machte ein wichtiges Gesicht. »Der präatomare Komponist.«

Bi Natham schob sich den Strohhut aus der Stirn. »Woher weißt denn du, wer Mozart ist? Ich hätte eher gedacht, du hörst den ganzen Tag Schlager.«

»Tja.« Der junge Terraner zuckte die breiten Schultern und grinste. »Ein bisschen Allgemeinbildung hat noch keinem geschadet.«

Bi Natham nickte. »Und was hat der gute Mozart da zu suchen?«

Das wusste Morris auch nicht.

»Wahrscheinlich«, meinte Doktor Corona, »glaubt Grek eine gewisse künstlerische Verwandtschaft zwischen dem alten terranischen Komponisten und Lasky Baty zu spüren.«

Bi Natham konnte es nicht nachvollziehen. Aber er schätzte auch viel zu sehr die Stille, um ein Ohr für Musik entwickelt zu haben. Batys Werke galten jedenfalls als meditativ und tief empfunden. Es handelte sich um eine Mischung aus Natur- und Technik-Tönen, die angeblich aber auch von der Stille zwischen den Tönen lebte. Die Leute in Andromeda schätzten Batys medidativen Flow, seine freundliche Vielschichtigkeit.

Bi Natham ließ das Hemd los und sah die Ärztin an. »Was meintest du eben mit dem Hochstapler und der Version?«

»Lasky Batys wahre Identität ist ein großer popkultureller Mythos. Niemand weiß, wie er aussieht. Niemand weiß, in welchem Teil Hathorjans er wirklich lebt.«

Bi Natham sah zu Morris. Morris riss bedeutungsvoll die Augen auf: *Siehst du?*

»Es kursieren verschiedene, meist deutlich zu abenteuerliche Biografien«, fuhr Raye fort. »Einen Teil davon scheint er selbst in Umlauf gebracht zu haben. Es sind immer wieder Leute diverser Geschlechter aufgetaucht, die behauptet haben, Lasky Baty zu sein. Manche von ihnen haben sogar Eigenkompositionen vorgespielt, die sehr nah an seine Standards herankommen. Aber bis heute hat sein Vertrieb noch jeden öffentlich auftretenden Lasky Baty als Betrüger entlarvt.«

Sie stutzte und sah Bi Natham an.

»Ja?«, fragte er.

»Batys Vertrieb, der die einzige verlässliche Adresse darstellt, befindet sich hier auf Attorua. In Hohakindetimbo.«

»Volltreffer!« Morris Thompson reckte eine Faust in die Luft.

»Die Versionen«, sagte Bi Natham und nickte Raye zu.

»Unter den Baty-Fans ist das Spiel verbreitet, sich für eine der aufgetauchten Baty-Varianten zu entscheiden und nur Merchandising-Artikel mit der entsprechenden Identität zu kaufen«, sagte sie. »Ich kann mir nicht vorstellen, dass der Maahk … dass ausgerechnet der Maahk intuitiv erkannt haben soll, welche Baty-Version die richtige ist. Zumal es sich um eine bereits widerlegte handelt.«

»Wieso denn«, sagte Morris Thompson. »Würde doch voll

ins Programm passen, wenn diese Rätseltypen auch den echten Baty öffentlich zum Hochstapler erklären, sobald ihm ein Journalist auf die Schliche gekommen ist.« Er lachte. »Wie sagt mein Großvater immer so schön? Jegliche Scheiße, cool gebracht, wirkt auf Anhieb gut durchdacht!«

Raye Corona starrte ihn nur an.

»Ach komm schon«, sagte er. »Gib zu, dass du noch nicht darauf gekommen bist.«

Sie rümpfte die Nase. Ihre Augen leuchteten. »Zugegeben. Ein Punkt für dich. Aber selbst wenn es so ist, wer sagt denn dann, dass der Bursche, den ihr gesehen habt, nicht einfach vom selben Volk stammt?«

»Hinten ist noch ein größeres Bild«, sagte Morris und drehte das Hemd um.

Auch auf dem Rückenbild waren die beiden wieder zu sehen, ebenfalls in Farbe vor dem Hohlweg-Hintergrund. Nun aber nur noch ihre beiden Köpfe im Profil und ganz dicht im Vordergrund. Sie schmunzelten, und die Köpfe waren einander zugeneigt, Lasky Batys von oben hinunter, Mozarts von unten hinauf. Aber beide senkten den Blick, sahen einander nicht in die Augen.

»Das ist der Mann, der mit dem aktuellen Schwung an Bord gekommen ist«, sagte Bi Natham. »Eindeutig. Er sieht auf dem Hemd nur ein bisschen jünger aus. Wahrscheinlich haben sie die Falten wegretuschiert.«

Die Ärztin schüttelte langsam den Kopf. »Das muss ein Zufall sein.«

»Nenn es Zufall, wenn du willst. Aber wenn hier ein Flüchtling angesaust kommt, der kaum Tefrod spricht, aber über den Nukleus Bescheid weiß, von dem außerhalb Jessytops nichts bekannt sein dürfte, und wenn sich dann rausstellt, dass dieser Flüchtling auf dem Hemd eines Quasi-Besatzungsmitgliedes abgebildet ist und dieses Bild ein Portrait des größten lebenden Komponisten der Galaxis sein soll … dann nenne ich das anders. Nämlich ein bisschen viel Zufall auf einmal.«

Er zeigte auf das Hemd. »Und dieses Schwarzweißbild im Hintergrund, was soll das bedeuten?«

»Das ist das Cover von *Hohlweg-Variationen*«, sagten Raye und Morris gleichzeitig und sahen sich verdutzt an. Dann schauten beide wieder zu Bi Natham.

»Seine legendäre erste Platte«, sagten sie, wieder gleichzeitig. Jetzt mussten sie lachen.

»Eine Ikone der Baty-Fans«, fügte die tefrodische Ärztin mit einem Seitenblick zu dem terranischen Techniker hinzu, der diesmal aber still blieb.

»Und nun schau dir diese Ikone mal an, du Musik-Experte«, sagte Bi Natham zu Morris.

Ein Tunnel mit einem sandigen Trampelpfad führte durch ein wildes Pflanzengewimmel. Im Vordergrund reckte sich in Kopfhöhe ein Ast quer durchs Bild, von links oben nach rechts unten. Die Stimmung war hell, freundlich. Frühling lag in der Luft. Die Kräuter am Wegrand standen noch sehr niedrig. Am Ende des Hohlwegs war Licht zu sehen.

»Pflanzen«, erklärte Bi Natham den beiden, als Morris nichts sagte. »Unser Flüchtling, der unbedingt mit seinem so genannten Plan der Ahnen zu Perry Rhodan und dem Nukleus wollte, hat ausgerechnet eine Riesengrünpflanze quer durch die Galaxis mitgeschleppt.«

»Er hätte lieber mit einer ordentlichen Flotte kommen sollen«, sagte Morris.

»Mit einer Flotte, wie die Maahks sie neulich noch hatten, meinst du?«, fragte Bi Natham.

Er hatte noch eine Assoziation zu dem Bild. Aber die teilte er den beiden lieber nicht mit. Sie hätten ihn womöglich für verrückt erklärt.

Das Licht am Ende des Tunnels, dachte er.

»So, meine Herren«, sagte Raye Corona und gähnte. »Wenn ihr mich jetzt entschuldigen würdet. Ich will wieder ins Bett.«

»Oh. Ja.« Morris strahlte sie an. »Was dagegen, wenn ich dich noch ein Stück bringe?«

Die tefrodische Ärztin sah demonstrativ zu der Liege hinüber, die keine vier Meter von ihr entfernt stand.

»Tja«, sagte Morris. »Wie wär's dann mit einem Gutenachtkuss?«

»*Raus!*«, sagte Doktor Corona.

Als sie draußen auf dem Gang standen, sah Bi Natham seinen jungen Kollegen an. »Sie ist doch in festen Händen«, sagte er.

»War ja auch nur Spaß«, antwortete Morris Thompson. »Aber hast du ihre Augen gesehen? Hui, hat die Feuer ...«

Kapitel 23

Sie wollten, dass er in das riesige Kugelraumschiff ging. Also tat er das. Sie wollten, dass er von den Türen weg blieb. Also tat er das. Sie wollten, dass er ruhig blieb und wartete wie alle hier. Also tat er das. Er war müde. Und er fühlte sich so schwach wie nie zuvor in seinem Leben. Also legte er sich hin und schlief.

Dann weckten sie ihn. Es waren wieder die beiden Männer von dem Flugfeld. Nun wollten sie, dass er mitkam. Also tat er das. Da wollten sie, dass er Anyma Mundy stehen ließ.

»Nein«, sagte er. »Tu ich nicht.«

Also ließen sie eine kleine schwebende Maschine kommen, die ihnen den Alten hinterher trug. Der Mann mit dem Strohhut sprang in einen Schacht, doch statt abzustürzen, schwebte er nach oben.

»Jetzt du, Baty«, sagte der andere Mann.

Er sah in den Schacht hinab und spürte im Oberkörper eine seltsame Trägheit.

Der Mann hinter ihm nickte.

Also sprang er in den Schacht und trudelte sofort nach oben. Mehrere Türöffnungen später packte ihn der obere Mann am Arm und zog ihn hinaus.

Als sie alle vier oben waren, wollten die beiden Männer, dass er Anyma Mundy in einem Gang stehen ließ. Also tat er das. Sie brachten ihn in einen Raum und wollten, dass er sich auszog und wusch. Sie zeigten ihm, wie er Wasser bekam, dann gingen sie hinaus und zogen die Tür zu. Er tat, was sie gewollt hatten. Sie kamen zurück und wollten, dass er in seine Kleider schlüpfte. Er tat es und wunderte sich kurz, dass Hemd und Hose frisch gewaschen und schon wieder trocken waren.

»Wie habt ihr das gemacht?«, fragte er.

»Trockenreinigung«, sagte der jüngere Mann. »Dauert bloß ein paar Sekunden.«

Er hatte keine Ahnung, was Sekunden waren, aber er nickte.

Dann kam eine Frau. Sie sagte »Guten Tag«, fasste ihn um das Handgelenk und sah auf ein kleines Messgerät. Dann klappte sie ihm das eine Augenlid hinunter und sah sich sein Auge an. Dann drückte sie ihm mit einem Band den Arm und hielt ihm einen kalten Stab an die Ohröffnung.

Sie roch gut, die Frau. Nach reifem Steinobst.

Dann wollte sie ihm eine Nadel in den Unterarm stechen.

Er wich zurück.

Sie wollte, dass er still hielt.

»Nein«, sagte er. »Ich will nicht.« Ärger prickelte in ihm. Er hatte das Gefühl, zum ersten Mal seit Tagen wieder wach zu sein.

»Mein Name ist Raye«, sagte die Frau. »Raye Corona. Und wie heißt du?«

»Martan Yaige«, sagte er.

»Aha.« Sie sah zu dem einen Mann hinüber. »Nun, Martan Yaige, ich möchte dir gern ein wenig Blut abnehmen.«

»Nein«, sagte er.

»Du wirkst sehr geschwächt«, sagte sie. »Ich möchte gern sehen, ob du eine Infektion hast. Ich bin Ärztin. Heilerin. Ich möchte aufpassen, dass du gesund bleibst.«

»Nein«, sagte er. »Ich will zu Perry Rhodan. Wo ist Anyma Mundy?«

»Wer?«, fragte der Mann mit dem Strohhut. »Du bist allein gekommen.«

Martan schüttelte den Kopf. »Ihr wolltet nicht, dass ich ihn mit hereinnehme.«

»Du meinst den Baum?«

»Er ist ein Charandide wie ich.«

»Was willst du denn von Perry Rhodan, Martan Yaige?«, fragte die Frau. Raye Corona.

»Ich will ... Wir wollen ... Mein Volk will ihm Hilfe anbieten. Ihm und dem Nukleus.«

»Woher weißt du von dem Nukleus?« Das war der junge Mann.

»Die Alten haben von ihm erzählt.«

»Woher weißt du von Attori-2?«

»Von Attorua? Ich bin einmal hier gewesen. Vor vielen Jahren.« Er musste auf einmal wieder an ShouKi denken.

Die drei kleinen Wesen sahen sich an.

»Sagt dir der Name Lasky Baty etwas?«, fragte der Mann mit dem Strohhut. Nun fing der auch noch damit an. Der Jüngere hatte ihn vorhin schon mit Baty angesprochen.

»Das ist ein Musiker, nicht?«, sagte Martan. »Er soll ganz schönen Krach machen.«

»Er gilt als der freundlichste, begnadetste Musiker der ganzen Galaxis.« Raye Corona ging zu einer Tür, holte etwas dahinter hervor.

»Was heißt das, begnadetste?«, fragte Martan. Sie antwortete nicht. Sie drehte sich um und hielt ihm ein kaputtes, schmutziges Hemd vor die Nase, auf dem er selbst, Martan Yaige, zu sehen war.

»Nun?«, fragte Raye Corona.

»Was sagst du dazu?«, fragte der ältere, dunklere Mann mit dem Strohhut.

»Lasky Baty«, sagte der jüngere, hellere Mann.

Martan schob das Hemd von seinem Gesicht weg und stand auf. »Wisst ihr vielleicht, was mit ShouKi ist?«

ShouKi ist tot!, sang ein Vogel wieder und wieder in seinem Kopf. *ShouKi ist tot!*

Martan fühlte sich, als wäre ihm das Kreuz mittendurch gebrochen. Er starrte aus der Sichtkuppel des kleinen Raumschiffs, in dem sie saßen. Er, Anyma Mundy, Perry Rhodan und der kleine, traurige Mann namens Bi Natham Sariocc.

Dem verholzten Alten ging es gar nicht gut. Er war kaum noch zu verstehen. Martan hatte eine Hand auf Anymas Wurzelgeflecht gelegt. Hoffentlich hielt er durch. Hoffentlich ging es ihm besser, wenn sie erst einmal im Freien waren.

Die Sonne draußen tauchte alles in ihr warmes, orangefarbenes Licht. Das Licht gefiel ihm immer noch. Und Hohakindetimbo mit seinen vielen Gärten unten gefiel ihm auch noch. Und ShouKi war tot.

Dann waren sie über einem großen Rund, das aussah wie ein riesiger Versammlungsplatz. Wie ein viel zu großer Versammlungsplatz. Da konnte ja der eine nicht verstehen, was der andere sagte. Unten, in der Mitte des Versammlungsortes, schwebte eine Funken sprühende Kugel. Der Nukleus. Darum standen Soldaten. Mit Strahlengewehren.

Perry Rhodan, der einen beeindruckenden blauen Anzug trug, ansonsten aber sehr müde aussah, landete das Raumboot. Sie stiegen aus und gingen die großen Steinstufen hinunter. Der kleine Robot schwebte mit Anyma Mundy hinterher.

Martan konnte in der Kugel eine lodernde Kraft spüren, die ihresgleichen suchte.

Martan, sagte Anyma Mundy in seinem Kopf. *Erzähl es ihnen. Erzähl ihnen vom Plan der Ahnen.*

Martan machte Angu mit ihm. *Vergiss es,* dachte er. *Spürst du den Nukleus nicht? Wenn diese Kraft nicht ausreicht, die Invasoren mit ein paar Ohrfeigen wieder dorthin zu schicken, woher sie gekommen sind … wie sollen wir Charandiden das dann schaffen? Wie habt ihr Alten nur auf eine dermaßen blöde Idee kommen können?*

Martan, sagte Anyma Mundy. *Ich bitte dich. Erhebe dich nicht über uns. Tu einfach, was wir abgemacht haben.*

»Holterdipolter«, sagte Martan. »Also bitte, wenn du unbedingt willst.«

Perry Rhodan und Bi Natham Sariocc starrten ihn an. Er musste laut gesprochen haben.

Was soll ich ihnen denn sagen?, fragte Martan.

Sag ihnen, dass wir ein uraltes, kleines Volk sind. Erzähl ihnen, dass wir Machtstreben und Technik längst hinter uns gelassen, sämtlicher galaktopolitischer Aktivität längst entsagt haben. Dass wir nicht viel brauchen – nur die Natur. Erzähl ihnen vom Sternenhorchen. Sag ihnen, wir haben mit unseren in Jahrtausenden entwickelten Sinnen in den Kosmos hinausgehorcht und erkannt, dass wir unserer Hei-

mat Hathorjan helfen müssen. Sag ihnen, der Großteil der Bevölkerung Thirdals ist bereit, die Heimat zu verlassen. Wir sind bereit, nach Attorua zu kommen, unsere Herzen anzuhalten und mit unseren Bewusstseinen in den Nukleus einzugehen. Sag ihnen, wir halten nichts mehr vom Kämpfen. Weil wir sehen, dass das so genannte Böse nie die Ursache des kosmischen Unglücks ist, sondern lediglich der Vollstrecker. Unsere Aufgabe ist es, wie ein guter Gärtner dafür zu sorgen, dass die vitale Lebenskraft ungehindert durch den Kosmos strömen kann und er sich in seinem Wachstum zügig und ohne Stockung hin zu Blüte und Frucht entwickeln kann.

»Oh, Mann«, sagte Martan und richtete sich auf. »Es ist so, Leute. Das Volk, zu dem ich gehöre, die Charandiden. Sie wollen Selbstmord machen. Sie wollen von euch hierher gebracht werden, weil unsere Raumschiffe alle längst verrottet sind, und dann wollen sie ihre Herzen anhalten und ihre Lebenskraft in diesen Nukleus fließen lassen. Alles klar?«

Perry Rhodan sah ihn an. »Du bist kein Mann der vielen Worte, Martan Yaige. Und du scheinst von diesem Plan nicht viel zu halten.«

»Darauf kannst du einen lassen«, sagte Martan.

Dieser Bi Natham schnappte nach Luft, aber Perry Rhodan lachte. »Klare Worte. Das gefällt mir. Es erinnert mich an einen sehr, sehr alten Freund.«

Er ging ein paar Schritte weg und drehte sich dann wieder zu ihm um. »Eure geistigen Kräfte müssen ganz enorm sein, wenn ihr einfach nur mit euren Sinnen in das Weltall horchen könnt ...«

»Äh, Moment mal«, sagte Martan. »Davon habe ich doch gar nichts erzählt. Oder habe ich?«

»Dein Anyma Mundy hier war laut und deutlich zu verstehen. Ich weiß nicht, vielleicht hat es etwas mit der Nähe zum Nukleus zu tun.«

In Martans Kopf lachte Anyma leise. In Rhodans vielleicht auch.

»Anima mundi«, sagte Rhodan. »Beseelte Welt. Das ist ein

sehr alter Begriff aus meinem kulturellen Hintergrund, der auch in Andromeda bekannt sein dürfte, wie eure Galaxis Hathorjan bei uns heißt.« Er rieb sein glatt rasiertes Kinn. »Martan Yaige. Martan ist ein auf Terra selten, aber auf Tefrod durchaus häufig anzutreffender Vorname. Zu Yaige fällt mir auf Anhieb bloß das terranische Yage ohne -i' ein, auch Jaje oder auf Tefroda Vachye genannt; ein psychoaktives Gebräu, dessen Ursprungsplanet unbekannt ist, das aber heute noch bei einigen schamanistisch geprägten Religionen eine Rolle spielt. Kannst du mir noch ein paar charandidische Namen nennen?«

»Ähm. Ja«, sagte Martan. »Ani Gompa. Kumbwai Meiob. Laila Dama.« Er kratzte sich die Armfelle.

»Ani Gompa«, sagte Bi Natham Sariocc und machte große Augen. »Das ist Sanskrit und heißt Nonnenkloster.«

»Und auf Laila Dama komm ich selbst.« Rhodan wandte sich an Martan. »Dann bekommt ihr eure Namen über das Sternenhorchen?«

»Ja«, sagte Martan verdattert. »Im Wald der Ahnen, um genau zu sein.«

Rhodan nickte. »Und wer an dieser Vergeistigung teilnimmt, an diesem Selbstmord, wenn du so willst, der tut es aus freien Stücken?«

Ja, sagte Anyma Mundy.

»Martan?«, fragte Rhodan.

»Ja«, sagte er.

Rhodan rieb wieder sein Kinn.

»Gut«, sagte er nach einer Weile und tippte sich an die Nase. Er nickte. »Ich danke euch für euer Hilfsangebot. Ich werde es gern annehmen.«

Hinter Martan atmete Bi Natham Sariocc scharf aus.

»Das heißt«, sagte Perry Rhodan, »wir werden jetzt schnellstmöglich den Exodus der entsprechenden Charandiden von eurer Welt Thirdal zu organisieren haben. Wie viele wollen denn hierher kommen und in den Nukleus eingehen?«

Rund eine Million, sagte Anyma Mundy. *Aber wir versuchen das Verfahren noch zu verkürzen.*

»Wie?«, sagte Martan und fuhr zu dem Baumkerl herum. »Was denn verkürzen?«

Auf Thirdal versuchen sie gerade, schon vorab in besonders starke Verholzte einzugehen, erklärte der Alte.

In Martan krampfte sich alles zusammen.

»Das ist nicht dein Ernst«, brachte er hervor.

Doch, Martan, erklärte der Alte. *Es ist die einzige Chance, alles zu seiner Zeit fertig zu haben.*

»Aber … Lily Yo«, stammelte Martan.

Ich weiß es nicht, Martan.

»Aber lebt sie denn noch?«, rief Martan. »Oder nicht?«

Ich weiß es wirklich nicht, Martan. Ich kann doch nicht mehr nach Thirdal horchen. Nicht mit meinen gestutzten Wurzeln und so fern vom Wald der Ahnen.

Martan sah Perry Rhodan an. »Lily Yo ist meine Genossin. Wir haben ein Kind. Ich … ich hatte gehofft, Lily Yo davon überzeugen zu können, dass sie mit mir auf Thirdal bleibt. Dass wir zusammen mit unser Tochter am Leben bleiben. In unserem Garten. In dem schönsten Garten, in dem ich je gelebt habe. Und nun sind sie vielleicht schon tot.«

Er hatte das Gefühl, jeden Moment umzufallen.

»Das tut mir Leid«, sagte dieser Bi Natham Sariocc und machte einen Schritt auf ihn zu. »Ich fühle mit dir.«

Martan sah ihm in die trüben, flachen Augen.

»Ach?«, sagte er. »Glaub ich dir nicht.«

Kapitel 24

»Doktor Corona«, sagte die wohltönende männliche Computerstimme, und das Licht wurde hochgedimmt. »Du wolltest geweckt werden, falls Grek-665 ½ erwacht.«

Raye öffnete die Augen. Sie lag im Bereitschaftsraum der JOURNEE. Sie warf einen Blick auf die Uhr. Kurz nach vier. Heute schien ihr niemand Traumphasen zu gönnen. Sie schwang die Beine von der Liege und rieb sich das Gesicht. »Wie geht es ihm?«, fragte sie.

»Er wirkt ruhig«, sagte der Medosyn. »Und er ist orientiert. Er weiß, wer er ist, und dass er in einem Krankenzimmer liegt.«

»Das sind gute Nachrichten. Danke.«

Sie ging auf die Toilette. Dann trank sie einen Schluck Wasser, knetete sich die Haare zurecht, zog Lider und Lippen nach und stieg in einen Schutzanzug.

Zwei Minuten später stand sie, einen Medorob im Schlepptau und den Kleiderbügel mit Greks Baty-Hemd in der Hand, vor der inneren Schleusentür und schloss den Helm. Doch bevor sie die Tür öffnete, hing sie das Hemd erst einmal an den Rahmen.

Nur nichts überstürzen.

Als sie eintrat, saß der Maahk im Bett, das Kopfende hochgestellt, und wartete schon auf sie. Er betastete den Verband unter seinem etwas zu kleinen Krankenhaushemd.

»Der LemSim …«

»Befindet sich nicht mehr in deiner Brust«, sagte Raye. »Weißt du noch, was passiert ist?«

Er sah sie mit allen vier Augen an. »Glaube schon. Ich habe ihn mir herausgerissen. In meiner Kabine. Mit diesem Ess-Löffel.«

Raye nickte. »Zum Glück bin ich gerade mit Doktor Serleach zu dir unterwegs gewesen. Wie geht es dir?«

»Doktor Serleach«, sagte Grek. »Der von ShouKi ein Bein geschenkt bekommen hat und dies nicht zu würdigen weiß.«

»Amputationserfahrungen sind oft traumatisch. Im psychiatrischen Sinne, meine ich. Aber mich interessiert eigentlich, wie es *dir* geht, Grek. Was geht dir so durch den Kopf?«

Der Maahk schien in sich hineinzulauschen.

»Stille«, sagte er. »In mir summt eine friedliche Stille. Und eine Art Kälte. Gefühls-Kälte.« Er fuhr sich über den Verband. »Ich bin wieder ein Maahk. Das Experiment ist beendet.« Er sah Raye an. »Nun könnt ihr wieder Grek-665 zu mir sagen.«

Er schien es einfach nur festzustellen, ohne Bedauern.

»Es freut mich, dass du deine innere Balance wiedergefunden hast.« Sie wies den Medorob an, in Greks Ohr die Temperatur zu messen. »Normal. Sehr schön. Wir werden natürlich noch einige Tests machen müssen, sobald du ein bisschen fitter bist. Aber vorerst möchte ich nur wissen, ob du irgendwelche seltsamen Empfindungen in den unteren Extremitäten hast.«

Der Maahk wackelte unter der Bettdecke mit den Füßen. »Nein«, sagte er.

»Und im Abdomen?«

Er rieb sich den Bauch. »Nein. Warum?«

Raye holte Luft. »Ich habe die Nervenverbindungen in deiner Brustwunde wieder hergestellt. Aber so umfassend sind meine Kenntnisse der Anatomie deines Volkes nicht, als dass mir kein Fehler unterlaufen sein könnte.«

»Es ist alles in Ordnung mit mir, Doktor Corona. Bis auf irgendwie gedämpfte, aber doch präsente Schmerzen im Wundbereich. Die jedoch normal sind, vermute ich.«

Raye bejahte. Sie hätte den Maahk gern auf die Geschichte mit dem vermeintlichen Lasky Baty angesprochen. Aber sie wusste nicht, ob er das schon verkraftete. Erst als ihre Finger gegen den Helm prallten, merkte sie, dass sie sich unbewusst die Haare hinter die Ohren zurückstreichen wollte.

»Doktor Corona?«

»Ja?«

»Mein Baty-Hemd. Ich habe es zerrissen?«

Ihr Herz machte einen Satz. »Ähm. Ja«, sagte sie.

»Ist es ent-sorgt worden? Oder kann ich es haben?«

»Kannst du, Grek. Ich habe es mitgebracht. Und eine Entsorgung wäre schön gewesen«, griff sie seine zerlegende Aussprache auf. »Aber noch dürfte es all deine Sorgen ausdrücken.« Sie öffnete die innere Schleusentür, holte das Hemd herein und hängte es an den Spind.

Der Maahk sah das Hemd an, das zerfetzt und mit seinem Blut besudelt war. Seine Augen füllten sich mit Tränen.

»Oh Jammer und Nöte«, sagte er leise. »Das arme Hemd. Das arme, arme Hemd.«

Er fing an zu lachen.

»Grek?«, fragte Raye beunruhigt. Sie vergewisserte sich kurz, dass der Medorob noch im Zimmer war.

Wo soll er denn sonst sein?, dachte sie.

»Nein, nein«, sagte der Maahk. »In mir verläuft alles in geordneten Bahnen. Es ist nur so: Arm, arm, das bin ja wohl ich und nicht irgend ein bunt gefärbtes Stück Stoff.«

Sprach's und grinste, während ihm die Augen überliefen.

»Verdammt«, sagte Raye. »Jetzt geht das schon wieder los! Medorob!«

»Nein, warte!« Grek sah sie an und rollte mit den Augen. »Huch. Mir fliegen ein paar Verse zu. Du!«, intonierte er,

»du Menschen-Wesen
in deinem Schutz-Anzug.
Du Wesen Mensch!

Geschöpf so zart,
Geschöpf so stark.

Wie durch einen Schleier sah ich dich
mit meinen klaren,
kalten Augen der Vernunft.

Klar jedoch sehe ich dich erst
durch den Schleier meiner Tränen.«

»Fünfhundert«, sagte Raye zu dem Medorob. »Ins Lebergewebe. Schnell.«

»Nein.« Der Maahk schien sich aufsetzen zu wollen. Aber er griff sich nur an die verbundene Brust, bleckte die Fänge und fiel zurück aufs Bett.

Und dann verabreichte der Medorob ihm endlich das Beruhigungsmittel.

»Nein«, sagte der Maahk, »das … das war nur ein Versuch in Lyrik. Ein stümperhafter, mag sein. Aber deshalb … deshalb brauchst du mich doch nicht gleich … Hitze in meiner Brust. Immer mehr.« Seine Tentakelhände flatterten.

»Es ist nicht so, wie du denkst, Doktor Corona«, sagte er. »Mir geht es gut. Es ist nur so … ich *fühle.*«

Dann schlug das Mittel an. Er ruckte kurz, und er zuckte kurz und lag endlich, endlich still.

Raye Corona nahm den LemSim, den sie in einen Behälter mit Nährgel gegeben hatte, aus dem Laborkühlschrank und machte sich auf den Weg zur Wissenschaftlichen Abteilung der JOURNEE. Ihr war kalt vor Müdigkeit; darum hatte sie vorher rasch noch Zims dicken, giftgrünen Strickpulli aus dessen Kabine geholt.

»Syntron«, sagte sie. »Wo finde ich Bi Natham Sariocc?«

»Er befindet sich zur Zeit nicht an Bord.«

Oh, dachte Raye und ging langsamer. *Aber irgendjemanden brauche ich hierfür. Ich habe zu viel Watte im Kopf, um das allein hinzukriegen.*

Eigentlich war sie ganz froh, dass der terranische Hyperphysiker nicht verfügbar war. Nicht, dass sie ihn schwierig fand oder unsympathisch. Aber irgendwie konnte sie ihn nicht ganz ergründen. Diese trüben Augen, diese abgehobene Art. Seine Freundlichkeit war stets neutral und unpersönlich.

Der hat sich völlig abgekapselt, dachte sie. *Wie so viele ältere Männer. Schrecklich.*

Zim hatte auch diese Tendenz, alles irgendwohin wegzustecken. Aber Zim war noch jung.

Oh-oh, dachte sie. *Wie er wohl später drauf sein wird, mit vierzig oder so?*

»Syntron«, sagte sie. »Wer vom Personal ist in der Wissenschaftlichen Abteilung anwesend?«

»Tess Qumisha. Sie befindet sich im Leitungszimmer.«

Autsch, dachte Raye. Das würde nicht gut gehen. Die Wissenschaftliche Leiterin der JOURNEE war ihr nur ein paarmal begegnet, und jedes Mal hatte ihr die pure Feindseligkeit in den Augen gestanden. Sie schien wirklich jeden zu hassen, der glücklich verliebt war. Dabei war Zim zufolge doch sie es gewesen, die sich von dem Stellvertretenden Expeditionsleiter Benjameen da Jacinta getrennt hatte.

Na ja, dachte sie. *Passt ja eigentlich voll ins hysterische Bild. Die schwarze Kleidung ständig. Und wer schon sein Haustier mit von einer Galaxis in die andere mitschleppt … Von dem maßgefertigten Rüsselraumanzug ganz zu schweigen. Eigentlich sollte dieser Jacinta froh sein!*

»Wer noch?«, fragte sie.

Der Bordsyntron leierte eine Hand voll Namen hinunter, die Raye nichts sagten.

Und dieser süße Charmebolzen von vorhin?, dachte sie. *Der machte doch einen sehr hellen Eindruck.* »Morris Thompson. Befindet er sich an Bord?«

»Morris Thompson gehört zur Abteilung Bordtechnik und Energieversorgung. Er ist zur Flüchtlingslogistik abgestellt und steht gerade als Ansprechperson im Rollo-Hangar zur Verfügung.«

»Richtest du ihm bitte aus, dass Doktor Corona ihn gern wegen einiger technischer Fragen konsultieren würde?«

Keine fünf Minuten später stand er mit ihr in einem der technischen Labore an einem freien Tisch.

Sie setzte ihn ins Bild.

»Wir können das Gehäuse ja mal öffnen«, sagte Morris Thompson. »Das dürfte kein Problem sein.«

»Nur zu«, sagte Raye. Sie hatte es schon versucht.

Um den LemSim zog sich eine feine Naht. »Ein Schraubgewinde vielleicht«, sagte der Terraner. Er versuchte, die Vorder- und die Rückseite gegeneinander zu verdrehen.

»Bitte pass auf, dass die Nervenbahnen nicht abreißen«,

sagte Raye. »Sonst wird es noch schwieriger, ihm das Gerät wieder zu implantieren.«

Aber so sehr Morris es auch versuchte, er konnte den LemSim nicht öffnen. »Hm«, sagte er. »So nicht.«

»Vielleicht sollten wir rekonstruieren, was auf Taupan damit passiert sein könnte«, sagte Raye.

Morris Thompson nickte.

»Gut«, sagte Raye. »Von diesen Knochensplittern, die Grek abgekriegt hat, ist er nicht getroffen worden. Die Oberfläche ist völlig glatt. Keine mechanische Einwirkung feststellbar, wie man so schön sagt.«

»Vielleicht ist ja die Batterie leer.«

»Dann müssten die Maahks meinem Volk biotronikmäßig schwer hinterherhinken«, sagte Raye. »Nimm zum Beispiel die tefrodischen Akkumulatoren, deren nutzbare Kapazität für impulsgebende Implantate ausreicht. Die haben eine Betriebsdauer von etwa dreißig Jahren.«

»Wobei wir davon ausgehen, dass dieses Ding überhaupt von einer Batterie gespeist wird.«

»Genau.«

Sie drehten und wendeten das Gerät.

Durchleuchteten es.

»Das hier«, sagte Raye, »könnte die Batterie sein. Und das hier ist vermutlich eine kleine Sendeeinheit. Bei vielen Implantaten erfolgt rund um die Uhr oder in regelmäßigen Abständen eine Funktionskontrolle. Dabei sendet das Implantat die aufgezeichneten Daten an ein mobiles Patientengerät. Das wiederum übermittelt die Implantatnachrichten der Syntronik des zuständigen Medocenters, und die liefert dem behandelnden Arzt einen schönen, übersichtlichen Bericht, ohne dass sich Arzt und Patient überhaupt sehen müssen.«

»Sendeeinheit, sagst du. Und wo steckt der Empfänger?«

»Den gibt es nicht. Da könnte zu viel schief gehen. Man weiß nie, in die Nähe welcher Sender man kommen könnte. Auf einmal wird dein Implantat von einem Küchenrobot ferngesteuert, der sich zufällig der selben Frequenz und der selben Passwörter bedient.«

»Und wie programmiert man das Teil neu, wenn die Datenlage es erforderlich macht?«

»Durch die Haut zum Beispiel, wenn es subkutan liegt.«

»Igitt«, sagte Morris.

»Wäre dir eine komplette Operation zum Geräteaustausch lieber? Aber in diesem Falle wäre das überflüssig. Das Ding prangt ja mitten auf der Brust.« Sie stutzte.

»Ja?«, fragte Morris.

»Grek hat mir gegenüber neulich betont, dass sich an dem LemSim nichts einstellen lässt. Ganz oder gar nicht, scheint die Devise gewesen zu sein.«

»Das heißt, wir können uns Grübeleien in dieser Richtung ersparen.«

»Genau. Wenn das hier ein Sender ist, schickt er nur Daten für eine spätere Auswertung raus.« Sie fuhr sich durch die Haare. »Irgendeine ganz blöde Kleinigkeit muss da Probleme machen. Eine ganz, ganz blöde. Was ist auf Taupan passiert?«

Morris sah kurz zu ihren Haaren hoch, warf dann einen Blick auf ihren Busen und räusperte sich. Er betrachtete wieder den LemSim.

Sieh an, dachte Raye. *Wenn er keinen Beistand hat, ist er ja ganz schüchtern.*

»Tja. Die sind da mit einem schwerelosen Zug gefahren. Dann haben sie mit diesen Kopfjägern gekämpft.«

»Eine Strahlenwaffe«, sagte Raye. »Könnte ihn nicht irgendeine Strahlenwaffe getroffen haben?«

»Du vergisst seine Schutzschirme.«

»Und die Knochensplitter? Die sind ja auch durchgekommen.«

»Das ist ein Argument.« Morris schob den Drehstuhl zurück. »Vielleicht sollten wir erst mal einen Espresso trinken. Dann kommen wir in Schwung.«

»Vergiss es«, sagte sie, konnte sich ein Schmunzeln aber nicht verkneifen. »Ich hab dich zum Arbeiten herbestellt und nicht zum Plaudern in der Cafeteria.«

»Herbestellt, ja? Schöne Tefroderin, du hast mich um Hilfe gebeten, wie du dich vielleicht erinnerst. Und jetzt helfe ich dir, indem ich sage, dieses Problem wird nicht im Labor gelöst werden. Vertrau mir.« Er blinzelte ihr zu. »Vertrau meiner männlichen Intuition.«

»Wieso? Hat die dich nie in Schwierigkeiten gebracht?« Aber sie stand auf und ging mit ihm zur Kaffeeküche hinüber.

Als sie den metallverkleideten Kühlschrank öffnen wollte, um die Milch herauszuholen, bekam sie einen Schlag.

»Autsch!«

»Hui, das hat ja einen richtigen Lichtbogen gegeben«, sagte der blonde Terraner.

»Muss an diesem Pulli liegen«, sagte Raye und öffnete vorsichtig den Kühlschrank. »Den hat Zim irgendwo auf dem Markt erstanden. Wer weiß, aus was für antiquierten Kunstfasern das Ding besteht.«

Morris Thompson grinste. »Dafür steht er dir gut!« Er rollte die Augen. »Sehr gut sogar.«

Er lieferte eine so selbstironische Schau ab, dass Raye wieder schmunzeln musste. Sie gab Milch in ihren Kaffee, stellte sie wieder zurück.

»He, warte mal«, sagte Morris. »Das bringt mich auf eine Idee.«

»Die kann ich mir vorstellen, die Idee«, sagte Raye im Umdrehen. Zim hatte auch schon geschwärmt, wie gut ihr diese Hose stand.

Aber Morris machte gar nicht mehr auf Frauenheld. Er starrte stirnrunzelnd vor sich hin. »Die sollen doch mitten zwischen diesen Zeittürmen gewesen sein, diesen komischen Temporalfeldern. Wer weiß …« Er sah sie an, eine Falte zwischen den Brauen. »Hört sich vielleicht bescheuert an, aber könnte der LemSim nicht auch irgendeine statische Energie abbekommen haben? Hyperenergie? Lass uns das Ding mal vermessen!«

Er lief schon wieder zurück zum technischen Labor.

»He, dein Espresso!«, rief Raye.

Er winkte ab und lief weiter.

Dann werde ich mal nicht so sein, dachte Raye und balancierte mit den beiden Tassen hinterher.

»Da!« Morris zeigte auf den kleinen Bildschirm. »Diesen Ausschlag dürfte es nicht geben; es sei denn, der LemSim arbeitet auf hyperenergetischer Basis.«

»Unwahrscheinlich. Ich schätze, er klinkt sich einfach in das Reizleitungssystem des Körpers ein. Dafür braucht es nur ganz gewöhnliche, winzigste Spannungsveränderungen.«

Morris nickte. »Sehr schön. Dann hätten wir's. Das könnte seine Funktionsfähigkeit völlig beeinträchtigt haben. Wer weiß, was mit dem Chip passiert ist. Vielleicht müssen wir diese Keksdose auch nur entladen.«

»Und wie tut man das?«

»Mit diesem ›Föhn‹ hier. Quasi ein Mini-Hyperzapfer.«

Und es funktionierte. Bei der nächsten Messung war der vorher angezeigte Ausschlag verschwunden.

Auf einmal war Raye wieder hellwach. »He, ich danke dir!«, rief sie und drückte dem Terraner einen Kuss auf die Wange. Dann machte sie, dass sie in den OP kam.

Raye bereitete das erneute Implantieren des LemSims vor. Sie hoffte, dass ihr trotz höchst lückenhafter Kenntnis der maahkschen Physiologie auch diese zweite Operation gelang – und dass der LemSim danach tatsächlich wieder richtig arbeitete.

Zeitgleich, so erfuhr sie von der OP-Schwester, die sie diesmal mit dazu holte, verließ die JOURNEE zusammen mit zwanzig Raumschiffen der Tefroder die brüchige Sicherheit des Planeten Attorua und startete nach Thirdal – eine gefährliche Reise, denn die Echsenwesen der Gorthazi machten Jagd auf jedes Raumschiff, das sie finden konnten. Man plante einen Schleichflug. Die reine Flugzeit für die fast 64000 Lichtjahre sollte etwas über 22 Stunden betragen.

Raye ließ die Schultern kreisen. Sie hatte keine Ahnung, wie lange die Operation dauern würde. Garantiert keine zweiundzwanzig Stunden. Aber ein Spaziergang würde es auch nicht werden.

»Das mit Doktor Serleach ist ein Ding, was?«, sagte die OP-Schwester irgendwann. Sie hatte plumpe, aber sehr geschickte Finger. Raye hätte nicht sagen können, welche Augenfarbe die Frau hatte; sie sah nur die Finger.

»Wieso?«

»Sag bloß, du weißt es noch nicht?«, sagte die Schwester. »Er ist heimlich auf Attorua geblieben. Er ist kurz vor dem Start aus dem Schiff spaziert. Keine Ahnung, warum der Syntron nicht Alarm geschlagen hat. Jedenfalls hat der Doktor seine Arzttasche und ein Fahrrad dabei gehabt.«

»Ein Fahrrad?«, sagte Raye und klebte einen Nerv. »Du meinst tatsächlich so ein altes Zweirad? Zum Treten?«

»Wusste ich auch nicht, dass wir so was an Bord haben«, plapperte die Schwester. Ihre Hände checkten kurz den Sitz eines Spreizers. »Aber die Trainer in der Sportabteilung lassen sich tatsächlich umrüsten, meint Jeremiah Hutkin. Und der muss es als Bordlogistiker ja wissen.«

Kapitel 25

»Kommandant«, sagten Diwva und Bahpi im Chor. »Ortung.«

Takegath richtete sich auf in seinem Kommandosessel. »Ortung?«, fragte er.

»Ortung«, bestätigten die Nimvuanerinnen.

»Ich wusste es!«, brüllte der Kommandant und reckte die Faust.

Chi-Lopi sah ihn noch einmal in der Wiederholung an.

»Ich wusste es!«, brüllte Takegath und reckte die Faust. »Können wir sie uns greifen?«

»Leider nicht. Sie sind nur für einen Zwischenstopp aufgetaucht und schon wieder im Hyperraum verschwunden. Aber es war Rhodans Raumschiff, ganz eindeutig.« Diwva, vielleicht auch Bahpi, hackte auf ihrer antiken Tastatur herum. »In einem Pulk von zwanzig Tefroderschiffen. Kursvektor ... Na ja, so präzise eingrenzen lässt er sich nicht. Aber anscheinend versuchen sie es noch mal nach Taupan.«

»Dieser Hurensohn!«, dröhnte Takegath. Es klang fast bewundernd. »Sofort benachrichtigen.« Er ließ sich in den Sessel zurückfallen, hob die Hand und schob nachdenklich sein Kunstauge auf der diagonal um den Kopf verlaufenden Schiene hin und her.

»Nein!«, sagte er dann und sprang auf. »Der fliegt nicht nach Taupan. Der hat was anderes vor.« Er lief auf und ab, blieb schließlich vor Aph Kismati stehen, eine Hand auf dem Griff seines alten Messers. »Was meinst du, mein getreuer Ratgeber?«

»Ähm.« Der Stellvertreter schaukelte in der Luft und klapperte mit den Rädern.

Lass dir deine Nervosität bloß nicht anmerken!, dachte er.

»Ähm ... Die Zeitbarriere vielleicht? Ein Durchbruchsversuch auf der anderen Seite?«

»Schwachsinn!«, donnerte Takegath und lief wieder auf und ab. »Rhodan will doch nicht abhauen. Der Kerl hat Mumm in den Knochen. Der kommt zurück.« Der Kommandant stand wie unter Strom. »Tausend Schiffe!«, sagte er auf einmal und fuhr wieder zu Kismati herum. »Lass tausend Schiffe um den Haltepunkt in Position gehen. In Schleichfahrt. Und schön locker verteilt. Wenn Rhodan und seine Leute zurückkommen, schnappen wir sie uns!«

»Chi-Lopi!« Der Kommandant fuhr herum und zeigte auf ihn. Sein Stahlfinger bedeckte den halben Bildschirm. Der Mhool zuckte so heftig zusammen, dass er sich zwei der drei Unteraugen stieß. Rasch zoomte er den Finger kleiner. »Der Leitende Ing soll sofort einen Rundum-Check starten. Ich will keine bösen Überraschungen erleben, wenn uns Rhodan vor die Taster fährt!«

»Jawohl, Kommandant!«, brachte Chi-Lopi beim zweiten Anlauf heraus.

Takegath legte den Kopf schief und starrte ihn mit dem Kunstauge an. »Was ist los, Mhool? Du wirkst so klein heute.«

»Ja?« Chi-Lopi zog seine Module in der Zentrale etwas weiter auseinander und leuchtete mit einer Flugdrohne ungefähr in seine Mitte. »Du merkst aber auch alles, Kommandant. Ich hab mein Hauptmodul in die AMBULANZ gegeben. Der Akku muckert.« Er machte das Licht wieder aus. »Ganz schön unbequem hier drin, kann ich dir sagen. Ich musste mir praktisch einen Knoten in den Arsch machen.«

Takegath lachte auf und ließ sich wieder in den Kommandosessel fallen.

Puh, dachte Chi-Lopi. *Wer wagt, gewinnt. Jetzt habe ich immerhin das perfekte Alibi.*

Er hatte es tatsächlich sehr unbequem. Aber er steckte nicht in dem Hauptmodul in der Zentrale. Er hatte sich in das andere Hauptmodul gequetscht. Und das befand sich nicht in der AMBULANZ, sondern bewegte sich gerade durch einen dunklen, verlassenen Bereich der KHOME TAZ. Auf

Grund des hohen Automatisierungsgrades im Schiff konnte er davon ausgehen, dass sich in der gesamten Sektion niemand außer ihm befand.

Niemand außer Chi-Lopi, dem Meisterdieb.

Jetzt ist es so weit, Takkie, alter Knabe, dachte er. *Jetzt sorgen deine Getreuen dafür, dass du wieder auf den Teppich kommst.*

Hinter der nächsten Ecke lag der Gang zu Takegaths Kabine. Der Mhool legte ihn sich mittig ins Sichtfeld und blendete rechts oben die Zentrale ein. Den Zentrale-Ton drehte er hinunter und aktivierte eine Reizwort-Routine. Die Akkuanzeigen am unteren Bildrand waren zu aufdringlich. Er färbte sie dunkelblau auf schwarz. So gefiel ihm das schon besser. Zum Schluss legte er noch den Lageplan mit den Fallen darüber, als mitlaufende 3D-Strichzeichnung. Er nahm einen Goldton dafür. Hoppla, nun waren die Akkuanzeigen fast weg. Er holte sie in den Vordergrund und wählte noch einen etwas dünneren Strich für den Lageplan. Sehr schön. So ließ sich arbeiten.

Er schickte ein Flugauge vor und ließ es um die Ecke linsen.

Das durfte doch nicht wahr sein!

Über Takegaths Kabinentür brannte ein Licht, und unter diesem Licht stand eine in eine schwarze Kutte gehüllte Gestalt an die Tür gelehnt, ein rosa schimmerndes Bein hochgezogen.

Chi-Lopi checkte die Zentrale. Diwva und Bahpi waren da, wo sie hingehörten, an der Ortung.

Bei der Heiligen Lin-Dadi, Urmutter aller Mhool! Wie blöd kann man denn sein?

Er hatte sich irgendwie eine Wiederholung eingeblendet. Rasch aktualisierte er das Flugauge. Der Gang lag dunkel vor ihm. Die Lampe über der Kabinentür brannte nicht.

Na also. Dann mal zu den Fallen.

Chi-Lopi machte sich ihretwegen keine großen Sorgen. Er war ein Profi. Das Fallensystem, das seine Bemühungen vereitelt hätte, musste erst noch erfunden werden. Und zwar bestimmt nicht von Kommandant Takegath. Der

Kommandant war zwar gut, aber so gut, wie er glaubte, auch wieder nicht.

Die hydraulische Presse im Wartungsschacht unter der Decke etwa hätte er sich glatt sparen können. Denn man musste schon schwere Hirnfäule haben, um sich von der ungeschlossenen Videoüberwachung im Gang überhaupt abschrecken zu lassen. Die KHOME TAZ war alt, und fast ebenso alt schienen einige von Takegaths Sicherungsmaßnahmen zu sein. Diese Falltür mit Säurebad vor der Kabinentür zum Beispiel ließ sich nur von innen auslösen, mit einem Knopf unter dem wahrscheinlich längst altersblinden Spion. Und ob in den letzten sechshundert Jahren jemand den Klingelknopf mit integrierter Giftnadel gedrückt hatte, wagte Chi-Lopi ernstlich zu bezweifeln.

Na schön. Bringen wir's hinter uns.

Er warf einen Blick in die Zentrale, dann vereiste er sein kälteresistentes Kombiwerkzeug, für dessen empfindliches Auge die Notbeleuchtung ausreichte, und schickte es an dem Wärmemelder vorbei. Bevor er die damit verbundene Rundum-Mikrowelle lahm legte, was wiederum einen nachträglich installierten Schwarm von sechstausend Anti-Lungen-Nanomaschinen freisetzen würde, denen er mit einem schlichten Pfropfen Kontaktkleber den Austritt zu verwehren gedachte, schickte er das Kombiwerkzeug nach vorn zu den beiden guten, alten Normalkameras mit Leitung zum Kommandanten, um ihnen jeweils einen Schuss schwarzen Lack auf die Linse zu sprühen. So würde es für Takegath auch weiterhin dunkel im Gang bleiben. Aber zuvor ließ Chi-Lopi das Werkzeug in Zeitlupe am Bewegungsmelder vorbeischweben, damit nicht das Licht an und die fotozellengesteuerte Selbstschussanlage losging.

Soweit ist doch alles ganz einfach: Sprühen, sprühen, Zeitlupe, Kontaktkleberpfropfen, Mikrowelle.

»Huhu, jemand zuhause?«, erklang mittendrin plötzlich die laute Stimme einer Nimvuanerin, und das Zentralebild wurde groß.

»Tschuldigung«, sagte Chi-Lopi rasch in die Zentrale und ordnete seine dortigen Module leicht um. »Hab gerade einen

Anruf von der AMBULANZ gekriegt. Mein zweites Hauptmodul ist fertig. Ich kann es mir nach Schichtende abholen. Was ist denn los?«

»Routinemeldung«, sagte die Nimvuanerin.

»Oh«, machte Chi-Lopi. Er warf einen Blick auf sein Pult in der Zentrale. »Ja. Keine besonderen Vorkommnisse.«

Die Nimvuanerin ächzte und wandte sich wieder ihren Kontrollen zu. Takegath saß im Kommandosessel und brütete vor sich hin. Bis auf ein leichtes Zucken an seinem Fleischauge war er völlig reglos.

Chi-Lopi wartete sicherheitshalber noch einen Moment, dann schaltete er wieder in den Gang um und orientierte sich.

Er glättete mit dem Kombiwerkzeug den Kleberpfropfen in der Düse für die Nanomaschinen, holte es dann zurück und hängte sich an die Decke. Dann fuhr er den Greifer mit dem eigens mitgebrachten Hartgummiball aus.

Jetzt, dachte er, *kommt endlich der lustige Part.*

Der Kommandant hatte zwei dicke Fehler gemacht.

Erstens hatte er auf das Prinzip Abschreckung gesetzt. Er wollte seinen Untergebenen lieber ab und zu die Überreste eines in die Falle gegangenen Kumpanen präsentieren können, als frühzeitig gewarnt werden. In dieser Hinsicht hatte er lediglich die ungeschlossene Videoüberwachung aufzubieten.

Zweitens hatte er, ohne es zu merken, durch seine ewige Flickerei etwas konstruiert, das Chi-Lopi gern eine potenzielle Was-passiert-dann-Maschine nannte.

Es brauchte einen Profi, um Fallen zu erkennen und zu neutralisieren. Aber es brauchte einen Künstler, um daraus ein Fest zu machen.

Chi-Lopi warf den kleinen Ball in den leeren Gang.

Tipp, tipp, tipp, sprang der Ball davon.

Der Meisterdieb zog sich um die Ecke zurück und kappte sämtlichen audiovisuellen Input.

Als die Deckenträger zu beben aufhörten, zog er die AV-Regler wieder hoch.

Aus dem Gang vor Takegaths Kabine zog Rauch zu den Lüftungsschlitzen in der Decke. Licht flackerte und erlosch.

Chi-Lopi lugte um die Ecke.

Der eben noch leere Gang war ein Schlachtfeld. Künstliche Tentakel, in denen sich altertümliche Speere verfangen hatten, hingen von der Decke. Angesengte Gen-Kerbtiere mit Giftstacheln von Dolchgröße lagen in den letzten Zuckungen. Ein Steinschlag hatte einen Haufen weißlicher Maden und Würmer unter sich begraben. Und überall waren Farben versprüht, lagen Geschosshülsen herum, schaukelten Fallbeile, klebten künstliche Spinnennetze.

Oh ja! Für solche Momente lebte er! Momente mit Goldrand waren das!

Zweiundvierzig Fallen auf einen Streich. Er hatte nur zuerst die biestigen Nanomaschinen neutralisieren müssen.

Chi-Lopi schwebte, ein fröhliches Lied-Sample auf den Lautsprechern, zu der geschwärzten Tür und zückte eine dünne Folie aus Kunststoff. Zwei Sekunden später war er drin.

Aph Kismatis Lageplan entsprach den tatsächlichen Gegebenheiten. Chi-Lopi arbeitete sich in aller Seelenruhe zu der Kühlkiste vor. Es handelte sich um eine alte, mit üppigen humanoidopornografischen Intarsien belegte Holztruhe. Manche der abgebildeten Stellungen waren bis zur Unkenntlichkeit verkohlt. Hatten sie dem Kommandanten nicht zugesagt?

Amüsiert sah er sich um. Das Vierpfostenbett, der dicke Teppich …

Moment mal! Der dicke Teppich?

Ihm ging siedend heiß auf, dass die Teppich-Pfeil-Falle nicht mit eingetragen war, vor der Diwva, vielleicht auch Bahpi, den Stellvertreter neulich gewarnt hatte!

Der Mhool erstarrte.

Hier ist die Karte mit sämtlichen Fallen, hatte Kismati gesagt.

Und während der Mhool noch dort vor der Kühltruhe in der Luft hing, ging irgendein Brummen los, und die Ladeanzeigen seiner Akkus sanken langsam, aber kontinuierlich gegen Null.

Irgendetwas zog ihm den Saft ab.

Was jetzt? Rückzug?

Aber diesen Gang bekam er nie aufgeräumt, bis Takegaths Schicht zu Ende war. Schweiß lief ihm in die Echtaugen. Panisch verfolgte er, wie die Akku-Balken zitternd schrumpften. Schon brach die Verbindung zur Zentrale zusammen.

Dann ging ihm noch etwas auf. Kismati hatte ihn auf die Idee mit den getrennten Hauptmodulen gebracht.

Kismati saß jetzt oben in der Zentrale mit einem unbeweglichen »Chi-Lopi«. Den er irgendwann großherzig zur AMBULANZ bringen würde. Und ihm vorher mal eben die Festplatte leerräumen. Dieser hinterhältige Tentakelpanzer hatte ihn nur dazu benutzt, neue Erkenntnisse über das Fallensystem zu gewinnen! Der wollte überhaupt nicht teilen! Der wollte nur den Weg freigeräumt kriegen.

Schon sackte Chi-Lopis Hauptmodul durch. Er schaltete alles herunter, was nur ging. Befeuchtiger! AV! Luftversorgung! Mit geöffnetem Modul konnte er auch so sehen, hören und atmen.

Als das Modul den Boden berührte, kam hinter der Kühlkiste eine kleine, nackte Metallhumanoidin auf Rädern hervorgefahren. Sie griff sich an die Brüste, richtete sie auf Chi-Lopi aus und deckte ihn mit einem feinen Sprühnebel aus den Brustwarzen zu.

Der erste Gedanke des Mhools war: *Säure!*

Aber das Zeug war geschmacks- und geruchlos wie Wasser.

Dann merkte der Mhool, wie ihm die Kehle zuschwoll.

Jokan-Pulver!

Mit letzter Energie ordnete er seine Module so an, dass sie vage einem Minipanzer ähnelten.

Dann hängte er sich wie ein schlaffer Tentakel oben aus dem Hauptmodul und starb.

Kapitel 26

13. April

Auf einmal war er allein in dem großen Schiff. Sie hatten ihm eine Kabine gezeigt, die niemand nutzte, auf dem so genannten Kommando-Deck. Er wollte die Tür gern offen lassen, aber sie ging immer wieder zu. Schließlich wurde es ihm zu dumm, und er ging zum Schrank, nahm ein Brett heraus und legte es unten in die Türöffnung. Die Tür stieß ein paarmal dagegen, dann blieb sie stehen.

Na also.

Er legte sich auf das Bett. Es war zu weich. Er nahm die Decke und legte sich damit auf den Fußboden. Der war auch weich, aber nur oben. Darunter war Festigkeit zu spüren. Martan drehte sich auf die Seite, schloss die Augen.

Nachher kann ich mir immer noch alles ansehen.

Etwas brummte ein paarmal. In der Nähe der Türöffnung. Martan beachtete es nicht. Dann rumpelte plötzlich jemand mit dem Brett herum. Martan setzte sich auf. Eine kegelförmige Maschine hatte das Brett aufgehoben, legte es in den Schrank zurück und fuhr wieder hinaus. Die Kabinentür schloss sich hinter ihr.

»Nein«, sagte Martan. »Ich will, dass sie offen bleibt.« Nur fand er nicht die Kraft, sich darum zu kümmern.

Lily Yo, dachte er.

Aber vorher will ich noch einmal mit dir schlafen, hatte sie gesagt. Oder hatte sie gesagt: *ein letztes Mal?*

Er wusste es nicht.

Anyma Mundy war auf Attorua geblieben, beim Nukleus. Der Alte wurde als Lotse nach Thirdal nicht gebraucht. Die Lage von Thirdal war auf Attorua bekannt, seit die Tefroder

Martan damals mit ihrem Raumschiff abgeholt hatten. Thirdal, hatte Perry Rhodan in diesem großen Raum im Herzen der JOURNEE gesagt, war in den Sternkarten verzeichnet.

Anyma Mundy fehlte ihm. Diese Kabine war so tot. Sie schnitt ihn vom Leben ab. Er wäre lieber draußen herumgelaufen. Aber ihm fehlte die Kraft. Er war so müde. Seine Muskeln schmerzten.

Er dämmerte dahin wie eine Pflanze, die im Rübenkeller austrieb. Tastend, blind, ungeformt.

Einmal wachte er auf und wusste, dass es nicht gut war, wenn er hier liegen blieb. Er kämpfte sich hoch und schlurfte zur Tür. Die Decke zog er hinter sich her. Er drückte den Öffner und trat auf den Gang. Hinter ihm ging die Tür wieder zu. Er breitete die Decke auf dem Boden aus, legte sich darauf und rollte sich ein.

Weiter die Gänge entlang waren ab und zu Stimmen zu hören, Schritte, leises Grollen aus den Gedärmen des Schiffes. Das war besser.

»Martan Yaige«, sagte irgendwann ein Mann und berührte ihn an der Schulter. »Geht es dir gut?«

Es war Bi Natham Sariocc. »Nein«, sagte Martan.

»Warum liegst du dann hier draußen?«

»Die Tür geht immer wieder zu.«

Bi Natham Sariocc zeigte ihm, mit welcher Taste sich die Tür feststellen ließ. Bi Natham Sariocc zeigte ihm, wie sich die Härte des Bettes einstellen ließ.

»Hast du Durst?«, fragte er, als Martan angenehm hart gebettet in der Kabine lag, bei geöffneter Tür. Er brachte ihm ein Glas Wasser und sah ihm beim Trinken zu. Dann füllte er das Glas noch einmal und stellte es auf einen kleinen Tisch neben dem Bett. Er wandte sich zum Gehen.

»Warum bist du gekommen?«, fragte Martan.

»Ich wollte sehen, ob du etwas brauchst«, sagte Bi Natham.

Sie sahen einander einen Atemzug lang an. Bi Natham schien irgendwo weit, weit hinter seinen Augen zu wohnen.

»Danke«, sagte Martan.

Danach ging es ihm besser. Er konnte richtig schlafen.

Ein Klopfen. Als er die Augen öffnete, steckte Raye Corona den Kopf durch die Türöffnung.

»Darf ich reinkommen?«, fragte sie.

»Fühl dich frei.« Martan setzte sich nicht auf. Er genoss die Schwere jetzt, ließ sich von ihr in das Bett drücken. Seine Muskeln schmerzten noch, fühlten sich aber weich an. Er musste lange geschlafen haben.

»Martan Yaige«, sagte Raye Corona und trat zwei Schritte näher. »So heißt du doch, oder?«

Sie wohnte mitten in ihren Augen. Gleich hinter dem glänzenden, hellen Braun.

»Ja«, sagte Martan. Er ahnte, was jetzt kam.

»Und nicht etwa Lasky Baty?«

»Nein.«

Sie nickte. Sie schien seine Antwort auch geahnt zu haben. »Magst du Musik, Martan?«

»Ja. Wenn sie nicht zu viele Noten hat.«

Rayes Kopf ruckte nach hinten. »Wie … meinst du das?«

»Ich mag Musik zum Tanzen. Zum Mitsingen. Zum Feiern.«

»Ah, ja.« Raye ging im Zimmer auf und ab. Martan stützte den Kopf auf und sah ihr dabei zu. Sie hatten so kurze Leiber, diese Wesen. Als die Frau merkte, dass er ihr zusah, ging sie zur Küchenwand und lehnte sich dagegen. »Du bist ganz schön stur.«

Er sagte nichts.

»Na schön.« Sie fuhr sich mit einer Hand durch die Haare. Sie waren kurz, fast wie die einer Charandidin. »Jetzt hör mal zu. Es gibt hier in der Galaxis Hathorjan einen Musiker, der von vielen Leuten verehrt wird.«

»Lasky Baty.«

»Ja, genau. Auch ich schätze seine Musik sehr. Ich habe alle Aufnahmen von ihm, die es zu kaufen gibt.«

Martan sagte nichts. *Die es zu kaufen gibt,* dachte er.

»Weißt du noch, das kaputte Hemd, das ich dir gestern gezeigt habe? Es gehört jemandem, der auch hier an Bord ist. Der aber krank ist und darum nicht mitkommen konnte. Er trägt dieses Hemd, weil darauf Lasky Baty abgebildet ist, sein Lieblingskomponist.«

»Weil er *denkt*, dass darauf Lasky Baty abgebildet ist.« Martan setzte sich auf. »Was quälst du mich damit? Es ist ein Witz gewesen. Ich habe mit einem Freund ein paar Stücke improvisiert und unter Lasky Batys Namen ins Netz gestellt. Nur aus lauter Jux und Tollerei. Dann kamen diese Reporter. Und dann die Anwälte.« Martan ließ sich ächzend wieder aufs Kissen sinken. »Ich wünschte, ich könnte das alles endlich hinter mir lassen.«

»Das passt ja sehr schön zusammen«, sagte Raye. »Nur glaube ich dir nicht.«

»Tja«, machte Martan.

»Warum hast du das vorhin gesagt?«

»Was?«

»Dass du Musik magst, so lange sie nicht zu viele Noten enthält.«

»Weil es so ist.«

»Ach.« Sie stand auf, ging zur Tür. »Dieses Hemd, das ich dir gezeigt habe. Von diesem Patienten. Die andere Gestalt darauf ist ein terranischer Komponist namens Mozart. Ich habe mich neulich schlau gemacht. Es gibt eine schöne Geschichte über ihn. Ihm wurde einmal vorgeworfen, in seinen Stücken zu viele Noten zu verwenden. Weißt du, was er darauf geantwortet hat?«

In Martans Bauch krampfte sich etwas zusammen. »Dann sagt mir, welche ich weglassen soll?«, fragte er.

»Genau das. Und weißt du was? Das ist ein Spruch, den man nicht mit sich rumträgt, wenn man ab und zu mal tanzen geht oder so. Den trägt man nur mit sich rum, wenn man selbst Musik macht. Musik, mit der die Leute, für die man sie eigentlich gemacht hat, nichts anfangen konnten.«

Martan drehte sich mit dem Gesicht zur Wand und wartete, bis Raye Corona weg war.

Später streifte er durchs Schiff. Er spielte in den Schweberöhren, bis sein Hunger so groß war, dass er ihm den Spaß verdarb. Er fragte jemanden, wo sich etwas zu essen finden ließ, und wurde in einen großen Raum mit vielen Tischen und Stühlen und wenigen Topfpflanzen geschickt, die allesamt nicht sonderlich nahrhaft aussahen. Martan probierte halbherzig von ihnen.

»Na, mein Freund, wirst du wohl unsere Dekoration in Ruhe lassen!«, sagte jemand hinter ihm.

Martan richtete sich auf und drehte sich um.

»Wir kennen uns noch nicht«, sagte der Mann. »Jeremiah Hutkin. Ich bin der Küchenmeister hier. Und du musst dieser Bursche sein, dessen Volk den Nukleus aufpäppeln will. Harte Geschichte, mein Freund. Harte Geschichte.« Er schüttelte traurig den Kopf, dann grinste er wieder. »Bist ein großer Kerl, aber Jeremiah wird dich schon satt kriegen. Wonach sehnt sich dein Gaumen denn?«

»Nach einer fetten Suppe«, sagte Martan. »Nach einer fetten Suppe mit ganz viel verschiedenem Grünzeug. Hast du eine auf dem Feuer?«

»Ob ich eine auf dem Feuer habe«, wiederholte Jeremiah glucksend. »Das ist gut. Setz dich nur, mein Lieber. Mach's dir bequem. Du hast Glück. Von der Minestrone ist noch was da. Jeremiah wird dir ein Süppchen servieren, nach dem du dir die Augen ausleckst.«

Er verschwand und kam wenig später mit einem vollen Tablett wieder. »Voilá. Fette Gemüsesuppe, mit frisch gehobeltem Hartkäse. Ist aber bloß Cheddar, ich sag's dir gleich.« Er stellte den Teller schwungvoll vor Martan hin, stellte einen Korb mit ein paar Scheiben Brot darin daneben und trat einen Schritt zurück. »Guten Appetit! Aber eins sag ich dir.« Er zeigte auf Martans Armfell. »Wehe, du beschwerst dich nachher über ein Haar in der Suppe!«

Lachend spazierte er davon.

Er erinnerte Martan an Kompost-Piet, wenn der einmal richtig gute Laune hatte.

»Warte!«, rief er. »Kann ich bei dir in der Küche essen?«

Kapitel 27

Martan hetzte durch Third. Überall standen eingetopfte Verholzte, die unglaublich grün und stark und lebensstrotzend aussahen. Sie waren schwer von Blüten. Insekten und Vögel besuchten sie in unglaublicher Zahl.

Es waren diejenigen Verholzten, die schon zu Hunderten Bewusstseine anderer Charandiden in sich aufgenommen hatten.

Es ist nicht wahr, dachte Martan.

Martan suchte Beule und Lily Yo, fand sie aber nirgends. Die Hütte im Garten war aufgeräumt. Alles war gut verstaut, als wären die beiden auf eine Reise gegangen. Der Ofen war kalt, die Asche fortgebracht, wahrscheinlich auf das Grombirfeld gestreut. Der Korb neben dem Ofen war voller Holzscheite.

Das muss ein Traum sein.

Martan lief hinaus.

Busch stand auf der winzigen Veranda. Sie war nackt. »He, Nachbar«, sagte sie traurig.

»Busch«, sagte er. »Wo … Wo sind … Wo sind sie?«

»Sie sind fort, Martan. Sie sind fortgegangen.« Busch hatte Tränen in den Augen, so viele, dass sie fast überflossen.

Martan nahm sie in den Arm. Dabei war er es, der in den Arm genommen werden wollte. »Wohin?«

»In den Wald der Ahnen, Martan. Sie sind im Wald der Ahnen.«

Er schob sie von sich. »Das heißt, sie haben sich umgebracht, ja? Sie haben sich selbst gemordet?« Er hätte sie schlagen können. »Wie haben sie es gemacht? Hat … hat sie … ein Messer genommen und Beule … Laila Dama … Hat sie?«

Es war zu viel für ihn. Er brach zusammen. Seine Beine gaben nach, ganz langsam rutschte er an Busch hinunter, mit dem Gesicht ihre kleine, spitze Brust entlang, ihren festen Bauch, das dichte Bauchfell, rutschte mit den Händen Halt suchend ihren Rücken hinab, ihren festen kleinen Po, umklammerte mit seinen großen Händen ihre muskulösen Schenkel und weinte.

Sie fuhr ihm mit heißen Händen durch das Haar. Busch war die Frau mit den wärmsten Hände, die er je gekannt hatte.

Sie brummte beruhigend. »Sie sind tot, Martan«, sagte sie nach einer Weile. »Sie sind in den Wald der Ahnen gegangen, und ihre Leiber haben wir aufgebahrt.«

»Sie sind einfach tot umgefallen?« Er sah zu ihr auf, durch einen Tränenschleier. Einen Augenblick lang sah sie wie Ani Gompa aus, damals, als er klein gewesen war.

Busch nickte.

»Und dann habt ihr sie aufgebahrt?«

Busch nickte.

»Im Garten?«

Sie nickte wieder. »Hinten, auf der wilden Wiese. Hast du es nicht gerochen?«

Er schüttelte den Kopf. »Das muss ein Alptraum sein«, sagte er.

»Komm«, sagte sie. »Gehen wir hin.«

Er folgte ihr, ließ sich von ihr an der Hand durch den Garten führen, an Beerenbüschen vorbei, von denen Beule nie wieder naschen würde.

Martan spürte Wut in sich aufsteigen. Wie hatte Lily Yo das tun können? Wie hatte sie Beule das antun können? Wie hatte sie *ihm* das antun können?

Dann sah er die frischen Erdhaufen hinter den Beerenbüschen, und der Gestank traf ihn wie ein Schlag. Er blieb stehen.

Ich muss aufwachen, dachte er. *Ich muss jetzt aufwachen! Ich muss!*

Busch ließ seine Hand los. »Geh«, sagte sie hinter ihm.

Und er ging.

Ging zwischen den frischen Erdhaufen hindurch.

Drüben im Gras, zwischen den Zartok-Schößlingen, leuchtete es rot und blau wie Lily Yos Lieblingspullover.

Dorthin ging er.

Und je näher er der Stelle kam, desto sicherer war er, dass das dort Lily Yos Lieblingspullover war. Und Lily Yos Wickelrock. Und daneben, dieses Gewirr von Gelb ... Das war Laila Damas alte Babydecke.

Hartes Sommergras wetzte zwischen seinen Zehen.

Dann sah er den rot-blauen Pullover, den grellbunten Rock, die gelbe Babydecke. Aber die Gesichter konnten irgendwas sein, nur keine Gesichter.

Wimmernd warf er sich über die beiden.

Und als unter ihm wegrutschte, was Lily Yos Kleider trug, als auseinander rutschte, was in Beules Babydecke eingewickelt war, wurde aus seinem Wimmern ein Schrei.

Und der Schrei weckte ihn endlich auf.

Er lag in seiner Hütte auf dem Bett. Es war dunkel. Das Flackern einer Kerze erfüllte den Raum. Die Kerze stand beim Ofen auf dem Tisch. Durch die geöffnete Schiebetür war ein Räuspern zu hören. Dann ein leises: »Ich schau mal.«

»Oh Mann«, stöhnte Martan. »Was für ein Traum. Was für ein beschissener Traum.« Er legte sich einen Arm übers Gesicht und holte tief Luft.

Sie kam auf ihn zu. Die Dielen knarrten unter ihren Fußsohlen. »He«, sagte sie. Es war Busch.

»He, Nachbarin«, sagte Martan und nahm den Arm vom Gesicht.

Busch trug eines ihrer kleinen Bunten. Die Farbe war im Gegenlicht nicht zu erkennen. »Alptraum gehabt?«

»Und was für einen ...« Er setzte sich auf.

»Du hast über eine Stunde geschlafen«, sagte Busch und setzte sich neben ihn. Sie nahm seine Hand. Sie hatte dicke Augen. »Ich hab Essen gekocht. Die anderen sind schon fast fertig.«

Jetzt hörte er Geschirr klappern. Löffel. Jemand sagte etwas. Es war nur ein Brummen. »Die anderen?«

»Perry Rhodan«, sagte Busch. »Bi Natham. Ani Gompa.«

Und auf einmal wusste Martan wieder, was Traum war und was Wirklichkeit. Er drückte Buschs Hand, stand dann auf und ging nach draußen, zog sich Hemd und Hose zurecht.

»Martan«, sagte Perry Rhodan. »Setz dich, iss etwas.«

»Hab keinen Hunger«, sagte Martan. Aber er setzte sich. Drüben, jenseits des struppigen Waldes der Ahnungslosen, hing ein Tefroderschiff in der Luft. Dutzende Lampen leuchteten an der riesigen Kugel. Unter ihr schimmerte eine weiße Aura, in der sich gleichmäßig Flecken aufwärts bewegten. Dort wurden Charandiden an Bord geholt, muntere wie verholzte. Dort und an neunzehn anderen Stellen der Gartenstadt. Martan nickte.

Rhodan rieb eine Narbe auf seiner Nase. Bi Natham drehte einen Pott Gebranntes in den Händen. Ani Gompa rauchte ihre Pfeife an. Niemand sagte etwas.

Martan starrte in die Flamme der Tischfackel. Er hob die Hände, ließ sie auf die Armlehnen fallen, stand auf. »Tja, dann werd ich mal.« Er holte den Spaten und die Spitzhacke unter der Hütte hervor und lehnte sie gegen die Wand. Er ging hinein. Busch saß noch immer auf dem Bett. »Hast du zwei Fackeln für mich?«, fragte er sie. »Hier sind keine mehr.«

Sie nickte.

Draußen räusperte Bi Natham Sariocc sich und stand auf. »Hast du vielleicht noch einen Spaten, Martan? Ich will mitkommen.«

»Ich brauch keine Hilfe«, sagte Martan.

»Ich will trotzdem mitkommen.«

Ani Gompa nahm ihre Pfeife aus dem Mund. »Bist du Totengräber, Bi Natham Sariocc? Oder Bestatter? Bei uns gibt es keine Berufe mehr. Beules Vater tut das, Lily Yos Genosse. Bei uns schaufelt keiner nur für Brot das letzte Loch. Oder für sonst einen Vorteil.«

Bi Natham nickte. Er räusperte sich. »Ich will trotzdem mitkommen.« Er sah Martan mit den trüben, flachen Augen an. »Bitte.«

»Oh mein Gott«, sagte Bi Natham, als der flackernde Schein der Fackeln über das fiel, was von Lily Yo und Laila Dama übrig war. »Wie lange liegen sie schon hier?«

»Halt mal.« Martan gab ihm seine Fackel. Der Boden war hart, also stach er mit dem Spaten ein Kreuz hinein. »Jetzt reinstecken.«

»Wollen wir uns nicht eine Erkältungssalbe oder so unter die Nase schmieren?«, sagte der Terraner mit erstickter Stimme, als sie beide Fackeln aufgestellt hätten. »Damit es nicht ganz so schlimm riecht?«

»Tu dir keinen Zwang an«, sagte Martan. »Wenn du kotzen musst, kotze. Wenn du weinen musst, weine. Wenn du es nicht aushalten kannst, geh so weit weg, bis du an eine Stelle kommst, wo du es aushalten kannst.«

»Aber …«

»Sei, was du bist, Mann«, sagte Martan. Er musste lachen. »Dein ganzer Leib schreit: Weglaufen! Aber du stehst hier und machst dich ganz hart. Finde heraus, von wo an er nicht mehr *Weglaufen!* schreit.«

Der Terraner nickte und verschwand aus dem Lichtkreis.

Martan fing zu graben an.

Nach einer Weile merkte er, dass er wie betäubt war. Er fühlte sich wie abgestorben. Er lehnte den Spaten gegen einen Schössling. Wie abgestorben fühlte er sich. Er ließ sich in die flache Grube fallen, drehte sich auf die Seite. Rieb das Gesicht in der feuchten, dampfigen Erde, sog ihren satten Geruch ein. *Würmerscheiße,* dachte er. Und musste wieder lachen.

Und dann hob die Trauer ihn hoch und ließ ihn fallen und hob ihn hoch und ließ ihn fallen, immer und immer wieder, eine Woge nach der anderen.

Als Martan seine Umgebung wieder wahrnahm, saß Bi Natham Sariocc in einer Art Meditationssitz vor dem, was von Beule und Lily Yo übrig war. Ganz still saß er da, den Mund leicht geöffnet, und sah mit großen Augen auf die beiden Leichen hinab. Er saß da wie ein staunendes Kind. Mit der rechten Hand rieb er langsam eine Franse von Beules Babydecke.

Martan holte den Spaten und grub weiter.

Irgendwann hörte er eine Bewegung im Gras. Dort stand Bi Natham, die Arme um den Leib geschlungen, und weinte leise vor sich hin.

»Chandana«, flüsterte er immer wieder. »Chella.«

Martan sah sich die Grube an. Sie war längst tief genug.

Er nickte. Jetzt kam der schlimmste Teil. Das, was von Lily Yo und Beule übrig war, hatte hier schon so lange gelegen, dass er es auf gar keinen Fall anfassen wollte.

Als er die Hacke das erste Mal hinter Lily Yos Pullover hakte und das, was von ihr übrig war, zur Grube zog, erhob sich eine Wolke Gestank, die ihm den Magen umdrehte.

Kapitel 28

Die äußere Tür öffnete sich, und Raye trat in das enge Schott. Ihr Helm faltete sich auf.

»Tritt ein, Doktor Corona«, tönte die Stimme des Maahks aus dem Interkom.

Das klingt schon sehr munter, dachte Raye. Sie fuhr sich mit der Zunge über die ungeputzten Zähne. Der Medosyn hatte sie während des Essens verständigt, dass Grek-665 ½ erwacht war.

Als die innere Tür aufging und Raye eintrat, saß der Maahk mit nackten Füßen auf dem Bettrand. Er betastete unter dem Krankenhemd den Verband auf seiner Brust. »Ich habe den LemSim wieder drin, nicht wahr?«

»Ja«, sagte Raye.

Er schien sie gar nicht zu hören. »Würdest du mir mein Lasky-Baty-Hemd geben? Ich will versuchen, ob ich es reparieren kann.« Er riss kurz die vier Augen weit auf.

Raye nahm das Hemd vom Bügel und gab es ihm. »Das hat noch Zeit, Grek. Du musst dich erst erholen.«

»Aber ich fühle mich gut«, sagte der Maahk. Er hielt das Hemd in der Luft auseinander und verzog den Mund. »Oh, je. Das überlasse ich wohl besser den Atto. Die kriegen das wieder hin. Sie sind die besten Schneider der Galaxis.« Er ließ das Hemd sinken. »Ich fühle mich durchaus in der Lage, Bäume auszureißen, wie man auf Terra so schön sagt.«

»Das kannst du auch morgen noch unter Beweis stellen«, sagte Raye. »Wie geht es dir?«

Der Maahk schien in sich hineinzuhorchen. »Gut«, sagte er langsam und blinzelte mit dem äußeren Augenpaar. »Friedlich. Ich spüre ein wenig Wehmut, weil ich meine, ohne den LemSim authentische Gefühle gehegt zu haben.

Aber ich bin auch froh, dass jetzt nicht mehr solch ein Tumult in mir tobt. Hast du den LemSim repariert?«

»Sozusagen.« Raye schüttelte das Kopfkissen aus und nickte ihm zu. Der Maahk reagierte wie fast alle Patienten: Er legte sich wieder hin. Sie deckte ihn zu. »Gibt es eigentlich irgendwelche Verhaltensregeln für LemSim-Träger?«

Der Maahk lachte auf. »Ist doch ein Prototyp.«

Raye nickte. »Wie es scheint, verträgt das Gerät keine starken hyperenergetischen Felder. Ich vermute, dass du auf Taupan in eins geraten bist. Halte dich in Zukunft von solchen Feldern fern. Meide starke Strahlungsquellen wie Hyperzapfer, am besten überhaupt die Maschinendecks.«

»Das Tabu«, sagte der Maahk.

»Bitte?«

»Die Atto. Sie haben ein entsprechendes Tabu. Keine Nutzung hyperenergetischer Geräte. Ich frage mich ...« Er rieb den Verband über dem LemSim. »Vielleicht habe ich mehr mit meinem Wahl-Bruder gemein, als ich bisher dachte ...«

Er hatte Tränen in den Augen.

»Grek«, sagte Raye. »Geht's dir gut?«

»Alles im grünen Bereich, Doktor Corona. Ich komme damit klar. Wahrhaftig.« Der graue Riese rieb sich über den Bauch. »Aber ich verspüre Hunger. Wenn du mir vielleicht ein paar Konservengläser aus dem Küchenschrank in meiner Kabine bringen lassen könntest?«

Raye war verblüfft. »Was für Einmachgläser denn? Ich denke, sie haben dich über Chemtenz im Orbit aufgelesen.«

Der Maahk riss die Augen auf. Sein Mund verzog sich zu einer Art Grinsen. »Ja!«, sagte er. »Aber hast du schon einmal gehört, dass die Atto jemanden *nicht* satt gekriegt hätten?«

»Das will ich sehen«, sagte Raye und wies über Interkom eine der Schwestern an, die Gläser aus Greks Kabine zu holen und in die Schleuse zu bringen.

Keine Viertelstunde später hielt der Maahk eines dieser Einmachgläser in den Händen. »Keinen Schreck kriegen«, sagte er und schlang die Finger um den Deckel.

Whuff, gab es einen kleinen Knall beim Aufschrauben.

»Guten Appetit«, sagte Raye. »Als Kind habe ich Bonbons gegessen, die irgendwann geknallt haben, wenn sie klein genug gelutscht waren.«

Der Maahk lachte. Dann sah er sich um. »Oh«, sagte er. »Ich bräuchte noch ein Essbesteck, Doktor Corona.«

Raye holte tief Luft. »Grek, ich weiß nicht, ob wir dir schon wieder eins geben sollten.«

»Ja«, sagte der Maahk. »Verstehe. Es ... war eine ganz schöne Dummheit, nicht wahr?«

Raye nickte, holte ein Handtuch aus dem Bad und legte es ihm über Schenkel und Bauch. »Falls du kleckerst.«

»Ja. Danke.« Der Maahk fischte ein Stück Pflanze aus dem Glas. Es handelte sich um ein grünbleiches Stängelstück, das etwa so lang wie Rayes kleiner Finger war. Der Querschnitt des Stängels war nicht rund, sondern vieleckig. Der Maahk stopfte es in den Mund und kaute.

»WuZei«, sagte er schmatzend. »So sagen die Atto dazu. Statt ihrer üblichen Säure haben sie ein scharfes Putzmittel dazu gegeben. Perfekt. Eine schöne Ergänzung zu dem wiederaufbereiteten Kram aus meinem Anzug.«

»Du hast die ganzen Wochen nur von Recyclingkonzentrat gelebt? Das ist ja fürchterlich.«

»Das kannst du laut sagen. Aber es stimmt nicht ganz. Ich habe mir neulich auch ein Delikat-Essen-Gebinde von Hideaway-Station mitgenommen. Ist nur leider schon verspeist.«

Raye betrachtete das nächste Stück genauer. Von jeder Seite des vieleckigen Halmes gingen auf gleicher Höhe sternförmig ebenfalls kurz geschnittene Halme ab, die einen dreioder viereckigen Querschnitt hatten.

»Ich fass es nicht«, sagte sie. »Ich kenne diese Pflanze.«

»Das glaube ich gern. Bei uns heißt sie Duwack.« Der Maahk aß mit großem Appetit, wie Raye erfreut feststellte.

»So, wie es in der Entwicklung des tierischen beziehungsweise intelligenten Lebens auf den verschiedenen Planeten offen sichtbare Parallelen gegeben hat«, sagte er, »gab es die auch in der Pflanzenwelt. In der Frühzeit anscheinend so gut wie aller Planeten sind irgendwann auch mal sehr hartkörperige Pflanzen hervorgebracht worden, die extrem viel Silizium enthalten. Wenn man sie verbrennt, bleibt ein regelrechtes Knochengerüst übrig.«

»Bei uns ist es ein Unkraut«, sagte Raye. »Den richtigen Namen weiß ich nicht. In meiner Kindheit haben wir Waldwedel dazu gesagt.«

»Was ist ein Un-Kraut?«, fragte der Maahk.

»Eine Pflanze, die zu nichts nütze ist«, sagte Raye. »Und wehe, du sagst jetzt etwas.«

Der Maahk schnaubte nur und kaute weiter. Das Glas war schon halb leer. Er trank ein wenig von dem Putzmittel ab.

»Etwas flach im Geschmack, aber durchaus ein Genuss«, sagte er. »Ich will dir etwas über diese Pflanze erzählen. Vielleicht lernst du sie ja dann zu schätzen.« Er sah sich um und stellte das Glas auf den Nachttisch. »Hegst du noch immer zärtliche Gefühle für den Emotionauten der JOURNEE? Wie heißt er noch gleich?«

»Zim.« Sie nickte. »Zim November.«

Der Maahk wischte sich mit dem bekleckerten Handtuch den Mund ab und ließ sich in das Kissen zurücksinken.

»Manchmal«, sagte er und tippte den Verband auf seiner Brust an, »komme ich mir vor wie sein Kompagnon. Zim November und Grek-665 ½, Emotio-Nauten.

WuZei oder Duwack«, fuhr er dann fort, »ist keine Blütenpflanze. Sie dürfte jeweils mindestens hundert oder zweihundert Millionen Jahre vor den ersten Nektar saugenden Insekten erschienen sein. Wie aber pflanzt sie sich dann fort? Ganz einfach. Mittels Sporen. Sie treibt im Frühling blasse Stängel hervor, die am oberen Ende in einer Art Ähre enden. Das sind die Sporenträger. Dem bloßen Auge erscheinen die heraus quellenden Sporen wie blaugrünes Pulver. Unter dem Augmentierglas zeigt sich, dass jede Spore von zwei sich kreuzenden Bändern umschlungen ist. Bei trockenem Wetter dehnen diese Bänder sich zu Tragflächen aus, sodass die reife Spore leicht vom Winde verweht werden kann. Bei Feuchtigkeit rollen sie sich wieder fest zusammen. Einmal auf dem Erdboden gelandet, bewegen die Sporen sich je nach Feuchtigkeitsverhältnissen mittels der sich streckenden und wieder zusammenrollenden Bänder so lange über den Boden fort, bis sie den rechten Keimungsort gefunden haben.«

Er hielt inne. »Ich vergaß zu sagen, dass die Sporen entweder männlich oder weiblich sind. Und jetzt kömmt's. Wir reden von Pflanzen, wohlgemerkt. Nicht von Tieren. Von welcher Kraft auch immer angezogen, bewegen die männlichen und die weiblichen Schwärmer sich aufeinander zu. Oft ist es für die beiden ein langer, umständlicher und gefahrenvoller Weg, bis sie einander gefunden haben.«

»Weißt du was, Grek-665½?«, sagte Raye nach einer Weile. »Ich glaube, du warst schon ein Romantiker, bevor du dir dieses Kunstherz hast einsetzen lassen.«

Der Maahk wedelte mit den Fingern. »Manches Mal machen sie es sich aber auch ganz leicht«, sagte er. »Dann umarmen sie sich einfach beim Austritt aus dem Sporenblatt. Schlingen ihre Bänder umeinander und lassen sich zusammen davontragen.«

Der Maahk schloss die Augen und stieß etwas aus, das ein Seufzer sein mochte.

Raye nutzte die Gelegenheit und sah nach dem Verband. Sie verspürte auf einmal große Sehnsucht nach Zim. *Dabei hat Grek doch nur von Sporen und irgendwelchen Bändern gesprochen,* dachte sie und sah auf den Maahk hinab. Sie seufzte.

Sein Auge rechts außen öffnete sich. »Doktor Corona«, sagte er. »Du wirkst belastet.«

»Das stimmt, Grek.«

»Ist es ...« Der Maahk richtete sich mühsam auf. »Hältst du mir einen Befund vor?«

»Oh, nein, Grek. Nein. Ganz und gar nicht. Es ist nur so ...«

Er saß kerzengerade da und sah sie an. Schloss langsam alle vier Augen und öffnete sie wieder, eins nach dem anderen.

»Ich weiß nicht, ob ich dich damit in deinem Zustand überfordere. Aber der Mann auf deinem Hemd«, sagte sie rasch, bevor sie es sich wieder anders überlegte. »Lasky Baty.

Er ist hier an Bord. Und er wird übermorgen vielleicht tot sein.«

Grek sah sie an. »Lasky Baty?«

»Ja«, sagte sie.

»Hier an Bord?«

»Ja.«

»Beim Heiligen Neun-Ei-Gelege.« Er starrte auf das Fußende seines Bettes.

»Ich bin froh, dass du es so gut aufnimmst«, sagte Raye. »Ich war mir wirklich nicht sicher ...«

Der Maahk verdrehte die Augen und fiel langsam vornüber. Seine knochenlosen Arme rollten links und rechts von der Bettkante, bis die Tentakelfinger schlaff über den Fußboden wischten.

»... ob du schon stabil genug sein würdest«, führte Raye ihren Satz zu Ende.

Seine leisen Atemgeräusche waren ihr immerhin ein Trost.

Kapitel 29

14. April

Bei Sonnenaufgang saßen sie nackt am Kanal, die feuchten Handtücher um die Hüften gewickelt, und sahen den Schratzen zu, die drüben bei der eingestürzten Ufermauer hüpften. Bi Natham und er hatten ihre Kleider mit den Toten begraben. Dann hatten sie im Kanal gebadet. Nun froren sie wie Neugeborene.

»Ich zittere«, sagte Bi Natham. »Es ist vielleicht pervers, aber es fühlt sich fast wie Freude an.«

Martan kratzte sich. Die trocknenden Haare auf seinen Rippen kitzelten. »Die Freude, wird bei uns gesagt, ist der Anfang der Freiheit.«

»Ich hab immer so eine Stelle in mir drin gehabt«, sagte Bi Natham. »Ein verrottete Stelle. Wie ein Baum, in dessen Kern es fault.« Er strich mit den Fingerspitzen über seine Brustmitte, zum Bauchnabel hinab. »Jetzt ist da Leere. Als wäre Luft rangekommen.«

»Chandana«, sagte Martan. »Chella.«

Bi Natham Sariocc nickte. »Ein Unfall beim Borden«, sagte er. »Ausfall sämtlicher Redundanzsysteme. Klack, klack, klack. Nur Sekundenbruchteile lang. Einhundertsiebenundachtzig von achttausend Passagieren befanden sich direkt unter dem Schiff. Sie waren …«

Er holte Luft. »Sie haben nichts freigegeben, was wir hätten begraben können. Weil da nichts mehr war. Das Größte, was sie gefunden haben, von einhundertsiebenundachtzig Personen …«

Er schüttelte den Kopf. »Ich hab nie von ihnen Abschied nehmen können.«

Ein Schatten zog über sie hinweg. Die beiden Männer sahen auf. Es war einer der zwanzig tefrodischen Kugelraumer.

»Und das ist nicht auf irgendeinem rückständigen Urlaubsplaneten passiert«, sagte Bi Natham. »Sondern zu Hause. In Terrania. Ich war zu der Zeit unterwegs. Ich hab's übers Netz erfahren. Ich hab's nicht glauben wollen. Drei Wochen hat es gedauert, bis sie irgendeinen Gen-Fitzel von Chandana isoliert hatten. Drei Wochen.«

»Chandana?«

»Meine Partnerin«, sagte Bi Natham. »Meine Liebe. Ich weiß nicht, wie ihr dazu sagt.«

»Genossin«, sagte Martan.

Bi Natham sah ihn an. »Das ist ein seltsames Wort für jemanden, den man liebt.«

Martan drehte die Handflächen nach oben. »Vielleicht liegt es am Tefroda. Auf charandidisch ist es kein seltsames Wort.«

Genosse oder Genossin kam von Genießen. Genosse ... eigentlich jemand, der mit einem andern die Nutznießung von etwas hat. Was sollte daran seltsam sein? Das war es doch, was Liebende miteinander taten.

»Und Chella?«, fragte Martan. »War eure Tochter?«

Bi Natham nickte. »Unsere ungeborene Tochter«, sagte er.

Sie drehten eine Runde durch den Garten. Überall waren Martans Nachbarn dabei, Abschied zu nehmen. Alles wurde schön zurückgelassen. Die Beete gegossen, die Hütten aufgeräumt, die Werkzeuge eingefettet, die Musikinstrumente gestimmt. Als rechneten seine Nachbarn damit, dass irgendwann einmal jemand anders in die Gartenstadt Third ziehen würde.

Schließlich kamen Bi Natham und er bei der orange-gelben Hütte an. Martan suchte ihm eine kurze Hose und sein kleinstes Hemd heraus. Sie zogen sich an.

Als Martan nach draußen ging, saß Busch auf den Stufen ihrer Hütte. »He«, sagte er.

»He.« Sie sah müde aus.

»Was wirst du tun?«, fragte er. »Bleibst du hier?«

Sie schnaubte. »Um bei Shevek Gräben auszuheben und Zäune zu errichten? Oder als Einsiedlerin vor mich hin zu verholzen? Für solche Späße bin ich noch zu munter.«

Martan setzte sich auf die Stufen seiner Hütte. »Dann wirst du … Oder nicht? Oder?«

Sie strich mit dem großen Zeh eine Kurve durch den Sand. »Keine Ahnung, Martan. Was wirst du tun?«

»Ich hab auch keine Ahnung«, sagte er.

»Wollen wir nicht hier bleiben?«, fragte sie und sah ihn an. In ihren Augen war viel Weißes zu sehen. »Zusammen? Wir verstehen uns doch so gut. Und wer weiß, eines Tages, wenn du darüber hinweg bist … Ich kann warten.«

»Busch«, sagte er. »Ich will das nicht hören.«

Sie nickte. Dann stand sie auf.

Martan blieb sitzen.

Sie sahen sich an. Sie machten nicht Angu miteinander.

Busch wandte sich ab und zog die Tür ihrer Hütte zu. »Was wirst du machen, Martan? Wirst du hier bleiben?«

Er dachte kurz an das, was Kumbwai ihm von den Gefängnisinseln erzählt hatte. Er schüttelte den Kopf.

»Dann werde ich auch nicht hier bleiben«, sagte sie und ging zum Wald der Ahnungslosen, wo sie sich zum Abflug sammelten. Sie ging sehr langsam, und sie sah dabei nicht nach links und nach rechts.

Hinter ihm knarrten die Dielen. Bi Natham setzte sich auf den Boden der Hütte. Martan sah ihn kurz an, dann wieder Busch hinterher.

»Willst du einen Rat hören?«, fragte Bi Natham.

»Nein«, sagte Martan.

Sie saßen da. Das Schweigen wurde immer dichter. Schließlich fuhr Martan herum. »Ja, was denn?«

»Du tust ihr auf jeden Fall weh. Ob du sie nun auf Abstand hältst oder nicht.«

Martan schnaubte und sah wieder den Garten entlang. Busch war nicht mehr zu sehen.

»Und dir tust du auch auf jeden Fall weh«, sagte Bi Natham. »Ob du sie nun auf Abstand hältst oder nicht. Aber wenn nicht, hast du wenigstens jemanden, der dich hält. Und vielleicht will sie das ja auch. Dich halten.«

Der Traum, dachte Martan.

Er drehte sich zu dem kleinen, nahezu haarlosen Terraner herum, der in den charandidischen Klamotten fast wie ein Kind aussah.

Bi Natham Sariocc wirkte geistesabwesend. »Ich habe mich nach dem Unfall einfach nicht halten lassen. Weil ich dachte, dass ich dann nie wieder zu weinen aufhören könnte.« Er lächelte traurig. »Aber das ist Quatsch. Irgendwann hört man immer auf.«

Ein Raumboot der JOURNEE holte sie ab, als sämtliche Kugelraumer schon oben am Himmel verschwunden waren. Beim Abflug sahen sie an mehreren Stellen in der Stadt Feuer ausbrechen.

Shevek, dachte Martan.

»Nun sind sie zuletzt sogar gewalttätig geworden«, sagte Ani Gompa leise.

Sie waren längst in der JOURNEE, als sie ihn fragte, ob er sich eigentlich von seinem Vater verabschiedet hatte.

Kapitel 30

Es gelang ihnen tatsächlich, den Konvoi der Tefroder und Charandiden in Schleichfahrt durch das Feindgebiet zu schleusen. Kurz vor dem Ziel fing Bi Nathams Freischicht an. Er hatte sich endlich wieder einmal zur Meditation hingesetzt, als sich der Bordsyntron meldete.

»Verzeihung, Bi Natham Sariocc. Aber der Gast Martan Yaige sitzt schon seit siebzehn Minuten sechsunddreißig Sekunden vor deiner Kabinentür auf dem Fußboden.«

»Oh.« Bi Natham stand von seinem Formenergiestuhl auf. »Danke.« Er ging zur Tür und drückte den Öffner. »Martan. Was machst du da?«

Der Charandide sah ihn an, aus Augen, die viel zu groß und verletzlich waren für dieses bärenhafte Gesicht. Inzwischen hatte Bi Natham sich so weit an die charandidische Physiognomie gewöhnt, dass er Martan nicht mehr automatisch als alt ansah.

»Möchtest du vielleicht reinkommen?«, sagte er.

Der Charandide stand schwerfällig auf. Es schien nicht nur der durch die für ihn höhere Schwerkraft verursachte Muskelkater zu sein, der ihm zu schaffen machte.

»Tja«, sagte Bi Natham, als die Tür sich hinter ihnen schloss, und machte eine umfassende Bewegung mit der Hand. »Das ist hier mein kleines Zuhause an Bord. Soll ich es heller machen?«

»Nein. Das gefällt mir gut so. Ist freundlich, das Licht.«

Also ließ Bi Natham das Deckenlicht heruntergedimmt.

Der Charandide sah zu dem Bett mit der grauen Decke darauf. Sie war mit wenigen schmalen schwarzen und grünen Streifen verziert.

»Die gehört nicht zur Ausstattung, die habe ich mitgebracht«, sagte Bi Natham. »Es ist eine ganz einfache, aber gute Decke, wie sie in meiner Heimat seit schon bald Jahrtausenden für Möbeltransporte benutzt wird. Ich fand sie immer sehr schön. Schlicht. Rau im Griff. Kein Luxus. Einfach eine Decke.«

Martan fuhr mit der Hand darüber. »Schön, ohne obszön zu sein.«

»Obszön?«

»Besitzlerisch«, sagte der Charandide. »Darauf ausgelegt, dass es nicht alle haben können.«

Bi Natham wies zum Bett. »Setz dich doch.«

»Ich will nicht.« Der Charandide sah sich weiter um. Das Kerzenlicht schimmerte in seinen dunklen Augen.

»Das ist mein Schrein«, sagte Bi Natham.

»Schön. Erinnert mich an Thirdal. Was ist ein Schrein?«

»Davor meditiere ich.«

Martan zeigte auf das brennende Räucherstäbchen in dem dreibeinigen, tropfenförmigen Ständer aus echtem Messing, auf die Kerze, auf den Stuhl vor dem Schrein. »Wolltest du gerade?«

»Nein«, sagte Bi Natham zuerst. Dann ärgerte er sich über diese höfliche Lüge. »Doch, ja. Tatsächlich wollte ich gerade anfangen.«

»Dann fühl dich frei. Wenn du willst.«

Bi Natham wollte zuerst ablehnen. Dann gab er sich einen Ruck und setzte sich.

»Ich lege mich so lange hin«, sagte Martan.

Bi Natham hörte, wie der Charandide seinen massigen Leib auf das Bett sinken ließ, und musste schmunzeln. *Nie höflich*, dachte er. *Aber immer freundlich. Nie oberflächlich. Aber immer klar.* Wie es sich wohl lebte in einer Welt, in der ein solcher Umgang miteinander alltäglich war?

Er sah zu Martan. Der Charandide lag auf der Seite, den Kopf aufgestützt, und sah ihm zu.

»Das hier«, sagte Bi Natham und zeigte an die Wand über dem Schrein, »ist das Rad der Lehre. Es steht mit seinen acht Speichen für den Edlen Achtfachen Pfad, der zur Leidenserlöschung führt. Es ist aus billigem Kunststoff. Ich habe es auf einem Markt in Südostasien gekauft; das ist ein Teilkontinent auf meinem Heimatplaneten Terra.«

Er hatte es mit einem Haftgummi an der Kabinenwand befestigt. Es war handtellergroß und mit blauen und gelben Stoffbändern umwickelt, deren Enden lose als Schmuck hinabhingen.

»Diese kleine Statue hier«, sagte er, »ist Buddha. Das ist ein Terraner, der vor vielen Jahrtausenden lebte und als erster den Weg fort von Gier, Hass und Unwissenheit aufgezeigt hat. Den Weg des Dharma. Sie ist aus Speckstein handgeschnitzt und auch handbemalt. Das Gesicht ist mit echtem Blattgold belegt. Diese Figur ist das Wertvollste, das ich besitze.«

Er sah Martan an. »Ich habe sie von Chandana geerbt. Ebenso wie das Tuch. Das hat sie im Winter gern um den Hals getragen.« Er beugte sich vor, strich über das Tuch auf dem kleinen bordeigenen Beistelltisch, den er als Schrein benutzte, und rückte die getrockneten Blüten und die Muschelschalen zurecht.

»Leben und Tod sind hier versammelt«, sagte Martan.

Bi Natham nickte. »So, und jetzt möchte ich, dass du mich nicht mehr ansiehst.«

Er schloss die Augen und versuchte, einfach nur seinen Atem wahrzunehmen. Erstaunlicherweise fühlte er sich wohl. Er war sich Martans Gegenwart sehr bewusst, aber sie störte ihn nicht. Seine rechte Körperhälfte fühlte sich einfach lebendiger an, als ob sie den Charandiden spürte. Das Ohr fühlte sich an wie aufgestellt. *Wer weiß, welche uralten, noch rudimentär vorhandenen Muskeln zum Drehen der Ohrmuschel da zucken wollen,* dachte er.

Er hatte so lange keinen privaten Raum mehr mit jemandem geteilt, dass er das Gefühl, in einer gemeinsamen Gegenwart aufgehoben zu sein, gar nicht mehr kannte.

Na, mit dem Meditieren wurde das heute wohl nichts mehr. Er brach den Versuch ab und genoss einfach nur die Situation, jemanden bei sich zu haben, mit jemandem zusammen zu sein, der Stille zulassen konnte.

Nach einer Weile sah er zu dem Charandiden hinüber.

Martan lag mit geschlossenen Augen auf dem Bett und massierte sich die breite Nasenwurzel. Er sah grimmig aus. Nein, zermürbt.

So fremdartig war die charandidische Physiognomie der terranischen gar nicht. Charandiden stammten ebenfalls von den Lemurern ab, die vor 50000 Jahren vor den Halutern nach Andromeda geflohen waren. Das ließ sich jedenfalls aus den Legenden schließen, die Ani Gompa gestern Nacht vor der Beerdigung erzählt hatte. Die Entwicklung hin zu einem Volk von naturzugewandten Philosophen schienen sie unter dem Eindruck der Schreckensherrschaft der »großen Meisterdrachen«, sprich Meister der Insel, vollzogen zu haben. Anscheinend waren sie damals binnen weniger Jahrzehnte von der galaktischen Bildfläche verschwunden und darum von den MdI nie behelligt worden.

»Ich bin fertig«, sagte Bi Natham. »Ich freue mich, dass du hier bist. Aber warum bist du hier?«

»Ich habe es da unten nicht ausgehalten. Sie trommeln. Sie singen. Sie freuen sich. Ich hätte schreien können. Hätte sie am liebsten angeschrieen und beherrscht. Ich brauchte dringend eine Stelle, wo ich Frieden finden kann.«

»Und? Hast du sie gefunden?«

»Nicht ganz«, sagte Martan.

Es versetzte Bi Natham einen Stich.

»Aber das ist vielleicht auch gar nicht möglich«, sagte Martan, »hier an Bord dieses Schiffes, hier auf diesem Weg.«

Bi Natham stand auf und deaktivierte den Stuhl. »Bist du müde?«, fragte er. Und als Martan verneinte: »Dann lass uns doch ein wenig spazieren gehen. Kennst du unseren F. E. B. schon? Unseren Freizeit- und Erholungsbereich? Im Besatzungsmund auch *Ring* genannt?«

»Ach, die Gartenhöhle«, sagte Martan. »Davon habe ich schon gehört. Busch hat mir davon erzählt.«

»Apropos«, sagte Bi Natham. »Ein komischer Name.«

»Findest du?« Martan sah ihn erstaunt an. »Also, wer ihren Busch schon mal gesehen hat …«

»Du meinst, ihr habt sie …?« Bi Natham brach in Lachen aus. »Und *der* Name gefällt ihr?«

Martan schnaubte. »Natürlich. Bei uns gelten Haare als feinstoffliche Antennen. Ihre Verbindung mit dem Kosmos ist also eine sehr ekstatische.«

»Den Eindruck macht sie, ja.« Bi Natham prickelten die Wangen. »Allerdings auch, wenn man das mit den Haaren nicht weiß«, fügte er hinzu.

Sie verließen die Kabine und machten sich auf den Weg zu dem ringförmigen Parkbereich.

»Außer mir hat sich nur Busch das Schiff angeschaut«, sagte Martan, als sie Deck 16 erreicht hatten. »Die anderen hocken alle nur auf diesen Buchtdecks herum und wollen mit euch und eurer Monstertechnik möglichst wenig zu tun haben.«

»Das klingt bitter.«

»Keiner von ihnen wird die nächsten Tage überleben. Was haben sie zu verlieren?«

»Dann denkst du, sie werden nicht in den Nukleus eingehen?«

»Doch, schon. Das mit den Verholzten hat ja auch geklappt. Aber ich nenne das nicht Überleben, wenn lauter Einzelne zu einem Ganzen verschmelzen. Was da mit dem Nukleus verschmilzt oder in ihn eingeht, ist doch nur ihre Lebenskraft.«

»Hast du das ausprobiert? Hast du versucht, deine Partnerin und deine Tochter im Wald der Ahnen zu erreichen?«

»He, das können gar nicht mehr Lily Yo und Laila Dama sein. Das können höchstens Reste von ihnen sein. Lily Yo und Laila Dama haben wir begraben, du und ich. Sie sind längst Futter für die Würmer.«

Schweigend spazierten sie den leicht gewundenen Parkweg entlang. Es war Bordnacht. Die Pflanzenleuchten waren heruntergedimmt. Kleine Lämpchen oben an der Decke von Deck 17 funkelten als Reminiszenz an den Sternenhimmel. Grillen zirpten im hohen Gras. So weit es Bi Natham betraf, konnten sie echt sein.

Martan blieb stehen. Er holte ein Tuch aus der Tasche, legte es auf seine große, ledrige Handfläche und faltete es auf. Es waren Körner darin, viele verschiedene Samenkörner.

Er lächelte schief. »Es gibt bei uns eine Redewendung: der Urwald, der in unser aller Herzen wohnt. Wir sind stets bestrebt, ihm auch draußen seinen Platz zu geben. So geraten wir nicht in Gefahr, ihn zu vergessen.«

Er warf die Samenkörner hinüber zu den Blumenbeeten an der Innenwand.

»Ich fürchte, sobald sich die ersten Sprossen zeigen, wird irgendein Gartenrobot kommen und sie auszupfen.« Bi Natham seufzte. »Wahrscheinlich sind wir, und ich nehme mich da nicht aus, im Gegensatz zu euch eher bestrebt, draußen die Ordnung herzustellen, die wir gern in unseren Herzen hätten.«

»Syntron«, sagte Martan laut. »Die soeben ausgestreuten Samen stellen ein Gastgeschenk der Charandiden an die Besatzung der JOURNEE dar. Sie, ähm, dienen der Steigerung des, ähm, Erholungswertes dieses Park-Rings.«

»Ich stufe deine Äußerung als Verbesserungsvorschlag ein«, sagte die körperlose Stimme des Bordsyntrons. »Vielen Dank. Die Freizeit- und Erholungskommission wird ihn auf der kommenden Sitzung beraten.«

»Du lernst aber schnell«, sagte Bi Natham.

Der Charandide war schon ein Stück weiter vorn. Er riss eine Hand voll Erde aus einem Beet und schnupperte daran. Er verzog das Gesicht. »Die riecht aber komisch. Kennt sich hier an Bord denn niemand mit Komposthaufen aus?«

Bi Natham lachte. »Komposthaufen an Bord eines Raumschiffs? Jetzt hör mir aber auf.«

Sie spazierten weiter. Martan pflückte dann und wann ein Blatt von einer Pflanze, eine Blüte. Er schnupperte an ihnen, zerrieb sie zwischen den Fingern. Manche kostete er. Manche davon spuckte er gleich wieder aus. Aber die meisten aß er.

»Hast du keine Angst, dich zu vergiften?«, fragte Bi Natham irgendwann.

»So schnell vergiftest du dich nicht«, sagte Martan. »Aber viel schneller wirst du starr durch starre Essensauswahl. Charandiden essen gern so viele verschiedene Pflanzen, wie ihnen nur begegnen. Es muss gar nicht so viel sein. Hier ein

Blatt, dort eine Blüte. Das verbindet dich mit dem Kosmos.« Er grinste. »Und außerdem macht es Spaß.«

Ab und zu kamen ihnen Jogger entgegen, die meist einen Blick auf Martan warfen und dann Bi Natham knapp zunickten. Flüchtlinge hatten während der Transporte hier oben nichts zu suchen gehabt. Offensichtlich fanden die Jogger, dass das auch für Charandiden galt.

Aber vielleicht, probierte Bi Natham mit einem Schmunzeln Martans Weltsicht aus, *sind sie auch nur zu starr im Denken, weil sie ewig die gleiche Sorte Müsliriegel in sich reinschieben.*

Seine Belustigung hielt nicht lange an. Er fragte sich, ob das Eingehen der Charandiden in den Nukleus den Völkern Andromedas tatsächlich etwas nützen würde. Oder ob ihr Selbstmord nur zum Tod eines uralten, weisen, friedliebenden Volkes führte, wie der Kosmos eigentlich Tausende brauchte, damit es endlich einmal Frieden gab.

Dann wären sie gestorben, ohne dass etwas gewonnen war. Dann hätte ihr Heldenmut sich am Ende nur als tödliche Dummheit entpuppt.

Kapitel 31

Das kleine, schwarze Tier mit dem buschigen Schwanz ruckte noch ein Stück näher. Es klackte leise mit den Zähnen.

»Martan«, sagte Bi Natham Sariocc hinter ihm auf der Bank plötzlich. »Ich muss los. Wir haben Alarmbereitschaft.«

Das Tier machte ruckhaft kehrt und huschte den Baum hinauf.

»Was ist passiert?« Martan stand auf. »Greifen die Kastuns an?«

»Nein. Nein, dann hätten wir Vollalarm. Wahrscheinlich haben wir nur ein paar Kastuns geortet. Aber ich muss in die Zentrale.«

»Ich komme mit!«

Der Terraner lief schon los. »Ich weiß nicht, ob das klappt. Aber versuchen wir es. Immerhin bist du unser Gast.«

Sie liefen zur nächsten der Schweberöhren, die in regelmäßigen Abständen die Gartenhöhle durchbohrten. Martan hatte enorme Schwierigkeiten, mit dem kleinen, sehnigen Mann mitzuhalten. Er war so schwerfällig an Bord dieses Schiffes!

Als sie den Schacht verließen, gellte Vollalarm, blinkten überall Lichter.

Ein Ruck ging durch das Schiff und warf Martan beinahe zu Boden. Er schlug mit der Schulter gegen eine Wand.

»Wir stehen unter Beschuss!«, keuchte der Terraner und bog in einen Gang, der zur Schiffsmitte führen musste. »Da kriegst du keinen Zugang mehr zur Missionsstation!«

Martan machte, dass er hinter ihm her kam. »Aber wo soll ich hin?«, rief er, als Bi Natham in eine der Zweifachtüren trat, die Schleuse genannt wurden.

»Geh zur Messe!«, rief der Terraner. »Den Gang zurück

und dann immer links. Der große Essensraum! Dort hängt ein Trividschirm!«

Die Schleusentür schob sich zu. Martan lief los. Immer noch gellte der Alarm laut und durchdringend. Terraner in Schiffskleidung stürzten an ihm vorbei. Sie rannten wohl zu den Stellen, an denen sie sein mussten, wenn das Schiff in einen Kampf geriet.

»Was ist los?«, rief Martan und lief mit zweien mit.

»Gorthazi-Schiffe!«, rief der eine. »Dutzende! Wir sind bei einem Zwischenstopp mitten zwischen sie rein!«

»Und jetzt mach, dass du runter zu deinen Leuten kommst!«, rief der andere.

Martan machte kehrt und lief zur Messe. Dort war helles Licht. Stühle lagen herum. Auf manchen Tischen stand benutztes oder noch volles Essgeschirr.

Unter einer dieser Guck-Kugeln, die irgendein wirres Geflacker anzeigte, stand ein großes, froschartiges Wesen in einem Raumanzug. Es musste verkrüppelt sein. Seine Füße waren nach hinten gebogen, die Arme auf den Rücken gedreht.

Dann richteten seine vier Augen sich auf Martan, und es fuhr herum und hatte plötzlich auch einen Mund unter der Augenreihe und sah überhaupt nicht mehr verkrüppelt aus, und Martan begriff, dass es vorn und hinten Augen hatte.

Das Wesen sah ihn mit offenem Mund an.

»Was ist?«, fragte er.

»Kastun-Raumer«, sagte das Wesen nach einem Moment. »Immer mehr. Das müssen Hunderte sein. Und wir sind nur noch einen einzigen Sprung von Jessy-Top entfernt.«

Martan wurde aus dem Geflacker nicht schlau. Es sah aus wie das Abbild eines Insektenschwarmes. »Diese vielen Punkte sind Kastuns?«

Das Wesen bejahte.

»Und wir sind in der Mitte der Kugel? Und diese Punkte hier sind die anderen Frachtschiffe?« Während Martan das sagte, erloschen zwei der Punkte.

»Abschüsse«, sagte das Wesen. »Zwei.«

Martan ließ sich gegen die Wand fallen. Vor seinen Augen

verschwamm alles. *Einfach so? Plopp, hunderttausend Charandiden tot?*

»Abschuss«, sagte das Wesen.

Martan rutschte an der Wand hinunter. Er drückte eine Faust gegen seine Lippen, saugte an einem Fingerknöchel.

»Abschuss?«, sagte das Wesen. »Nein, wieder da.«

Es wurde ganz kalt in Martan. Nur die Tränen, die ihm über die Wangen quollen, waren noch heiß.

»Abschuss«, sagte das Wesen. »Syntron! Kannst du uns noch mehr Bilder freigeben? Was hat Perry Rhodan vor? Syntron!«

»Negativ«, sagte der Bordsyntron. »Dazu bist du nicht befugt.«

Achtmal. Achtmal hatte das Wesen, das sich irgendwann als Grek und irgendwas vorgestellt hatte, bereits Abschüsse von Konvoischiffen benannt. Acht von zwanzig Konvoischiffe waren vernichtet. Beinahe die Hälfte von Martans Leuten war tot. Während von den vielen Kastun-Raumern kaum einer abgeschossen worden war.

»Ich mache aus«, sagte Grek. »Das ist zu grausam.« Aber das Wesen machte nicht aus. Es schaute weiter.

Ein Beben lief durch das Schiff. Martan saß mit angezogenen Knien da. Er hatte längst den Kopf auf die Arme gelegt und hörte sich nur noch Greks Kommentare an.

»Was ist das?«, sagte Grek.

Martan hob den Kopf. Am Rand der Kugel waren andere Symbole aufgetaucht.

Grek tippte eines mit einem spitzen Finger an. Das Bild eines röhrenförmigen Schiffes erschien. »Das sind welche von uns!«, rief das Wesen. »Das sind Walzen-Schiffe! Maahk-Raumer! Es müssen welche von diesen Guerilla-Verbänden sein!«

Martan beobachtete, wie der kleine Konvoi den Kastunschwärmen zu entkommen versuchte und die Maahk-Raumer ihm einen Fluchtweg zu öffnen versuchten. Symbole für Kastun-Raumer flackerten auf und erloschen.

»Ja!«, rief Grek.

Martan stand auf und zeigte auf eines der Maahkschiffe. »Und was ist das hier für eines? Es hat einen anderen Farbton.«

Grek tippte es an, und die Vergrößerung kam. Es war ebenfalls ein Walzenraumer, aber er hatte eine raue, gleichmäßig gezackte Oberfläche.

»Ich bin sprachlos. Das ist die KARVATA-42, das Flagg-Schiff von Grek-0, unserem höchst edlen Kriegsherrn«, sagte der Froschriese. »Zuerst hieß es, er sei tot, im Eyschara-Nebel gefallen, bei der Schlacht um Hideaway-Station. Dann kamen Gerüchte auf.«

Stumm sahen sie den körperlosen Geschehnissen in der Guck-Kugel zu.

»Da«, sagte Grek irgendwann. »Wenn der Konvoi jetzt … ja. Abschuss«, sagte er einen Moment später. »Ja!«, rief er schließlich. »Damit sind wir draußen!«

Und irgendwann veränderte sich das Licht im Raum. Es blinkte über sie hinweg, während gleichzeitig wieder diese Töne gellten.

»Entwarnung«, sagte Grek. »Komm. Ich bringe dich zu deinen Leuten, Martan Yaige.«

Kapitel 32

15. April

Nur zehn von zwanzig gestarteten tefrodischen Schiffen erreichten unter Führung der JOURNEE das Attori-System. Zu Rayes Erstaunen schienen das alle schwerer zu nehmen als die charandidischen Passagiere.

Überall auf den Decks wummerten Trommeln, sangen Klangschalen, hallten Gongs. Kaum jemand nahm sich Zeit zum Essen; unzählige dieser so wild aussehenden Wesen waren damit beschäftigt, Wimpel und Fahnen und Stoffbänder zu nähen. Sie schmückten ihre Verholzten damit.

Die Verholzten. Als Erstes, hatte ihr Martans Mutter Ani Gompa erklärt, wurden sie grün, was wohl bedeutete, dass sie von einem tierischen zu einem pflanzlichen Organismus übergingen. Das dauerte angeblich nur ein, zwei Tage. Dann fingen sie zu verholzen an. Dieser Vorgang des Verholzens konnte Jahrzehnte dauern, in denen noch Kommunikation mit der jeweiligen Person möglich war. Man ging hin, sprach zu ihr, und sie antwortete mental. Wodurch diese augenscheinlich magische Verwandlung hervorgerufen wurde, war unklar. Ani Gompa begründete es mit der Jahrtausende langen Meditationspraxis der Charandiden.

Raye vermutete eher, dass es etwas mit einer Kombination aus Gen- und Nanotechnik zu tun haben könnte, an die die Charandiden sich nach dem Niedergang ihrer Kultur nicht mehr erinnern konnten.

Sie hätte gern von irgendjemandem eine Blut- oder Speichel- oder, wenn es denn sein musste, auch eine Saftprobe genommen und die Sache verifiziert. Aber bisher war niemand dazu bereit gewesen.

Der Konvoi nahm zwar Kurs auf Hohakindetimbo, aber er würde nicht den Raumhafen ansteuern, sondern außerhalb der Stadt auf einem großen freien Feld landen.

Eine halbe Million Leichen in der Stadt, dachte Raye. *Wie sollte man das der Bevölkerung zumuten? Vor allem die anschließende ... ähem ... Entsorgung?*

Laut Zim hatte es zu diesem Punkt heftige Diskussionen gegeben. Aber Rhodans Stellvertreter Benjameen da Jacinta hatte sich mit der Ansicht durchgesetzt, dass es nur eine einzige Möglichkeit gab, in der gebotenen Kürze mit diesem Riesenleichenhaufen umzugehen: Desintegration.

Ausgerechnet die angeblich so knochentrockene Kommandantin Coa Sebastian hatte sich am vehementesten gegen diesen Plan ausgesprochen. Sie war ausfallend geworden, hatte Zim erzählt, ohne ins Detail gehen zu wollen.

Raye konnte die Kommandantin verstehen. Sie konnte sich ebenso wenig mit dem Gedanken anfreunden, dass sie später, wenn alles vorbei war, an Bord des Schiffes sein würde, aus dessen Waffenmündungen grünlich leuchtende Strahlen schießen und fünfhunderttausend Leichname zu Ultrafeinstaub zerlegen würden. Das widersprach allem, was alle Völker, von denen sie wusste, normalerweise mit ihren Toten taten.

Normalerweise.

Was für ein tröstliches, Hintertürchen öffnendes Wort.

Andererseits wusste Raye nur zu gut, dass es sich dabei um die einzig sinnvolle Infektionsschutzmaßnahme handelte.

»He, willst du den neuesten Bordklatsch hören?«, meldete Zim sich über den Interkom, den sie als vorübergehendes Besatzungsmitglied inzwischen bekommen hatte. »Dein Kollege kommt demnächst wieder an Bord.«

»Mimo Serleach?«

»Genau der. Richterin Halnay und ihr Mann sind hierher unterwegs. Sie bringen ihn mit.«

»Ja, und?«, fragte Raye. »Wo bleibt der Klatsch?«

Zim lachte. »Ihm soll es jetzt ganz gut gehen. Er soll sich mit ShouKis drei Witwen, wie es die Richterin so schön ausgedrückt hat, außergerichtlich geeinigt haben. Cita meint, die Richterin hätte dabei vieldeutig geschnalzt.«

»Na, da würde ich nicht viel drauf geben«, sagte Raye. »Die schnalzt schnell, die Richterin.«

»Oho«, sagte Zim. Dann sprach er mit ganz tiefer Stimme: »Möchtest du vielleicht mal darüber reden?«

Raye musste lachen. »Weißt du noch, der Knutschfleck neulich? Die Richterin hat ihn gesehen.«

»Den am Bauchnabel?«, fragte Zim.

»Genau den.«

»Und?«

»Sie hat etwas von meinem Einsatz für die Völkerfreundschaft gesagt. Und vieldeutig geschnalzt dabei.«

»Siehst du!«, sagte Zim. »Und bei Mimo hat sie was von außergerichtlich geeinigt gesagt. Und von vertraulichen Achtaugengesprächen.«

»Und vieldeutig geschnalzt dabei.«

»Genau«, sagte Zim.

»Holla«, machte Raye.

Eine halbe Million Charandiden hatten sich, teils nur noch mental in Verholzten, teils noch körperlich vorhanden, auf dem freien Feld versammelt. Die zehn Tefroderschiffe schwebten wie Formation haltende Luftballons Richtung Hohakindetimbo davon.

Überall Trommeln, Gongs, wehende Stoffbänder.

Die Besatzung der JOURNEE war nahezu komplett erschienen. Raye stand bei Zim, als ein kleines tefrodisches Raumboot landete. Richterin Halnay stieg aus, gefolgt von ihrem äußerst gut aussehenden Mann und einem übernächtigt, doch gelöst aussehenden Doktor Mimo Serleach, der kein bisschen das linke Bein nachzog.

»Richterin«, sagte Rhodan. »JerChio.«

»Resident«, sagten Renis Halnay und ihr Mann.

»Mimo«, sagte Rhodan.

»Perry«, sagte Mimo, räusperte sich und sah sich um.

Dann herrschte wieder mehr oder weniger betretenes Schweigen.

Raye nahm Zims Hand. Er drückte sie.

Von der Stadt schwebte die strahlende Kugel heran und erreichte die Mitte der Versammlung der Charandiden.

Während die Kugel dort in der Luft hing, wurde es allmählich stiller. Immer mehr Charandiden setzten sich, nahmen die Meditationshaltung ein, schlossen die Augen.

Weiter vorn drehte sich ein Charandide um und sah zu ihnen nach hinten. Es war Martan Yaige.

Grek-665 ½ winkte ihm zu. Die Sonne spiegelte sich in seinem Helm. Sein Fanhemd trug er nicht. Er hatte wahrscheinlich noch keine Zeit gehabt, es zur Reparatur zu bringen.

Martan Yaige trat zu dem Maahk. Gemeinsam warteten sie, während es auf dem Feld immer stiller wurde.

Raye drängte sich an Zim. Zim nahm sie in den Arm. Er zitterte.

Perry Rhodan trat an ihnen vorbei. Sie folgten ihm.

»Martan Yaige«, sagte er. »Wie geht es dir?«

Was für eine blöde, banale Frage, dachte Raye. *Aber was soll er sonst sagen?*

»Ich zerreiße fast«, sagte Martan Yaige leise.

Rayes Bauch krampfte sich zusammen. Ihr stiegen Tränen in die Augen.

Die Charandiden begannen, ihre Herzen anzuhalten. Nur wenige, meist jüngere, fielen um. Die meisten sackten einfach ein wenig in sich zusammen. Sie blieben noch im Tode sitzen.

»Wie manche legendären buddhistischen Mönche und Einsiedler«, flüsterte Bi Natham Sariocc neben Grek. »Bei ihnen gilt das als ein Zeichen, dass sie sehr in sich ruhen.«

»Was ist mit dieser jungen Frau? Busch?«, fragte Perry Rhodan den Charandiden.

»Sie ist auf dem Weg in die Stadt. ›Falls du dich entscheidest, am Leben zu bleiben, weißt du, wo du mich findest‹, hat sie gesagt. Und als ich mich von ihr verabschieden wollte, hat sie nur weinend den Kopf geschüttelt und ist gegangen. Und meine Mutter finde ich auch nicht. Irgendwo hier auf dem Feld muss meine Mutter sitzen«, sagte Martan Yaige.

»Warum ist das so? Warum kann ich mich von den Frauen, die in meinem Leben wichtig sind, nie verabschieden?«

Raye drückte Zim und lief zu dem Charandiden. Er überragte sie um zwei Kopfeslängen. Sie streckte die Arme nach seinen Wangen aus, und er beugte sich hinunter, und sie machten Angu miteinander.

Ich zähle nicht zu den Frauen, die in deinem Leben wichtig sind, wollte sie ihm sagen. *Aber deine Musik, die ist wichtig in meinem Leben. Bitte tu das nicht.*

Aber wie konnte sie ihm das sagen? Wo er doch behauptete, diese Musik nie gemacht zu haben.

Sie brachte kein Wort heraus. Sie riss sich los, schlug eine Hand vor den Mund, lief zurück zu Zim und barg ihren Kopf an seiner Schulter.

»Oh mein Gott«, sagte Zim nach einer Weile. »Die Kinder. Die kleinen Kinder.«

Sie hörte das Würgen in seiner Kehle.

Und drehte sich in seinen Armen herum.

Die Kinder starben in den Schößen ihrer Eltern oder erwachsenen Freunde. Manche spielten noch oder plapperten vor sich hin; dann wurden ihre Bewusstseine mitgesogen, und ihre Körper bewegten sich langsamer und fielen um und starben.

Kapitel 33

Als Bi Natham den ersten Anflug von Freude verspürte, von Euphorie, dachte er zunächst, es hätte etwas damit zu tun, dass er an Wiedergeburt glaubte.

All diese weisen Wesen, die so sehr in sich ruhten, dass sie ihre Existenz einfach hinter sich lassen konnten, ohne Kampf, ohne Schmerz, die nicht einmal umfielen im Tod … sie würden gewiss nicht wiedergeboren werden. Sie hatten das Rad der Wiedergeburten hinter sich gelassen und Nirwana erreicht, den Zustand der Leidenslosigkeit.

Wie sollte er sich da nicht für sie freuen?

Dann aber sah er sich um und begriff, dass es den anderen, den nicht buddhistischen Zuschauern auch so ging. Grek-665½, ohne sein Fanhemd ein befremdend anonymer Anblick, wippte auf den Zehenspitzen. Perry Rhodan öffnete und schloss die Fäuste, anscheinend, ohne es zu bemerken. Andere nickten mit dem Kopf, atmeten durch, tänzelten hin und her, fingen zu lächeln an.

Bi Natham bekam eine Erektion. Zuerst kam er sich angesichts der vielen Sterbenden pervers vor, dann sah er jedoch, wie andere Männer, aber auch Frauen, sich umsahen, die Hosen zurechtzogen. Morris Thompson hatte glühende Wangen.

Manche Atto, die weniger Scheuheit kannten, sahen sich verdutzt in die Hosen oder Röcke.

Ob Atto, ob Lemurerabkömmlinge, ob sonstige Wesen: Mental schienen sie den Massenselbstmord schrecklich bis schockierend zu finden. Aber ihre Körper empfingen Vorfreude und Lebenslust und Euphorie.

Bi Natham nahm es als eindeutiges Zeichen, dass die Sache gut ausging, der Nukleus tatsächlich erstarkte.

Und er schien nicht der Einzige zu sein. Manche Besatzungsmitglieder, auch manche Tefroder, vor allem aber Atto, brachen in Jubel oder in Lachen aus.

Perry Rhodan räusperte sich. »Die Freude ist der Anfang der Freiheit.«

»Wie die Charandiden sagen«, fügte Bi Natham hinzu.

»Wieso die Charandiden?«, krächzte Rhodan. »Das ist ein altes terranisches Sprichwort. Ein andalusisches, um genau zu sein.«

So schnell der Jubel aufgekommen war, so rasch verflog er wieder.

Stille senkte sich auf das riesige Feld hinab.

Eine Trommel, eine Rassel nach der anderen verstummte.

»Lasky Baty«, sagte Grek in die zunehmende Stille hinein. »Martan. Ich … habe mich ihm nie offenbaren können. Ich habe ihm nie sagen können, dass seine Musik … Ich habe es einfach nicht geschafft.«

Bi Natham nahm seine Hand.

Kapitel 34

Die Toten. Die vielen, vielen Toten auf dem Feld. Und darüber diese falsche Sonne, die sich drehte und mit langen Lichtfühlern nach den Verholzten tastete. Martan hatte das Gefühl, jeden Moment zerrissen zu werden. Die Toten ... sie schrieen nach Trauer. Nach Aufbahrung. Und darüber diese Kugel, die in der Luft tanzte und sich von den Toten zu nähren, die immer stärker und stärker zu werden, die zu frohlocken, zu lachen schien vor Kraft und Energie und Lebensschwung. Er hasste sie!

»Ich hasse dich, Nukleus!«, rief Martan.

Aber zugleich durchpulsten diese Vorfreude und Lebenslust und Euphorie seinen Leib.

»Ich will diese Gefühle nicht!«, rief Martan. »Lass mich in Ruhe!« Und stellte entsetzt fest, dass er auf den Nukleus zu ging. Dieses monströse Ding, es zog ihn an!

Martan sah sich verzweifelt um. Dort stand Perry Rhodan. Martan konnte seinen Blick nicht deuten. Der legendäre Weltraumheld sah wie versteinert aus. Das war nicht Pyro Dana, der Drachentöter. Das war Perry Rhodan, der Dreckwegmacher. Einfach ein Typ, der nachher eine dieser furchtbaren Maschinen nehmen und alle diese Toten zu Staub zerblasen würde. Die Toten einer ganzen Welt.

Tun zu können, was du tun musst, hatte Perry Rhodan in Third zu ihm gesagt. *Das ist für mich die wahre Freiheit.*

»Schwachsinn«, sagte Martan. Hinter sich spürte er den Nukleus frohlocken.

Neben Rhodan stand Grek. Der Froschriese in seinem Raumanzug weinte.

Martan holte tief Luft.

Tu, was du willst. So lautete das erste der angeblich zwei Gesetze, denen zu gehorchen kein Wesen entkam.

»Schwachsinn«, sagte Martan.

Sei, was du bist. So lautete das zweite der angeblich beiden einzigen Gesetze, denen zu gehorchen kein Wesen entkam.

»Schwachsinn«, sagte Martan.

Lebe!, so hieß es, das eine, das einzige Gesetz. *Und dann stirb!*

Rundherum um dieses verödende, verkarstende Totenfeld standen sie und glotzten. Hinten, in Hohakindetimbo, war Busch.

»Ich hasse euch!«, rief Martan. »Sterbt!«

Er meinte sie alle damit. Alle, die morgen, die übermorgen noch leben würden. Alle, die morgen, die übermorgen aus freien Stücken nicht mehr leben würden.

»Ja! Los!«, rief er, und seine Stimme hallte weit über den Platz. »Haltet eure Herzen an! Werft eure Leben weg! Ihr dummen Tiere! Da lach ich doch!«

Er trat gegen einen dürren Charandiden vor sich, der im Sitzen gestorben war, in jeder Hand eine Blüte. Der Leichnam entfaltete sich und fiel um. Der Schädel, der nur von einem Kranz bodenlanger, dünner Haare umgeben war, brach unter der Haut mit einem fürchterlich fleischigen, abgedämpften Geräusch.

»Martan«, sagte der Terraner Bi Natham Sariocc leise. Nichts weiter.

Martan fiel auf die Knie. Er schrie. Ihm wurde schwarz vor Augen. Er wusste nicht, ob er die Augen geschlossen hatte oder ohnmächtig wurde. Er wusste nur, dass er schrie.

Nach einer Weile merkte er, dass er wieder still war. Er lag auf der Seite, die Beine angezogen, die Hände vors Gesicht gedrückt. Er holte tief Luft, atmete aus, machte seine Muskeln weich. Und wusste, woher auch immer, dass sie alle tot waren. Er war der letzte lebende Charandide hier auf dem Feld.

»Oh!«, riefen die Atto ringsum. »Ah!« Es klang erstaunt.

Martan öffnete die Augen. Der Nukleus drüben, diese große, schwebende Kugel. Sie flachte sich ab. Bildete Äste aus. Stämme. Verwandelte sich für wenige Atemzüge in das knisternde, Funken sprühende Abbild eines Waldes.

Der Wald der Ahnen, dachte Martan und stand auf. Er ging zwischen den sitzenden Leichnamen hindurch zu der Kugel, die immer heller flammte, immer weißer gleißte.

Er streckte die Hände aus und schob sie in das Gleißen. Es fühlte sich an, als tauchte er sie in ein Waschbecken mit warmem Wasser.

Er schloss die Augen und hielt die Luft an und ließ sich kopfüber in das warme Wasser gleiten.

Das Letzte, was er wahrnahm, waren diese Wärme und hinter den Augenlidern ein alles durchdringendes Weiß.

Epilog

12. April

Doktor Mimo Serleach schwingt sich mit dem guten Bein auf das Fahrrad und setzt den Fuß auf die Pedale. Aber er tritt sie nicht durch. Er bleibt stehen und beobachtet die JOURNEE.

Einen Augenblick lang scheint die riesige Stahlkugel vom runden Bug bis zur klaffenden Mehrzweckbucht zu erzittern. Dann erhebt sie sich langsam und lautlos aus ihrer Schwebeposition zehn Meter über dem Boden. Je höher sie steigt, umso größer wird die Beschleunigung. Die JOURNEE wird immer schneller, schrumpft zu einem Spielzeug, zu einem Punkt – und verschwindet.

Irgendwo dort oben schließt sie sich jetzt mit den zwanzig Tefroderschiffen zu einem Konvoi zusammen und nimmt Kurs auf Thirdal.

Nur einen Augenblick lang verspürt Mimo Zweifel, einen leisen Stich, eine Spur von Reue. Doch dieser Moment ist rasch überwunden. Mimo blickt zu den Abfertigungsgebäuden hinüber. Dahinter wartet Hohakindetimbo auf ihn. Wartet Heilung.

Vorsichtig strampelt er los. Wie er es sich gedacht hat, tut das nicht so weh, als wäre er zu Fuß gegangen. Aber sein Bauch ist fürchterlich eingeklemmt. Er nimmt eine Hand vom Lenker, öffnet den Bund der grauen Hose und fällt beinahe um. Rad fahren ist gar nicht so einfach.

Die tefrodischen Wachtposten winken ihn durch.

Draußen rückt er die Sonnenbrille zurecht und zieht die Schirmmütze ein bisschen tiefer ins Gesicht. Aber niemand beachtet ihn. Er kann ungehindert durch die Straßen radeln, aufgehalten nur durch das übliche Gewühl und Gewusel. Überall hupt und klingelt und pfeift es. Er ist wohl der einzige Radfahrer auf ganz Attorua, der keine Klingel hat.

Er hat mit dem Schlimmsten gerechnet. Mit Tumult und Raserei, wie es die wenigen Nachrichten nahe gelegt haben, die ins Schiff gedrungen sind.

Nichts davon. Ein paar Atto sind weiß und nackt und mit Blechdosen geschmückt. Nirgendwo Barrikaden. Nirgendwo wütet ein Mob, der auf Lynchjustiz aus ist.

Man sieht, was man sehen will. Selektive Wahrnehmung. Scheuklappenperspektive. Tunnelblick.

Wenn dieser tefrodische Kommisskopf das nötig hat, bitte schön. Wenn Rhodan und Sebastian sich davon irgendetwas versprechen, bitte schön. Doktor Mimo Serleach aber hat fest vor, das ganze Bild zu sehen.

Er nimmt alles in sich auf.

Es liegt etwas mehr Müll in den Straßen. An manchen Stellen ist Sperrmüll aufgeschichtet.

Gut, dann hat es wohl Barrikaden gegeben.

Ausgebrannte Ladengeschäfte sieht er keine. *So viel zum Stichwort Plünderungen, Logistik-Offizier,* denkt er.

Mimo hat sich nicht festgelegt, was die Stationen seiner Reise angeht, auf der er Heilung zu finden hofft. Er hat sich nur immer wieder mittels Stadtplan den Kernbereich von Hohakindetimbo eingeprägt. Den Rest will er dem Zufall überlassen, will sich nur treiben lassen.

Als Erstes, beschließt er nun, während ShouKis Bein allmählich zu pochen anfängt, wird er sich dieses Spital noch mal ansehen.

Die Alte Spitalgasse, wie ihr Name im Touristenführer übersetzt wird, ist eng und mit Kopfsteinen gepflastert. Der Verkehr zuckelt im Schritt-Tempo hindurch. Also steigt Mimo ab und schiebt das Fahrrad auf dem Fußweg.

Er bekommt Herzklopfen, als ihm klar wird, dass er die falsche Straßenseite gewählt hat und direkt am Krankenhaus vorbei gehen wird.

Nichts. Keine Belagerung. Nur mitten auf der Straße eine

Baustelle, wo das Pflaster an ein paar Stellen aufgerissen ist. Darum der zäh fließende Verkehr.

Aber am Eingangsbereich fehlt die Vorderfront. Die Überreste einer Drehtür liegen auf einer niedergetrampelten Wiese. Sie sehen aus wie eine filigrane Skulptur.

Und oben im Treppenhaus sind auf Höhe des zweiten Stockwerks ein paar Fensterscheiben durch Spanplatten ersetzt.

Mimo sucht sich eine ruhige Ecke und bleibt stehen. Holt tief Luft und nimmt das alles in sich auf.

Es tut mir Leid, denkt er, und ihm schießen Tränen in die Augen.

Ich hab das alles nicht gewollt, denkt er. *Die haben mich dazu überredet, diese Ärztin und der Maahk und dieser … dieser verfluchte Gestaltwandler.*

Die Trauer ist wie abgeschnitten. Als hätte er einen Schalter umgelegt. Den Schalter der bequemen Lügen.

»Gut«, sagt Mimo halblaut. »Schon kapiert.« Er lacht. Sein eigenes Lachen, es macht ihm eine Gänsehaut. »Zeit, ein wenig zu zaubern.«

Er lehnt das Fahrrad an einen Baum und öffnet seine Arzttasche. Den Medikamenten-Cocktail in der kleinen braunen Flasche schüttelt er nur kurz, weil sich Trübstoffe abgesetzt haben. Den kann er auch später noch trinken. Er tut ihn wieder in die Tasche, holt statt dessen einen großen Tiegel hervor, öffnet ihn, stellt ihn auf den Boden. Eine weiße Paste befindet sich darin.

Er schlüpft aus den dunkelblauen Badelatschen. Kleine Steine auf den Gehwegplatten zwicken ihn in die Fußsohlen.

Bevor er die grauen Hosen herunterlässt, sieht er sich um. Aber diese Verstohlenheit verlangt ihm nur seine Erziehung ab, nicht seine derzeitige Umgebung. Niemand wirft ihm mehr als einen flüchtigen Blick zu. Nicht die üppige Tefroderin in den sieben bunten Röcken, nicht die beiden Soldaten drüben beim Spitaleingang, nicht die Horde Attokinder, die zu irgendeinem Ballspiel unterwegs sind.

Ich möchte gar nicht wissen, wie die Atto Ball spielen, denkt er. *Wahrscheinlich gilt nur eine einzige Spielregel: dass keine Regel mehrmals angewendet werden darf.*

Er rollt die Hose zusammen und tut sie in die Arzttasche. Die Nahtstelle, an der ihm ShouKis Bein transplantiert worden ist, sieht scheußlich aus.

Eigentlich hat Doktor Corona hervorragende Arbeit geleistet. Sauberer kann das nicht aussehen nach den paar Tagen. Aber bevor er neulich betrunken ins Bett gefallen ist, hat Mimo sich in einem Anfall von alkoholinduzierten Selbstvorwürfen mit dickem schwarzem Garn zusätzliche Quernähte aufgesetzt. Frankensteins-Monster-Nähte. Es war kein Garn aus der Chirurgie, und so suppen die Wundkanäle und tun weh.

Heute ist ihm klar, das Setzen der Nähte war ein Hilfeschrei. Ein Hilfeschrei des Doktor Mimo Serleach an sich selbst.

Und nun bitte den Oberkörper frei machen, denkt er. Und tut es. Für einen Augenblick überlegt er, ob er auch seine grauen Boxershorts ausziehen soll. Dann entscheidet er sich dagegen. Das muss reichen so. Er ist ja kein Atto.

Er verstaut Mütze, Sonnenbrille und Oberhemd in der Tasche, macht sie zu, hängt sie wieder über den Lenker. Dann schaufelt er mit den Fingern eine ordentliche Portion der pastösen weißen Farbe aus dem Tiegel und fängt an, sich damit einzureiben.

Als er mit beiden Händen immer wieder über die knubbelige Naht am linken Oberschenkel reibt, über die groben, losen schwarzen Fäden, steigen ihm wieder Tränen in die Augen.

Es tut mir Leid, denkt er.

Als er seinen dicken, prallen Bauch damit einreibt und Muster in die Schamhaare streicht, die ihm bis auf den Bauchnabel hinaufwuchern, wo sie sich mit den letzten Ausläufern seiner Brustbehaarung treffen, muss er schlucken.

Er räuspert sich.

»Ich wollte das nicht«, bringt er hervor. »Ich wollte das doch nicht.« Und kann sich nur noch an den Baumstamm lehnen und in seine Armbeuge weinen. »Ich hab das doch nicht gewollt, ShouKi.«

Irgendwann, während es aus ihm weint und weint, liegt plötzlich eine warme Hand zwischen seinen Schulterblättern.

Als Mimo schließlich zu weinen aufhört, dreht er sich nicht um. »Danke«, sagt er nur und holt Luft und wartet, bis die Hand sich von der Stelle zwischen den Schulterblättern löst, bis er weiß, woher auch immer, dass die Person, die ihm den Rücken gestärkt hat, wieder in der Menge verschwunden ist.

Er schraubt den Tiegel zu und legt ihn in die Arzttasche am Lenker, die dadurch weiße Flecken bekommt. Holt die drei Dosen heraus, die er heute Morgen an kurzen Schnüren befestigt hat, und hängt sie sich um den Hals.

Dann schlüpft er wieder in seine Badelatschen und schwingt sich, etwas wackeliger diesmal, auf das Fahrrad. Die leeren, blanken Dosen schlagen ihm gegen den Bauch, während er ungleichmäßig an Fahrt gewinnt.

Wenn Mimo später an diese Fahrt zurückdenkt, wird er sich immer fragen, wie er sie eigentlich hat überleben können. Er scheint die gesamte Straßenbreite zu brauchen, um nicht hinzufallen. Ab und zu schließt er die Augen, weil ihn die Sonne zu sehr blendet. Und wenn er sich nicht anstrengt, ist sein Blick verschwommen. Da sind Schatten, Umrisse von Leuten. Da kommen Formen auf ihn zu und an ihm vorbei gestürzt, schlagen ihn mit der Luftwelle, die sie vor sich herschieben. Aber irgendwie schafft Mimo es. Irgendwie fährt er immer weiter, immer weiter.

Und irgendwie fährt er im Kreis.

Er will zum Interplanetaren Gerichtshof, zum Planetar-Anwalt Strawl. Aber er verirrt sich fürchterlich. Als er endlich an einer Kreuzung wieder einen Straßennamen kennt und weiß, wo er sich befindet, ist er keine zwei Ecken von ShouKis Witwen entfernt. Er orientiert sich und schlägt die Richtung zum Gerichtshof ein.

Und landet wieder in der Nähe der Wohnung der Witwen.

Na schön, denkt Mimo und biegt in die Straße ein. Ihn durchläuft ein Beben. Er hat den Eindruck zu fiebern.

Ich hab das Zeug doch gar nicht genommen, denkt er. *Oder hab ich?*

Vage meint er sich zu erinnern, wie er auf einer Brücke gestanden und die braune Flasche in den Fluss unten geleert und dann in hohem Bogen ins Wasser geworfen hat. Und hat er nicht seine Arzttasche hinterhergeworfen?

Nein, die hängt noch am Lenker.

Der Blick nach unten erweist sich als fatal. Auf einmal schlägt ihm etwas gegen das Vorderrad, und er sieht eine Kante, eine Bordsteinkante, und dann fliegt er über die Lenkstange und reißt sich den rechten großen Zeh an der Displayhalterung auf und landet in einem Gebüsch, dessen weiche, rutenartige Zweige ihn vor dem Schlimmsten bewahren.

Das ist ein Notfall, denkt er. *Meine Tasche. Ich muss da hin. Ich werde gebraucht.*

Er nestelt sie von dem verdrehten Lenker und sieht sich um und findet seinen rechten Badelatschen und klemmt ihn sich unter den Arm und schlurft weiter.

Schlapp, patsch, schlapp, patsch, machen seine Füße auf dem nackten, roten Erdboden.

Und der Erdboden fängt an zu rollen, rollt immer schneller unter ihm weg, immer schneller, und kippt auf einmal hoch und schlägt ihm gegen das Gesicht.

Mimo dreht sich schwerfällig auf den Rücken. Ihm ist kalt.

Über sich sieht er zierliche Gestalten.

»Also bitte«, sagt er ungehalten.

Drei beugen sich über ihn.

»Wo ist die erkrankte Person?«, fragt er.

Drei zierliche weiße Gestalten.

»Ich bin der Arzt«, sagt er und hält ihnen zum Beweis seine Tasche entgegen.

Drei zierliche, weiße, weibliche Gestalten.

»Irgendjemand muss mich doch gerufen haben«, sagt er.

Die mittlere der drei nackten Gestalten hebt die Schultern und lächelt und schüttelt den Kopf.

»Nix verstehen?«, sagt Mimo. »Ach, Herrgott …«

Dann wird es dunkel um ihn.

Als es wieder hell wird, befindet er sich allein in einem Raum mit gelb und orange getünchten Wänden. Die Decke ist weiß und rissig. Die drei Fensteröffnungen sind mit geschnitzten und weiß lackierten Gitterläden versehen. Auf den Simsen stehen Pflanzen.

Mimo schiebt die Zungenspitze in die Lücke zwischen den unteren Schneidezähnen und hebt den Kopf. Das Bett, in dem er liegt, ist riesig. Er stutzt. Darin können bequem vier Leute schlafen.

Gegenüber an der Wand stehen vier rötliche Holztruhen, für Kleidung wahrscheinlich, jede mit anderem Schnitzwerk versehen.

Die eine Truhe steht offen. Im Deckel lehnt ein Portrait von ShouKi.

»ShouKi«, sagt Mimo. »Oh, Gott.«

Der Atto hält stolz eine Art Aktentasche vor der Brust und strahlt in die Kamera.

Mimo wälzt sich auf die Seite. Etwas rutscht klappernd seine Brust entlang. Die Blechdosen. Er setzt sich auf und sieht an sich hinunter. Er ist immer noch kalkweiß angemalt. Die Dosen sind verbeult. Er schiebt eine Hand darunter und ertastet ein paar Schürfwunden und ein kleines Hämatom.

Ihm tut die Körperrückseite weh, vom Haaransatz bis zu den Waden. Da müssen überall kleine Wunden von dem Sturzflug in dieses Gebüsch sein.

Auf dem Holzboden vor dem Bett stehen seine Badelatschen. Am rechten ist ein Riemen zerrissen. Mimo besieht sich seinen großen Zeh und beschließt, lieber barfuss zu bleiben. Die Stelle, an der ihm der Lenker die Haut vom Muskel gezogen hat, sieht gar nicht gut aus, so ungesäubert.

Irgendwo hinten in der Wohnung sind Stimmen zu hören.

Mimo betritt den langen Flur. Dort ist es dunkel gegen das Schlafzimmer. Mimo versucht ein paar Türen. Eine düstere, muffige Kammer voller Krempel. Eine wohl sortierte Vorratskammer. Eine Küche. Dort trinkt Mimo ein paar Schluck Wasser aus dem Hahn. Dann geht er weiter den Flur hinab, schiebt eine Tür auf und steht auf einmal in einem Wintergarten. Nein, einem Gewächshaus. Sonne durchflutet die leicht trüben Fensterscheiben. Es ist wie der Schritt in einen Dschungel. Überall üppige Pflanzen, in Schalen, in Beeten, in riesigen Tontöpfen, die ihm tatsächlich bis zum Bauch gehen.

»Hallo?«, sagt er. »Ist da jemand?«

»Aij?«, antwortet eine helle Stimme.

Mimo geht um eine Art Hecke herum und läuft beinah in einen Arbeitstisch hinein.

Da stehen die drei Atto-Häsinnen und sehen ihn aus ihren großen, ernsten Kulleraugen an. Sie sind nackt bis auf die breiten, schon bekannten Gürtel. Ihr kurzer Pelz ist weiß.

»Alo«, sagt die mittlere Witwe.

»Hallo«, sagt Mimo und kratzt seine stoppelige Wange. Er weiß nicht, wo er hinsehen soll.

Er räuspert sich. »Ihr wisst, wer ich bin?«

Die drei Witwen zeigen zu einem Stuhl. Mimo setzt sich. ShouKis Bein hält er gerade. Die Frankenstein-Nähte zerren.

»Tja«, seufzt Mimo und lehnt sich zurück.

Die Witwen sind dabei, eine Art Paste herzustellen. Obwohl es vom Arbeitsumfang her nicht nötig wäre, tun sie es gemeinsam.

»Ich hab euren Brief bekommen«, sagt Mimo. »Den von eurem Anwalt.«

Sie sehen ihn verständnislos an.

»Ja, könnt ihr kein Tefroda?«

»Bis jin«, sagt die eine, die schon Hallo gesagt hat. »Nu bis jin.« Sie hebt das linke Bein, greift sich an den Schenkel. »ShouKi. Du?«

»Ja«, sagt Mimo. Ihm fängt das Herz in der Brust zu hämmern an, aber es passiert nichts weiter. Die Witwen kümmern sich weiter um diese Paste.

Langsam nimmt Mimo Unterschiede zwischen ihnen wahr.

Die, die den Mörser mit einem wuchtigen Pistill reibt und ab und zu einen Schwall Öl aus einer Flasche hineingibt, hat schwerere Brüste und trübere Augen als die anderen beiden.

Die, die ab und zu ein Löffelchen Steinmehl oder Kalk hinzugibt, hat zwei auffallende Haarwirbel an der Kehle.

Und die, die ganz gemächlich ein weißes Blütenblatt nach dem anderen in den Mörser fallen lässt …

Mimo sieht weg.

Nein, so geht das nicht, denkt er und blinzelt die Tränen zurück. *Du kneifst jetzt nicht. Du wolltest nichts ausblenden. Komm schon.*

Die dritte ist entweder auf seltsam unproportionierte Weise übergewichtig oder sie ist schwanger.

»ShouKi?«, fragt Mimo sie und hält sich den Bauch.

»Hm?«, macht sie, legt den Kopf schief und zuckt mit einer Schulter.

Wer weiß das schon so genau, soll das wohl heißen.

Na toll.

Mimo sitzt da und starrt auf den gefliesten, mit Erdkrumen und vertrockneten Blättern übersäten Fußboden. Er kommt sich lächerlich vor in seinen grauen, weißfleckigen Boxershorts, mit der abbröckelnden weißen Farbe auf dem Bauch und diesen blöden Dosen vor der Brust. Und diese drei Witwen stehen da und rühren und rühren.

Ernüchterung überkommt ihn. Was soll der Quatsch. Er hat gehofft, irgendwie Heilung zu finden durch diesen Gang nach Hohakindetimbo. Hat gehofft, sich alles von der Seele reden zu können. Und nun das. Eine Witwe ShouKis ist schwanger, vielleicht von ShouKi, vielleicht von sonst wem. Und er, der Doktor Mimo Serleach, hat sich tagelang einen Kopf gemacht!

Wie blöd kann man denn sein!

Moment mal, denkt er. *Mach dir nichts vor. Wenn du dir was von der Seele reden musst, tu's. Scheiß drauf, ob die drei Ladys das verstehen oder nicht. Das Gefühl, das dahinter steckt, werden sie schon verstehen. Wenn sie's verstehen wollen. Was wiederum ihre Sache ist.*

Er steht auf. Die drei Witwen sehen ihn an und kümmern sich dann wieder um ihre Paste.

»Es tut mir Leid«, sagt er. »Ich weiß nicht, ob ich Schuld bin oder nicht. Ich werd's auch nie wissen. Aber ich hab nicht gewollt, dass ShouKi stirbt.«

Als der Name ihres Gatten fällt, sehen die Witwen auf.

»In Amerika, einem alten Land auf meinem Heimatplaneten«, sagt er und tritt langsam um den Arbeitstisch, »war es früher mal Sitte, dass man, wenn man jemanden umgebracht hatte oder an jemandes Tod schuld war, für eine gewisse Zeit als Sklave dessen Platz in seiner Familie einnehmen musste.«

Er zieht der mit den schweren Brüsten die Mörserschale aus den Händen. Als er ihr den Pistill aus den Fingern nimmt, bleibt ein Prickeln zurück, wo ihre Pelzhaare seinen Handrücken gestreift haben.

»Naij«, sagt die mit den gesträubten Wirbeln am Hals und klopft mit dem Löffel auf den Tisch, dass das Steinmehl aufstiebt. »Naij, naij, naij!«

Mimo lässt den Mörser los und weicht zurück.

Die mit den gesträubten Haaren zeigt mit dem Löffel auf den Mörser und dann auf ihre beiden Mitwitwen und sich selbst.

»Okay«, sagt Mimo.

Dann zeigt sie auf ein Regal. Dort stehen schon Tiegel mit roter, gelber, grüner, blauer Paste.

»Alles klar.« Mimo nickt. Er zeigt auf die Witwen. »Ihr macht die Farben.« Er zeigt auf sich. »Und ich?«

Die Schwangere, die ihm am nächsten steht, tut so, als schnuppere sie an ihm. »Uuh«, sagt sie. Dann nickt sie und zeigt hinter eine Reihe Farne.

Mimo geht dorthin. Hinter den Farnen steht eine Art Duschzelle. Eine große Muschelschale aus Stein bildet die Wanne. Eine wild wuchernde Blütenranke aus einem Messing ähnlichen Metall bildet die Dusche. Er dreht probehalber den Hahn ein Stück auf. Lauwarmes Wasser perlt kreuz und quer aus den Blüten. Mimo legt die Dosen ab und sieht sich um. Hinter den Farnen sind die drei Witwen zu sehen. Die Duschzelle besitzt keinen Vorhang. Er zuckt mit den Schultern, dann steigt er mitsamt Boxershorts in die Dusche.

Hinten hört er die Witwen lachen.

Na und, denkt er. *Ich möchte jede Einzelne von euch mal sehen, wenn das Verhältnis umgekehrt wäre. Eine Frau unter der Dusche und drei Männer davor. Wär das dann auch noch so lustig?*

Einige »Blätter« der pflanzenartigen Rohrkonstruktion sind als Schalen ausgeformt. Mimo greift zur Seife und wäscht sich. Greift zur Bürste und schrubbt sich die ganze weiße Farbe aus den kurzen Kräuselhaaren und vom Oberkörper.

Das Wasser in den Ohren lässt alles dumpf klingen.

Die Boxershorts kleben ihm am Körper.

Na schön, denkt er. *Was ist lächerlicher? Mit nacktem Hintern unter der Dusche zu stehen oder in einer nassen Unterhose?*

Er bekommt eine leichte Erektion, aber er streift die Unterhose trotzdem ab. Sie klatscht in die Wannenmuschel. Er hebt sie auf und drückt sie unter den Duschstrahlen ein wenig durch. Dann wringt er sie aus. *Wohin damit? Vielleicht erst einmal drüben aufs Fensterbrett, in die Sonne.* Er dreht sich um.

Die drei Witwen stehen nicht mehr hinter den Farnen, sondern davor. Sie haben ihre Dosengürtel abgelegt und halten Schwämme in der Hand.

»Oh nein«, sagt Mimo.

Aber die Witwen sehen ihm nicht auf das Glied, sie sehen auf ShouKis Bein. Sie weinen.

Während die drei Atto-Häsinnen ShouKis Bein waschen, hält Mimo sich an den Rohrranken fest und streckt das Gesicht in den Regen, der aus den Blütenduschen kommt.

Manchmal streift ein Handrücken seinen linken Hoden oder sein Glied. Dann pulst ihm kurz Blut hinein, und Mimo reißt die Augen auf und hält die Luft an und hofft jedes Mal, dass es bald wieder vorbei geht.

Er entspannt sich erst, als eine der Witwen sein Glied mit der Hand umfasst, kurz drückt, dabei etwas zu den anderen beiden sagt und alle drei leise kichern, bevor sie weiter das Bein waschen.

Doktor Mimo Serleach, denkt er. *Du wolltest nichts ausblenden. Du wolltest dir das ganze Bild ansehen. Also tu es auch.*

»Oh Gott, ShouKi«, sagt er, als die Witwen das Wasser zudrehen und ihn aus der Dusche holen und abzutrocknen beginnen.

»Ich hab nicht gewollt, dass du stirbst«, sagt er, als sie ihn drüben im Schlafzimmer sanft aufs Bett schieben und mit spitzen, weichen Pinseln die bunten Heilsalben aufzutragen beginnen. »Und«, fügt er zu seinem eigenen Erstaunen hinzu, »ich bin froh, dass ich das Bein bekommen habe. Dass ich es von dir bekommen habe.«

Sterben und Lieben.

Lieben und Sterben.

Sie liegen so verflucht nah beieinander.

Später, am Ende seiner Zeit mit den Witwen, wird Mimo sich von ihnen auch noch diese scheußlichen schwarzen Fäden ziehen lassen. Aber jetzt liegt das noch vor ihm. Liegt vor ihm wie die letzten Küsse, die letzten Umarmungen, die letzten Blicke, liegt vor ihm wie die ersten Schritte den Hof entlang und durch das Tor nach draußen, in Richtung Raumflughafen, Richtung JOURNEE.

»Oh Gott, ich liebe euch«, sagt Mimo zu den drei Witwen.

Und er meint es.

Glossar

Atto

Die skurrilen Atto, die auf dem Planeten Attorua leben, sind im Prinzip freundliche Wesen mit einem Hang zu schwer verständlichen Späßen. Die meisten Atto kennen kein Verantwortungsbewusstsein, sind flüchtige, unstete Naturen. Die Atto sind Gestaltwandler. Von den Tefrodern werden sie als Physiokopisten bezeichnet, womit ihre paranormale Fähigkeit gemeint ist. Sie vermögen jegliche fremde Gestalt anzunehmen. Aus Höflichkeit haben sich die Atto angewöhnt, Fremden i. d. R. in einer »Standardgestalt« gegenüberzutreten. Diese ähnelt aus menschlicher Sicht einem aufrecht gehenden, irdischen Kaninchen, mit stämmigen kurzen Beinen und recht menschenähnlichen Armen und Händen. Eine immer wieder geprobte attorische »Spezialdisziplin« ist es jedoch, einem Gesprächspartner dessen eigene Gestalt vorzuführen. Dies alles ohne Hintergedanken, sondern als Resultat eines ausgeprägten Spieltriebes.

Ihren Platz in der Völkergemeinschaft von Andromeda haben die heimatverbundenen Atto allerdings aus einem ganz anderen Grund: Das skurrile Völkchen verfügt über ein fast schon unbegreifliches »Händchen«, wenn es darum geht, die köstlichsten und raffiniertesten Nahrungsmittel von ganz Andromeda herzustellen. Keiner der Atto, der nicht das eine oder andere Gewächshaus sein Eigen nennt, in dem die unglaublichsten kulinarischen Spezialitäten herangezüchtet werden.

Attorua

Der zweite von fünf Planeten umkreist die orangefarbene K1V-Sonne Attori in einer mittleren Entfernung von

123,67 Millionen Kilometern. Der Durchmesser des Planeten beträgt 12571 Kilometer, seine Schwerkraft liegt bei 0,99 Gravos. Umkreist wird Attorua von einem Mond, der 3121 Kilometer durchmisst.

Die Hauptstadt Hohakindetimbo liegt am Äquator des Planeten, eine Handelsstadt, die von hunderten Quadratkilometern parkartiger Gartenlandschaft umgeben ist und zu Normalzeiten von 800000 Atto bewohnt wird. Im Hinterland, nach Norden begrenzt vom Dunklen Ozean, sind zur Handlungszeit Tausende von Flüchtlingsschiffen gelandet.

Physiokopisten

Die freundlichen Bewohner des Planeten Attorua im Sektor Jessytop der Galaxis Andromeda sind Gestaltwandler. Von den Tefrodern, die die Atto seit langer Zeit kennen und schätzen, werden sie als Physiokopisten bezeichnet, womit eine paranormale Fähigkeit gemeint ist. Um diese Fähigkeit einsetzen zu können, müssen sie die »Vorlage« entweder berühren, einige Sekunden lang aus der Nähe sehen oder aber erinnern, also bereits einmal einen Angehörige/n dieser Art kopiert haben.

Die Atto bilden nicht etwa nur das Äußere eines Fremdwesens nach, sondern kopieren es durch und durch, wandeln also ihre Körper tatsächlich bis ins kleinste Detail um.

Dieser Vorgang ist sehr sehr energieaufwändig ist und von daher vergleichbar mit der bekannten Teleportation: Wie ein Teleporter besorgt sich auch ein attorischer Gestaltwandler das Gros der benötigten (Hyper-) Energie durch intuitive Nutzung (in gewisser Weise »Anzapfung«) hyperhysikalischer Gegebenheiten. Er muss aber sehr wohl (zumindest zur Steuerung des Vorgangs) auch eigene Mentalenergie investieren – umso mehr, je größer die Differenz der Körpermasse ist. Kurz:

Allen Atto ist diese Fähigkeit angeboren, aber sie beherrschen sie unterschiedlich gut. Manche sind einfach von klein auf talentierter dafür. Doch kann jemand dieses Talent – wie jedes andere auch – relativ ungenutzt verkümmern lassen, während ein ursprünglich weniger Begabter es durch Ehrgeiz, Fleiß und Ausdauer in Summe zu größerer Kunstfertigkeit bringen kann.

Der Unterschied liegt allerdings nur darin, wie leicht es dem Betreffenden fällt, und wie oft hintereinander er sich verwandeln kann. Eine Verwandlung findet immer zu hundert Prozent statt oder sie findet gar nicht statt – so wie es ja auch keine »halben« Teleportationen gibt.

Tefrod

Der dritte von sieben Planeten der gelben G1V-Sonne Tefa liegt am Außenrand der 20 000 Lichtjahre durchmessenden Zone um das Zentrum Andromedas. Er umkreist seine Sonne in einer mittleren Distanz von 167,92 Millionen Kilometern und hat einen Durchmesser von 12 680 Kilometer sowie eine Schwerkraft von 1,08 Gravos. Flora und Fauna des Planeten ähneln der irdischen Pflanzen- und Tierwelt – kein Wunder, dass sich die aus der Milchstraße fliehenden Lemurer vor 50 000 Jahren auf diesem Planeten ansiedelten. Tefrod besitzt sieben große Kontinente. Seine Hauptstadt Vircho (Durchmesser rund 100 Kilometer, etwa 50 Millionen Einwohner) liegt am Meer; drei Kilometer vor der Küste befindet sich die Regierungsinsel des Virth von Tefrod.

Thirdal

Der vierte von elf Planeten umkreist seine gelbe G7V-Sonne in einer Entfernung von 128,44 Millionen Kilometern. Sein Durchmesser beträgt 10 842 Kilometer, die Schwerkraft 0,83 Gravos. Der mondlose Planet dreht sich in 308,19 Tagen zu 19,38 Stunden um seine Sonne.